KB110631

부다페스트
이야기

부다페스트 이야기

김솔 장편소설

민음사

"내가 이 놀이를 시작하게 되었군요.
이렇게 된 바에야 내게
행운이 있기를 바랍니다.
이제 여러분은 말을 타고 가면서
내 이야기에 귀를 기울여 주십시오."

제프리 초서, 송병선 옮김,
『캔터베리 이야기』
(서해문집, 2007)

차례

인터내셔널 데이

부다페스트 어부의 요새 부근에 위치한 세인트버나드 국제 학교에서는 새로운 학기가 시작된 지 한 달이 채 되지 않은 매년 9월 마지막 주 수요일에 인터내셔널 데이 행사가 열린다. 이 행사는 학교가 설립된 1972년 이후로 작년까지 단 한 해도 거르지 않고 계속되었다. 통제와 개방 사이에서 길을 잃은 소비에트연방의 감시를 피해 1989년 헝가리 민주공화국이 태동하고 있을 때, 1956년 10월 부다페스트에서 벌어졌던 비극을 떠올린 수십여 명의 서방 학부모들이 학교에 아무런 통보도 하지 않은 채 자식들을 데리고 급히 부다페스트를 빠져나가면서 절체절명의 위기를 맞기도 했으나, 교장은 행사를 멈추는 것은 헝가리의 미래를 파괴하는 일이라고 단언하면서 동구권 학생들과 학부모들만으로 행사를 강행했다. 그 결과는 부다페스트의 시민들을 고무시킬 만큼 성공적이었으며 헝가리 공화국의 초대 대통령은 뒤늦게 화환을 보내어 교직원들의 용기와 헌신에 감사를 표했다. 한 달 뒤 자식들의 손에 이끌려 학교를 찾아온 서방 학부모들은 자신들의 경솔함을 진심으로 사과하고 거액의 장학금을 기부하는 한편 친목 단체를 결성해서 학교의 자질구레한 업무를 교사들 대신 처리하기 시작했다. 그 뒤로 세인트버나드 국제 학교의 인터내셔널 데이 행사는 세계 곳곳의 국제 학교들이 교사들을 파견하여 행사 준비 과정을 배워 갈 만큼 높은 명성을 누리고 있다. 행사 프로그램은 학교 안팎의 사정에 따라 매년 세심하게 조정되지만 세 가지 교육적 모토만큼은 첫 번째 행사 때부터 지금까지 변함이 없다.

첫째, 세계는 우리가 인식할 수 있는 범위보다 훨씬 크다.

둘째, 인간은 우리가 포기할 수 없는 유일한 가치다.

셋째, 단 한 명의 인간이라도 존재하는 한 그 세계는 온전히 보호받아야 한다.

현재의 교장이 5년째 고수하고 있는 행사 일정표에 따르면 오전 9시부터 오후 1시까지 주요 인사들이 일일교사로 참여하는 직업 체험 수업이 진행된다. 그 후 점심 식사를 마친 학생들과 교사들은 두 편으로 나뉘어 국적이나 성별, 나이, 신체적 특성 등의 구별 없이 자신의 출신 국가 이름이 자음으로 시작하는지 모음으로 시작하는지에 따라, 또는 차가운 음식을 좋아하는지 뜨거운 음식을 좋아하는지에 따라, 또는 행사 당일에 신고 있는 신발의 밑창 무늬가 선형인지 도형인지에 따라 두 팀으로 나뉘어 축구나 농구 같은 단체 경기에 두 시간가량 참여하는데, 한 팀이 보통 마흔 명 이상의 인원으로 구성되기 때문에 개인의 재능이나 코치의 전술 따위가 승패를 결정하지 못하고 오로지 탄식과 폭소만이 경기를 추동하며 승패로 고무되거나 좌절하는 자는 단 한 명도 등장하지 않는다. 그리고 한 시간 남짓 휴식을 취하다가 오후 5시부터는 각국의 전통 복장을 갖춰 입은 학부모들과 학생들이 학교 운동장을 세 바퀴 정도 순회하는 가장행렬이 시작되고, 행렬에 참여하지 않은 학부모들은 운동장 주위에 늘어선 천막에서 각국의 다양한 전통 음식을 판매하는데, 어느 누구도 현금으로 음식값을 지불할 수 없고 반드시 행사 운영위의 쿠폰을 구입하여 사용해야 한다. 판매 수익은 학생 전체의 이름으로 자선단체에 기부되기 때문에 굳이 경쟁할 필요가 없는데도 학부모들은 학교 측 몰래 돈을 갹출하여 쿠폰을 대량으로 구매한 뒤 자신들이 만든 음식을 모두 사 먹고 매진의 결과를 자랑하기도 한다.

학부모들과 지역 주민들의 관심과 참여를 자극하려면 행사를 금요일이나 주말에 진행하는 게 유리했으나, 금요일을 휴일로 삼는 무슬림이나 금요일 저녁부터 토요일 저녁까지를 안식일로 삼는 유태인, 일요일에 교회나 성당을 방문해야 하는 기독교도, 천주교도의 종교적 신념을 고려하여 행사는 처음부터 여태껏 수요일에 열렸다. 종교의 역할을 공식적으로 부정하던 공산 정권 시절에는 일주일의 중간인 수요일이 노동하는 인민들의 생산성이 가장 낮아지는 날이기 때문에 1년에 한 번씩이나마 그들의 심신을 고양해 줄 필요가 있다는 논리로 당국의 이목을 피해 갔다.

직업 체험 수업의 목적이 아이들에게 사회적으로 존경받는 직업들이 무엇이고 그것을 어떻게 쟁취하는지 가르치는 건 결코 아니다. 오히려 학교는 아이들에게서 직업에 대한 편견을 없애기 위해서라도 학교의 명성을 유지하는 데 크게 헌신하고 있는 청소부와 우편배달부를 직업 체험 수업의 일일교사로 초청하려 했으나, 학부모들의 강력한 반발에 부딪혀 끝내 뜻을 굽히지 않을 수 없었다. 일일교사로 초대받는 데 아무런 결격 사유가 없는 자신들에게 공평하게 배부되어야 할 기회를 하찮은 자들에게 빼앗겼다고 생각한 학부모들이 결탁하여 학교의 결정에 반대하는 여론을 은밀하게 부추겼다. 결국 교육부 고위 관리가 교장에게 전화를 걸어 헝가리 공화국은 모든 국민들의 직업을 존중하지만 어린아이들에게만큼은 좀 더 도전적이고 미래 지향적인 세계를 알려 주는 게 훨씬 교육적이라는 조언을 하기에 이르렀고, 교장은 심사숙고 끝에 자신의 주장을 철회했다. 공산 정권 아래에서 획일적인 평등과 희생을 강요하던 교육 방침을 아직까지 버리지 못했다고 분노하는 교사들을 다독거리느라 교장은 탈진할 지경이었다.

결국 일일교사의 명예는 부유하거나 유명한 자들에게 돌아갔는데, 자신들이 일일교사 후보로 추천됐다가 탈락했다는 소식을 뒤늦게나마 전해 들은 청소부와 우편배달부는 부담감 때문이라도 자신들이 먼저 나서서 학교 측의 제안을 거절했을 것이라고 말하면서도 약자에 대한 학교의 배려에 깊이 감사했고, 한동안 더욱 열정적으로 학교 주변을 청소하거나 우편물의 수신인들을 찾아다녔다. 그들은 이따금씩 마치 교사처럼 거들먹거리면서 학생들에게 이런저런 충고를 늘어놓는 바람에 원성을 사기도 했다.

학교의 의도와는 다르게 부다페스트에서 성공한 사람들이라면 하나같이 세인트버나드 국제 학교의 직업 체험 수업에 일일교사로 초청된다는 소문이 나돌면서, 또는 반대로 그 행사에 참여한 자들은 훗날 하나같이 성공 가도를 질주하게 된다는 소문이 나돌면서, 자신의 분야에서 이름깨나 알려진 자들은 교사와 학부모들을 상대로 추악한 로비 활동을 벌였고 그로 인한 불미스러운 사건들이 매년 일어났다. 공산 정권 시절부터 학교는 부당한 방법을 동원했다고 의심되는 후보나 이에 대응한 교사와 학부모, 심지어 학생들에게까지 엄격한 교칙을 적용하여 법적인 책임을 물었다.

일례로 한때 헝가리의 대외 경제 정책을 좌지우지하던 공산당 부주석의 처남이 교감을 매수하여 일일교사로 나서려 했다가 발각된 적이 있었다. 공산 정권은 학교 측을 압박하여 사건을 무마하려 했으나 정치적 감각이 뛰어났던 교장은 이 사건이 서방 세계와의 외교적인 문제로 비화될 수 있다고, 즉 그 불법적인 서례를 묵인힐 경우 헝가리에 우호적인 서방의 외교관들이 모욕을 느낄 것이고, 그 결과로 소비에트연방으로부터 더 많은 자치권을 확보하려는 정책에 차질이 생길 수도 있다고 강조하면서 부주석이 학교를 방문하여 교사들과 학생들 앞에서 사과하도록 만들었을 뿐만 아니라 다른 매수자들의 자발적인 사퇴 선언까지 이끌어 냈다. 교장은 부주석을 그의 처남 대신 일일교사로 강단에 세워 정권과 학교의 명예를 동시에 지켜 낼 수 있었다.

그 사건 이후로 일일교사 선정과 관련된 추문은 크게 줄어들었으나 공산 정권이 붕괴하고 정체를 알 수 없는 자본가들이 여기저기서 나타나면서 경쟁은 다시 치열해졌다. 그들의 로비는 더욱 조직적으로 이루어졌기 때문에 그 목적과 연루자를 밝혀내는 데 막대한 시간과 노력이 들었다. 학교 측은 늦게라도 밝혀진 진실을 건성으로 다루는 법이 없어서, 수년 전 일일교사 선정 과정에서 부당한 이익을 챙긴 것으로 밝혀진 교사들을 가차 없이 해고하고 그들에게 뇌물을 제공한 학부모들에게 명예훼손을 이유로 손해배상을 청구하는 한편 자녀의 졸업 기록을 삭제했다. 끈질긴 법적 투쟁을 거쳐 교사들이 학교로 복귀하고 학부모들은 손해배상의 의무에서 해방됐으며 그 자녀들이 졸업장을 되돌려 받게 된 뒤에도 언론과 사회단체들로부터 무한한 지지를 받고 있던 학교 측은 끝까지 그들을 죽은 자나 유령으로 취급하여 그들 스스로 학교와 인연을 정리하도록 만들었다. 죽은 자들과 유령의 그악스러운 반발에 사회 지도층과 여론이 동조하자 교장은 때마침 부다페스트에서 열리고 있던 국제 노동자 협의회의 참석자들을 일일교사로 초대했다. 그들은 아시아의 노동단체 지도자들과 아프리카의 농부들, 유럽의 광부들, 남미의 원주민 대표들, 북극의 어부들로 이루어져 있어 세계 각국 언론의 관심 속에서 진정한 의미의 인터내셔널 데이 행사를 성공적으로 치렀다는 여론을 이끌어 내며 전세를 뒤집었다.

두어 해 뒤에 실리적 성향의 교장이 부임해 왔다. 새로운 헝가리가 다국적 자본주의자들에게 엘도라도를 제시할 수 있을 것이라고 간파한 그는 전통의 제약을 뛰어넘는 혁신을 강조하면서, 일일교사로 참여하는 자들에게 공개적으로 후원금을 거둬 학교 발전 기금으로 활용하겠다고 선언했다. 대신 선의가 탐욕과 무법에 의해 파괴되는 것을 방지하기 위해 후원자와 학부모와 지역 유지로 학교 운영 위원회를 구성하여 기금을 관리하게 하고, 2년의 재임 기간에 자기 역할을 충실하게 수행한 운영 위원들에게 일일교사의 자격을 부여했다. 일일교사 후보들은 후원금 액수를 통해 자신의 의지를 공개적으로 표명했고 학교 측으로부터 영수증을 발급받아 소득세를 감면받기까지 했으니, 성공 확률이 낮고 법적 처벌 위험만 높은 사직 채널을 굳이 활용할 필요가 없었다.

일일교사 후보들이 투명하고도 건설적인 경쟁을 벌이는 만큼 학교 측 역시 일일교사를 선정하는 데 지나친 시간과 노력을 쏟지 않을 수 있었다. 처음엔 교장과 보직교사들이 후보자들 중에서 일일교사를 최종 선정하여 행사 일주일 전에 개별 통보했으나 학교 운영 위원회가 비민주적 절차를 문제 삼자 교사들과 학교 운영 위원들이 동수로 참석하는 선정 위원회에서 투표로 일일교사를 선정하게 하고 행사 한 달 전에 투표 결과를 발표하여 선정 위원회가 미처 확인하지 못한 의혹들을 일반 학부모들이 검증하도록 만들었다.

하지만 곧 이런 방식은 교육적 목적에 부합하지 않다는 불평이 주로 제3세계 출신 학부모들을 통해 지속적으로 제기됐다. 그도 그럴 것이 일일교사로 선정된 자들의 대부분은 서방 사업가들이거나 그들의 사업을 직간접으로 돕는 자들 또는 외교관들이었다. 그들 모두가 중산층 백인에다 영어를 모국어처럼 사용하고 기독교도라는 공통점은 결코 우연이 중첩된 결과라고만 간단히 설명할 수 없었다. 더군다나 질투와 적의를 품은 비전문가들의 무분별한 검증 작업은 기괴한 소문들을 양산했고, 일일교사로 낙점된 자들이나 스스로 후보 자격을 포기한 자들 모두 행사 이후로도 오랫동안 그 소문들에 시달려야 했다.

결국 자의 반 타의 반으로 교장은 사태의 책임을 지고 사임했다. 그의 짧은 재임 동안 헝가리는 엘도라도로 칭송받지 못했다. 새롭게 부임한 교장이 가장 먼저 한 일은 학교 운영 위원회를 폐지하는 것이었다. 인터내셔널 데이는 엄연히 학업의 연장인 이상 행사를 주관하는 권력은 교사들과 학생들로부터 나와야 한다고 교장은 강조했다. 확고한 교육 철학과 다양한 현장 경험을 지닌 교사들만이 적합한 일일교사를 선정할 수 있다고 교장은 확신했다. 교사들의 언행을 관리하고 그들의 선택을 최종적으로 승인하는 일은 교장의 임무이므로 일일교사 선정 이후에 발생하는 모든 결과는 자신이 책임지겠다고 선언함으로써 학교 운영 위원회가 심하게 훼손했던 교사들의 권위를 원상으로 회복시켰다. 후원금이 갑자기 끊기면서 학교 재정이 어려워지자 교장은 학비를 올리고 정부의 지원금을 추가로 요청하는 한편 청소부를 포함한 시설 관리 직원들을 대거 해고하여 인건비를 크게 줄였다.

모두의 기대와는 달리 일일교사 선정은 해가 지날수록 더욱 어려워졌다. 친서방 정권이 출범한 이후로 다국적기업의 주재원들이 많이 유입되면서 세인트버나드 국제 학교의 입학생 숫자도 덩달아 늘어났고 국가별, 직업별, 종교별, 인종별로 사교 모임을 만든 학부모들이 서로 교류하거나 경쟁하여 학교 운영에 부정적인 영향을 끼쳤기 때문이었다. 대다수의 학부모들은 인터내셔널 데이 행사가 지난 학기의 활동을 마무리 짓는 자리이자 새로운 학기의 주도권을 확보하는 기회라고 여겼기 때문에 행사의 모든 프로그램에서 경쟁자들에게 뒤처지지 않으려고 애썼다. 그래서 가장행렬을 위해 전통 복장을 직접 만들고, 모국의 음식 재료를 비행기로 실어 날랐으며, 팸플릿과 포스터를 만들어 줄 전문 디자이너를 고용하기까지 했다.

그들이 무엇보다도 관심을 쏟은 건 자신의 모임에서 얼마나 많은 일일교사를 배출하느냐였다. 그 숫자에 따라 향후 자신들의 지위와 아이들의 성적이 결정된다고 그들은 굳게 믿었다. 직업 체험 수업에 참여한 일일교사의 이야기는 매년 책으로 묶여 주요 관공서와 다국적기업에 배포됐기 때문에 자신이 소속되어 있는 기업을 적극 홍보하고 그 업적으로 자신의 주재 기간을 연장하기 위해서라도 영광의 끝자리를 차지하려는 경쟁은 더욱 치열해지지 않을 수 없었다.

5년 전 부임한 현재의 교장은 교사들에게 작년 행사와는 분명하게 차별화된 행사를 준비하라고 작년과 똑같은 지시를 행사 반년 전부터 여러 차례 전달했다. 그렇다고 작년보다 더 많은 예산을 확보해 둔 것도 아니었고 기업이나 지역 유지들의 특별한 지원을 유치할 만큼의 호재도 없었다. 작년 행사에서 벌어진 크고 작은 사건들, 즉 일일교사 두 명의 갑작스러운 불참, 네 명의 학생들이 일일교사 앞에서 기습적으로 벌인 피켓 시위, 축구 시합에서 발생한 한 학생의 발목 골절, 가장행렬 순서를 두고 벌어진 학부모 사이의 몸싸움, 쿠폰 도난 사고, 이웃 주민들의 항의 소동 등을 기억하는 학부모들의 반응도 시큰둥했다. 그러니 작년의 불명예를 만회하려면 작년에 초대했던 일일교사들보다 더 유명하고 능력 있는 자들을 불러 모으는 게 최선의 방법이었다.

교사 한 사람당 세 명씩 후보자들을 추천하면 교장을 제외한 열한 명의 보직교사들이 갖가지 방법을 총동원하여 후보자들의 자격을 검증했다. 마땅한 후보자를 떠올리지 못한 교사들은 최근 언론이나 SNS에서 주목을 끄는 인물들과 연락을 시도하기도 했다. 각자 검증해야 할 후보자들의 숫자가 할당되어 있었기 때문에 그 숫자를 채우지 못할 경우 보직교사들은 친구나 먼 친척의 이름이라도 후보자 목록에 적어 넣어야 했다. 1차 검증을 무사히 통과한 후보자에게 연락하여 한 달 뒤에 있을 행사의 취지를 설명하고 확답을 받아 내는 일은 후보자를 추천한 교사가 맡았다.

검증 결과가 항상 만족스러운 건 아니었다. 학교가 견지하고 있는 세 가지 교육 모토를 앞장서서 파기한다는 비난이 제기될 만큼 보직교사들의 후보 검증 방식은 지나치게 무례하고 잔혹한 데다가 모호하기까지 했다. 그들은 마치 전범 재판소의 검사처럼 후보자들을 다루었다. 한 외교관은 세계 시민의 상식과 상반되는 검열 제도를 운영하고 있는 국가에서 파견됐다는 트집이 잡혀 낙선했고, 한 사업가는 자신이 판매하는 전자 제품에 아프리카 어린이들이 채굴한 광물이 사용된다는 이유로 탈락했다. 음주 운전이나 탈세 혐의에 발목이 잡힌 후보자들은 그나마 판결의 논거라도 전해 들었지만, 한 학부모와 불륜 관계를 맺고 있는 것으로 의심되는 후보의 서류엔 평가 결과조차 기입되어 있지 않았다. 2차 세계대전 당시 전범국에 무기를 판매하면서 성장했는데도 전후 지금까지 도의적 책임을 전혀 인정하지 않고 있는 자동차 회사의 주재원은 인간과 세계에 대한 견해를 피력할 기회조차 얻지 못한 채 탈락자로 분류됐다. 그 이외에도 많은 후보들이 진위를 전혀 알 수 없는 소문이나 인터넷 정보에 희생됐다.

추천했던 후보들이 불분명한 이유로 거부당하자 공개적인 해명을 요구하는 교사들이 생겨났다. 교감은 아무래도 자신의 분야에서 명망을 쌓으려면 많은 시행착오와 인내가 필요하기 때문에 대체로 나이 많은 후보들이 검증을 통과할 수 있었다고 해명했다. 이에 젊은 교사들은 자신의 부모와 별반 다를 바 없는 일일교사들의 고리타분한 설교에 아이들이 거의 공감하지 못할 것이라는 걱정을 가감 없이 표출했다. 결국 교사들 사이의 불편한 분위기를 감지한 교장이 나서서 나이대별로 합격자들의 숫자를 할당한 뒤 1차 검증 합격자들의 목록을 수정했다.

그 목록은 다시 한번 소란을 일으켰다. 대부분의 교사들은 2차 검증 후보자들의 지위와 명성을 전혀 고려하지 않고 그저 이름을 알파벳순으로 정렬한 목록을 사용하길 원했으나, 몇몇 보직교사들은 후보자들의 목록이 지역 사회와 아이들의 미래에 미치는 영향의 척도를 파악하여 작성돼야 하며, 동명인을 혼동하지 않기 위해서라도 후보자들의 직업을 기록할 수 있는 공란을 추가해야 한다고 맞섰다. 교장은 보직교사들의 주장에 동조했지만 차마 겉으로 내색할 순 없어서 공정한 원칙 준수와 교사들 사이의 화합만을 강조한 채 소모적인 논쟁을 급히 갈무리했다.

일일교사들을 선정하고 분류하는 작업은 결국 보직교사들

의 의지에 따라 일사천리로 마무리됐다. 다른 교사들의 이해를 구하는 과정은 일정이 지체되었다는 이유로 과감히 생략한 채 합격자들에게 개별 통보했다. VIP로 구분된 일일교사들은 보직교사들의 도움을 받아 학교 운동장에 자동차를 주차할 수 있을 뿐만 아니라 수업에 앞서 교장실에서 간단한 다과를 나눌 기회를 제공받았는데, 이 내용은 교사들과 또다시 지루한 설전에 휘말리는 게 두려웠던 교장의 지시에 따라 VIP들의 초대장에서 삭제됐다.

일일교사로 선정된 자들은 행사 전 두 차례의 토요일 아침 학교를 방문하여 소양 교육을 받아야 했다. 직업 체험 수업을 진행하는 동안 그들은 행사 목적과 관련 없는 사항을 말해서는 안 됐으며, 특히 정치적으로나 종교적으로 곡해될 수 있는 언행은 삼가야 했다. 논란의 여지가 있는 역사와 영토, 인물에 대한 이야기도 꺼낼 수 없었다. 또한 위화감을 조성할 수 있는 고가의 의복이나 액세서리를 착용하는 것은 금지됐고, 고성능의 전자 제품도 사용할 수 없었다. 적어도 아이들에게만큼은 그들이 성인이 되어 왕성하게 활동할 시대에는 국경과 인종과 재력과 종교와 정치 체계와 언어와 교육 제도가 더 이상 미래를 제한할 수 없고 부당한 제약들이 모두 사라질 것이며 그들은 모두 같은 높이의 지면을 딛고 결코 중첩되지 않는 방향과 서로 다른 속도로 나아가게 될 테니 경쟁보다 협력이 훨씬 유용하다는 사실을 확실하게 이해시키는 게 중요하다고 교장은 여러 번 강조했다. 듣는 이에 따라서는 민족주의자와 선민의식에 경도된 교장이 헝가리를 미래 세계의 중심에 세우려 한다고 의심할 수도 있었지만, 어렵게 얻어 낸 자리를 스스로 위태롭게 만들고 싶지 않았기 때문에 일일교사들은 침묵하거나 무용한 질문과 답변을 주고받으며 난처한 순간을 피해 갔다.

아동심리학과 교습 방법에 대한 강의가 오후 늦게까지 이어졌다. 교장은 교육자가 종교 지도자와 어떤 점에서 다른지 설명하는 데 시간을 많이 할애했다. 전자는 아이를 성인으로 만드는 역할을 하는 반면 후자는 성인을 아이로 만드는 역할을 한다는 문장으로 그의 강의를 요약할 수 있겠다. 교육은 궁극적으로 정치적인 활동으로 규정될 수밖에 없기 때문에 교육자는 늘 예민한 균형 감각을 견지해야 한다고도 강조했다.

저녁이 되어서야 귀가한 일일교사 예정자들은 녹초가 되어 식사도 거른 채 침대나 소파에 쓰러졌다. 행사 당일만큼은 교장에게 시달리지 않으리라는 기대에 안도하면서 두 번 다시 이런 역할을 맡지 않겠다고 다짐하지만, 정작 직업 체험 수업을 마친 뒤에는 하나같이 성취감에 도취되어 내년에도 일일교사로 참여하고 싶다는 충동을 강렬히 느꼈다. 근래에 자신의 이야기를 그토록 열정적으로 쏟아 낸 적이 없었다는 사실과 자기 인생에 대해 비로소 이해하게 됐다는 사실에 감격했기 때문이다. 잠시나마 누군가에게 존중받았다는 도취감은 그 어떤 마약보다도 더 강력한 활력을 주입해 주었다. 자존감이 나무 위의 원숭이를 나무 아래로 끌어 내려 직립보행의 인간으로 진화시켰다는 교장의 궤변은 적어도 그때만큼은 완벽한 진실 같았다. 중독이 시작되는 것이다.

일일교사들은 학생들만큼이나 국적과 인종, 종교, 성별, 나이가 다양했기에 그들의 강의 내용은 반드시 헝가리어로 통역되어야 했다. 일일교사는 원칙적으로, 헝가리어나 영어로 수업을 진행해야 했으나 부득이한 경우엔 특정 언어를 사용하되 이를 헝가리어나 영어로 통역할 사람을 직접 대동해야 했다. 영어를 헝가리어로 통역하는 역할은 각 교실에 배치된 담임교사들이 맡았는데 그들은 일일교사의 이야기를 곧이곧대로 아이들에게 전달하지는 않았다. 사전에 교장의 소양 교육을 아무리 철저하게 이수했다고 하더라도 아이들이 거의 이해할 수 없거나 들어서는 안 되는 내용이 포함될 수 있기 때문이었다. 교육 목적에 어긋나거나 반사회적 메시지를 포함한 수업은 강제로 중지될 수 있다는 사실을 인지하고 있었건만, 많은 일일교사들이 위험한 열정에 사로잡혀 가이드라인을 무시했다.

훗날 일일교사와 학교 측 사이에 일어날지도 모를 분쟁에 대비하기 위해 담임교사들은 수업 내용 전체를 녹음하고 이후 그것을 문서로 옮겼다. 그 문서들은 체육 교사가 최종 수정한 뒤 크리스마스 직전에 책으로 묶여 발간됐다. 오랫동안 몸을 단련한 덕분에 체육 교사의 언행은 간결하고 투명하여 동료들 사이에서도 평판이 좋았다. 탐독의 습관이 없어서 괴이한 수사를 사용할 줄 모르는 그야말로 사실을 본래면목대로 기술할 수 있는 적임자라고 교장은 판단했다.

직업 체험 수업의 강의 내용을 수록한 책은 언젠가부터 제프리 초서의 『캔터베리 이야기』 형식으로 제작됐다. 『캔터베리 이야기』에서 순례자들을 이끌며 이야기를 이어 가는 여관 주인의 역할은 교장이 맡는다. 모든 일일교사들에게 "제가 여기서 말할 수 있는 가장 확실한 진실은"이라는 문장으로 강의를 시작해야 한다고 공식적으로 요청한 까닭도 그들의 이야기를 정리하여 한 권의 책으로 묶어야 하는 자의 편의를 고려하여 각자의 이야기에 일관된 형식을 부여하기 위함이었다. 그러지 않으면 독자들은 전혀 연관성이 없는 주인공들이 스무 명쯤 등장하여 자기 자랑만을 잔뜩 늘어놓은 책을 읽게 될 것이고, 마치 책 스무 권의 내용을 한꺼번에 망각한 것과 같은 혼란을 느끼게 될 위험이 있었다.

일일교사들은 학교의 제안을 의아하게 여겼지만 이런 모두(冒頭)는 이 학교의 전통과 부다페스트의 역사 ── 15세기 그곳에다 평민들을 위한 학교를 세계 최초로 설립한 중세의 수도사들은 모든 행사와 일상의 행동에 앞서 "모든 지혜와 선행의 근원이신 우리의 주님 예수 그리스도의 가르침에 따라"라고 중얼거렸다 ── 를 연결하기 위해 고안된 일종의 클리셰라는 학교 측의 설명을 듣고 난 뒤 그 제안을 기꺼이 수용했다. 일일교사의 명예를 오래 유지하기 위해서라도 학교 측의 요구를 따르는 게 현명한 대처였다.

그런데 언젠가부터 책은 두 가지 버전으로 만들어지고 있다. 하나는 수요 관공서와 나국직기업에 배포할 목적으로 비매품이라는 문구가 인쇄된 채 담임교사들이 아이들에게 통역했던 이야기만을 헝가리어와 영어로 나란히 기록한 것이다. 또 다른 하나는 일일교사가 학교에 나타나서 강의를 하고 떠날 때까지의 모든 언행을 헝가리어로 기록하고, 편집자의 주석이 추가된 채 가격표가 부착되어서 서점에 배포된 것이다. 그리고 내가 그 두 번째 버전의 책을 비밀리에 발간하고 있다.

신분을 정확히 밝힐 수는 없지만 나는 부다페스트의 한 공립 고등학교에서 역사를 가르치고 있으며 세인트버나드 국제학교와는 아무런 연관도 없다. 나는 성공했다고 거들먹거리는 자들이 그 자리에 올라서기 위해 얼마나 비열하고 반윤리적인 언행을 남발했는지, 그 자리에 올라서자마자 마치 불굴의 의지로 고귀한 인류애를 실천한 성인인 양 위선의 가면을 쓰고 자신과 이웃의 역사를 얼마나 악의적으로 왜곡해 왔는지 오랫동안 목격했다. 그리고 세인트버나드 국제 학교가 홍보를 위해 제작하여 배포한 첫 번째 버전의 『부다페스트 이야기』를 수년째 구독하면서 진실과 거짓의 경계에서 길을 잃고 헤매고 있을 부다페스트 시민들이 불쌍하게 여겨졌다. 그래서 나라도 나서서 이정표를 세워야겠다고 작심했다.

이 책에는 일일교사와 보직교사, 담임교사, 학부모뿐만 아니라 이 책을 기획하고 발간한 편집자까지 등장한다. 다만 미래가 아직 결정되지 않은 아이들의 정체만큼은 철저하게 숨기려고 노력했다. 문장을 이해하는 데 필요한 각주와 원본에 대한 정보를 책 뒤쪽에 별도로 묶지 않고 최대한 본문에 녹여 풀어 쓴 까닭은 진실과 두 권의 책 사이에 틈입한 간극을 가능한 한 줄여 보려는 목적 때문이다. 제프리 초서의 영어 원문 아래에 번역자가 헝가리어 문장을 끼워 넣고 주석을 달면 편집자가 그 독해에 도움이 될 그림이나 사진을 붙여 넣은 것과 가까운 방식이다. 독자는 『캔터베리 이야기』가 완성되던 14세기 영국과 그 책이 발간된 21세기 헝가리 사이를 오가면서 독서를 하게 되는 것이다.

나는 이런 효과를 기대하며 이 글을 써 내려갔는데 독자들에게 어떻게 받아들여질지 몹시 궁금하다. 3년 전 우연히 부다페스트 서점에서 이 책을 발견한 세인트버나드 국제 학교의 교장은 처음엔 나를 그 학교 교사이거나 학부모라고 추정하고 모든 방법을 동원하여 정체를 밝히려 애썼다. 하지만 별다른 성과가 없자 의심의 눈초리를 일일교사에게 돌려 주요 용의자들의 알리바이와 동기를 파악하는 한편, 세인트버나드 국제 학교의 명예를 훼손했다는 이유로 정체가 모호한 출판사를 대상으로 법적 대응을 준비했다. 다행히 교장은 나와 출판사의 정체에 대한 일말의 단서도 찾아낼 수 없었다. 오히려 그가 벌인 소란 덕분에 책의 판매량이 증가했고 나는 여유롭게 다음 해의 책을 준비할 수 있있다. 단언컨대 세인트버나드 국제 학교의 교장은 매년 내 책이 출간되길 기다렸다가 가장 먼저 구입해서 통독하는 독자일 것이다. 그러고는 교육자로서의 이력에 치명적인 상처를 입힐 수 있는 내용이 실리지 않았다는 사실을 확인하고 안도하는지도 모른다. 내가 이 책을 쓰는 목적은 교장을 행복하게 만들려는 것은 물론 아니고, 세인트버나드 국제 학교의 명예를 훼손하려는 건 더더욱 아니며, 그저 직업 체험 수업의 일일교사로 참석한 어른들이 아이들의 미래를 얼마나 절망적으로 파괴하고 있는지 고발하려는 것이다.

48회 인터내셔널 데이 행사가 열리던 9월 마지막 수요일 아침의 하늘은 두꺼운 구름으로 뒤덮여 어둡고 무거워 보였으나 일기 예보와 달리 비를 뿌리지는 않았다. 예상치 못한 사건들 때문에 매년 곤욕을 치렀던 교사들은 미묘한 이상 징후에도 예민하게 반응하지 않을 수 없었다. 그들은 행사에 부정적인 영향을 미칠 수 있는 언행들을 최대한 자제했다. 두 달동안의 노력이 행사 당일의 날씨 때문에 의미를 잃게 되는 경우를 상상하는 건 끔찍했다.

담임교사들은 학생들의 출석을 확인하는 한편 건물 곳곳에 안내 표지를 붙이고 청결 상태를 점검했다. 특히 아이들이 쉬는 시간에 삼삼오오 모여서 담배를 피우거나 음란한 행위를 시도하는 곳은 아예 폐쇄했다. 비옷 차림의 보직교사들은 팔뚝에 견장을 차고서 한 손에는 서류 파일을 들고 다른 한 손에는 경광봉을 든 채 학교 정문에 서서 자동차들의 출입을 막고 운전사의 신원을 일일이 확인한 뒤 서류에 기록했다. 그러고는 팔을 뻗어 각자의 자동차가 이동해야 하는 방향을 지시했다. 그러면 경광봉 끝에서 대기 중이던 교사들이 마치 도선사처럼 그 자동차를 이끌어 주차를 도왔다. 만약 일기예보대로 폭우가 내렸다면 운동장 여기저기 물구덩이가 생기고 흙탕물이 튀어 운전사들과 교사들의 옷을 모두 더럽혔을 것이다. 이를 걱정하여 움푹 팬 곳을 모래로 채우고 행사 이틀 전부터는 줄을 둘러 놓았는데도 아이들이 넘어 다니는 바람에 헛일이 되고 말았다. 주차 공간이 부족하니 가급적 대중교통을 이용해 달라는 권고에도 불구하고 기어이 자동차를 몰고 나타난 일일교사들에게 차마 볼멘 소리를 할 수는 없었다. 약속 시간까지 나타나지 않는 일일교사들을 하염없이 기다리는 것보다 차라리 자동차를 몰고 나타난 그들의 편의를 돕는 편이 훨씬 즐거운 역할이라는 사실을 교사들은 오랜 경험을 통해 알고 있었다.

첫 번째 자동차가 들어선 이후, 운동장 전체가 순식간에 주차장으로 변했다. 자동차들은 도착하는 순서대로 운동장 안쪽부터 자리 잡았으나 몇 대는 중요 방문객들에게만 허용되는 주차장으로 안내받았다. 운전자의 명성에 따라 주차 위치가 결정되는 게 분명했다. 주차 담당 교사들의 손에 들려 있는 서류는 행사 전날까지 교감이 수정하고 행사 당일 교장이 최종 확인한 것이었다. 다행히 직업 체험 수업이 시작되기 전까지도 비는 내리지 않았으므로 약속 시간보다 늦게 등장한 일일교사들은 자신의 게으름이나 불운에 덧씌울 적절한 변명을 찾아낼 수 없었다.

권위 있는 행사에 정식으로 초대받은 일일교사들은 하나같이 자신의 첫인상이 수업의 성패를 결정한다고 굳게 믿었다. 학교가 아무리 신성한 목적을 실천하는 곳이라고 하더라도 그곳에 속한 교사들과 아이들, 학부모들은 전혀 신성하지 않은 세상에서 살고 있기 때문에 그들 역시 편견과 습관에 휘둘릴 수밖에 없었다. 자동차의 엠블럼은 곧 그것의 소유자가 현실 속에서 위치한 좌표를 알려 주는 바로미터와도 같다. 몇몇은 일일교사로 선정되자마자 이웃이나 지인에게, 또는 렌터카 회사에서 자신의 실제 위상보다 두어 단계 이상 높은 수준의 자동차를 빌렸다. 교육적 목적을 생각하여 대중교통을 이용했다가 양복이 구겨지고 구두가 더럽혀지고 속옷이 땀으로 젖는다면 어차피 수업에 집중할 수 없는 건 마찬가지일 터이므로, 설령 학교 측의 엄포대로 주차할 곳이 마땅치 않아서 부득이 도로에 불법으로 주차하게 되고 수업 도중에 견인을 당하는 수모까지 겪게 되더라도 기어코 자동차를 운전해서 등교하는 편이 훨씬 유리하다고 판단했다. 그들은 애써 세차한 자동차가 비 때문에 더럽혀질까 봐 걱정했는데 잔뜩 흐린 하늘이 오히려 자동차를 더욱 반짝여 보이도록 만드는 것 같아서 운전하는 내내 즐거웠다. 속도를 올릴수록 자신의 지위와 명예도 함께 올라가는 듯했다.

학교 측의 엄포를 순진하게 믿고 대중교통을 선택한 일일교사들마저도 학생들에 섞여 정류장에서 학교까지 걸어가는 것은 자신의 권위를 스스로 파괴하는 행위라고 생각했기 때문에 정류장에 대기하고 있던 택시에 올랐다. 택시 기사는 걸어서 채 10분도 걸리지 않는 거리를 택시로 이동하려는 손님이 한심하다고 생각했지만 그들이 명성 높은 국제 학교의 정문 앞에서 환대받는 걸 보자 자신의 어리석음이 부끄러워졌다. 그렇다고 정류장에서 학교까지 걸어온 일일교사가 아예 없는 건 아니었는데, 10여 분 동안 이어지는 길을 마치 국제영화제의 시상식장으로 향하는 레드 카펫으로 간주하고 자신의 성공을 은근히 자랑하고 싶거나, 익숙하지 않은 역할을 무사히 마치기 위해 천천히 걸으면서 마음을 다잡고 머릿속의 생각을 정리하려 한 자들이었다.

이처럼 일일교사들이 학교에 등장하는 방식은 다양했지만, 복장과 화장과 헤어스타일을 최상의 상태로 꾸미는 데 많은 노력을 쏟아부었다는 점에선 모두 같았다. 그들은 서로 일정한 거리를 유지한 채 겸손하고 여유로운 표정으로 서로에게 살갑게 행동했기 때문에 보직교사들이 나서서 어색한 분위기를 누그러뜨리기 위한 조치를 굳이 시도할 필요는 없었다. 커피가 준비된 곳이나 화장실로 가는 길을 알려 주면 그만이었다.

그들 중에서 교장이 직접 지목한 VIP를 찾아내는 일도 그리 어렵지 않았다. 오랫동안 누군가의 주목과 도움을 받는 데 익숙해져 있는 자들인 만큼 아무런 배려 없이 무리 속에 혼자 놔두면 불안감과 적의를 확연하게 발산했기 때문이다. 보직교사들을 따라 교장실로 안내된 후에야 그들은 경직된 표정을 누그러뜨렸다. 그들은 교장에게 악수 대신 명함부터 내밀었다. 이는 세인트버나드 국제 학교 역시 세상을 지배하고 있는 세계의 논리와 질서로부터 자유롭지 못하다는 인식을 반영한 것이었다. 손바닥보다 작은 종이 한 장을 주고받음으로써 어느 쪽이 더 높은 자리를 차지해야 하고 또 어느 쪽이 더 정형화된 예의를 갖추어야 하는지 가늠할 수 있게 됐다. 교장은 그들과의 대화 내내 조그만 실수도 하지 않으려고 노심초사했으며, 자신보다 나이 어린 자들을 VIP 목록에서 빼지 않은 걸 몹시 후회했다.

이윽고 수업 시작 10분 전을 알리는 차임벨이 울리고 교실로 뛰어 들어가는 아이들의 발소리가 복도와 계단을 채웠다. 그 소리는 일순간 일일교사들을 침묵시켰다. 긴장한 게 분명했다. 수년째 같은 행사를 진행해 온 교감이 그 순간을 기다렸다는 듯이 나서서 그들을 안심시켰다.

우리 학교에 방문한 걸 진심으로 환영합니다. 궂은 날씨에도 아침 일찍 이곳까지 오시느라 수고하셨어요. 당신들처럼 사회 여러 분야에서 성공한 분들을 일일교사로 초빙할 수 있어서 저희가 오히려 영광일 따름입니다. 작년보다도 더 즐겁고 의미 있는 행사가 되리라고 확신해요. 특히 올해 재학생들의 성적과 인성은 그 어느 해보다도 훨씬 뛰어나기 때문에 수업을 마친 여러분들은 기대 이상의 보람과 자부심을 느끼게 되실 겁니다. 수업 시간이라고 해 봤자 겨우 한 시간 30분 남짓이니까 너무 부담 갖지 마시고, 그저 직업인으로서 성공하실 수 있었던 이력과 마음가짐을 아이들에게 들려주시면 고맙겠습니다.

우리 학생들이 확고한 세계관과 인생관을 지니고서 자신의 진로를 선택할 수 있도록 많이 격려해 주시되, 거짓 희망이나 과장된 비관으로 아이들을 현혹시키지 말아 주세요. 거듭 부탁드립니다. 아이들은 여러분의 자녀이자 지구 곳곳에 뿌려 놓아야 할 희망의 씨앗이라는 걸 명심해 주세요. 저희도 오늘 여러분들이 이곳에서 보여 준 관심과 열정을 결코 잊지 않겠습니다.

○랑 ○○○ 단장 같은 교감이 연설이 끝나자 부직교사 한 명이 나서서 이야기를 이어 갔다.

아이들은 열다섯 개의 교실에서 기다리고 있습니다. 각각의 교실을 담당하고 있는 담임교사들이 한 분씩 교실까지 안내할 테니 의자에 앉아서 잠시 기다려 주세요. 모든 수업은 동시에 시작하고 끝내야 하기 때문에 강의 시간을 지켜 주시는 게 매우 중요하답니다. 그러니 수업 중에 너무 많은 질문을 받지 마시고 또 너무 자세하게 대답하실 필요도 없어요.

두 차례의 강의가 끝나면 이곳으로 돌아오셔서 저희가 준비한 소정의 강의료를 챙겨 주세요. 만약 여러분들 강의료를 학교 발전 기금이나 장학금으로 기부하고 싶으시면 관련 서류를 작성해야 하니 저에게 미리 알려 주시고요. 서류 없이 강의료만 놔두고 가시면 나중에 저희 교사들이 그걸 처리하는

데 많은 수고를 쏟아야 하기 때문에, 설령 강의료가 여러분들의 기대에 부합하지 않고 기부 절차마저 너무 복잡해서 화가 나시더라도 유종의 미를 거둬 주시길 진심으로 부탁드립니다.

다시 차임벨이 울리자 열다섯 명의 담임교사들이 일일교사의 이름을 차례대로 부르기 시작했다. 새벽의 광장으로 승합차를 몰고 온 고용주가 날품팔이를 뽑아 가는 장면이 이와 흡사할 것이나, 그곳에 일일교사로 초청된 자들의 복장과 헤어스타일은 담임교사들로 하여금 그런 상황을 상상하지 못하도록 만들었다. 어쨌든 대기실은 일순간 생동감으로 들썩였다. 성공한 자의 영광이 고스란히 담기기엔 너무 평범하고 천박하기까지 한 이름들이 공중을 떠다녔고, 심지어 본명이 아니라 가명인 게 분명한 이름까지 섞여 있었지만, 자신의 이름과 그걸 발설한 담임교사의 표정에 집중하느라 일일교사들은 웃거나 부끄러워하지 않았다. 옷을 매무시하고 서로에게 행운을 빌어 주면서 일일교사들은 각자 배정된 교실로 떠났다.

교탁 앞에 선 담임교사는 아이들을 정숙하게 만들고 일일교사의 이름과 직업을 소개했으며 반장을 일으켜 세워 단체로 인사하게 했다. 공산 정권의 비교육적 유산에 따른 형식 절차였다. 아이들의 심드렁한 표정에선 자신들의 부모와 별반 다를 것 없어 보이는 일일교사에 대한 존경심을 전혀 발견할 수 없었다. 아이들은 자신의 미래를 두고 매일 밤 부모와 벌이는 소모적인 논쟁에 이미 넌더리가 나 있었고, 일일교사들의 직업이나 명예 역시 담배 연기처럼 오래 지속될 수 없다는 사실을 잘 알고 있었으며, 어른들은 하나같이 아이들을 괴롭히고 파괴하기 위해 존재한다고 믿었다. 그래서 무관심과 무기력으로 세상에 맞서고 있었던 것이다. 인사를 끝내자마자 그들은 일제히 육체에서 영혼을 분리시킨 뒤 영혼만을 데리고 교실 밖을 빠져 나가서 담배를 피우고 음란한 행위를 시도했다. 그들이 육신이나마 교실에 남겨 둔 덕분에 일일교사는 자신의 지겹고 기운 이야기가 동굴 속이 메아리처럼 교실을 울려서 자신에게 헛헛이 되돌아오는 상황을 겨우 피할 수 있었다.

일일교사들 대부분은 아주 겸손하고 부드러운 태도로 이야기를 시작했다. 즉 자신도 학창 시절에 출처를 알지 못할 고뇌와 하리망당한 실수로 괴로웠으며 가족과 교사의 따뜻한 관심, 그리고 친구들의 조언 덕분에 무사히 수렁에서 빠져나올 수 있었다고 말했다. 심지어 지금처럼 성공하게 된 까닭도 그때 너무 많은 불행을 겪었기 때문이며 행운이라고 간주할 수밖에 없는 사건이 자신에게 일어나지 않았더라면 어린 나이에 범죄자로 전락했을지도 모르겠다고 고백하는 자들도 있었다. 무슨 일이든 긍정적으로 수용하고 최선을 다한다면 누구에게나 반드시 성공의 기회가 찾아올 것이라는 진부한 이야기를 자신이 마치 최초로 발명해 낸 사람처럼 열정적으로 피력했다. 그러고 나서는 하나같이 자신의 직업에 대해 자세하게 설명하기 시작했는데 자기애에 사로잡혀 목소리를 높일수록 아이들은 점점 유령처럼 변해 간다는 사실을 알아차린 뒤에는 적이 당황했다.

아이들에게 당장 필요한 것은 직업이나 성공이 아니라 잠이나 일탈인 것 같았다. 그들은 연신 시계를 들여다보고 옆에 앉은 친구들과 눈을 맞추며 장난을 치거나 고개를 숙인 채 졸았다. 그럴 때마다 일일교사의 이야기를 헝가리어로 통역하고 있던 담임교사는 표독스러운 눈초리를 화살처럼 날렸고 아이들은 자세를 고쳐 앉으며 강의를 듣는 시늉이라도 하지 않으면 안 됐다. 평소 같으면 담임교사의 소리 없는 압박이 아이들의 반항심을 제압하지 못했을 텐데도 이상하리만큼 평온이 유지될 수 있는 것으로 보아 아마도 담임교사와 아이들 사이에 모종의 거래가 있었던 게 분명했다.

오히려 인내심을 먼저 잃은 일일교사들은 그곳의 아이들과 어린 시절의 자신을 비교하기 시작했고 멸시와 동정의 감정 사이에서 아슬아슬하게 외줄을 탔다. 아울러 자신의 자녀들이 그곳에 앉아 있는 아이들보다 더 희망적이라는 사실을 확인하고 안도했다. 꿈과 의지를 잃지 말고 끊임없이 도전하라는 말에는 교실의 아이들을 자신의 자녀들과 분리시키려는 의도가 명백하게 반영되어 있었다. 안온한 현실에서 끊임없이 일탈하려는 젊은이들을 경멸하고 있다는 사실을 일일교사들은 아이들에게 결코 말하지 않았다. 또한 자신들이 집착하고 있는 직업이 세상을 얼마나 잔인하게 파괴하는지, 그런데도 그 직업을 빼앗기지 않으려고 얼마나 치열하게 경쟁하는지, 자신이 지지한 법률과 제도가 아이들의 미래를 어떻게 제한하는지, 그러면서도 자신의 자녀들만큼은 경쟁에서 뒤지지 않길 바라며 얼마나 비열한 방법을 동원하고 있는지도 철저하게 숨겼다.

일일교사가 열성적인 이야기를 끝마쳤는데도 아이들이 아무런 반응도 보이지 않자 담임교사들은 눈치 빠른 아이들 몇 명의 이름을 불렀고 그들은 마지못해 질문을 던졌는데, 호기심을 해결하려는 의도보다 어른들을 조롱하여 친구들에게 자신이 얼마나 성숙했는지 증명하려는 욕망이 훨씬 강했다.

연봉은 얼마인가요? 수영장이나 사우나실을 갖춘 집에서 살고 있나요? 지금 타고 계시는 자동차 브랜드가 뭐죠? 1년에 해외 출장은 몇 번이나 다니시고, 어디가 가장 좋았나요? 자녀에게도 그 직업을 추천할 건가요? 직업을 바꾸고 싶었던 적은 없나요? 지금 가장 후회하고 있는 선택은 뭐죠?

거의 모든 교실에서 아이들은 비슷한 질문을 던졌고 일일교사와 담임교사 또한 비슷한 상황에 비슷한 방법으로 대처했다. 일일교사들은 자신이 지목한 아이들이 또래에 비해 현실감각이 뛰어나고 이 직업을 동경하고 있다는 담임교사들의 귀띔이 절반은 거짓이라고 확신했다. 만약 그 아이들이 자신의 직업을 오래전부터 동경해 왔다면 그걸 가질 수 있는 구체적인 방법을 물었어야 했기 때문이다. 한 인간에게 직업이 어떤 의미를 지니는지 이해하기에 아이들은 너무 어리고 여렸다. 일일교사들 역시 그 나이에 그렇게 어려운 이야기를 알아들었을 리 없었다. 그래서 그들은 아이들의 짓궂은 질문에 성실하게 대답하지 않았다. 설령 성심껏 대답했더라도 지루한 수업 시간이 어서 끝나기만을 기다리는 아이들에겐 아무런 반향도 일으키지 못했을 것이다.

차임벨이 울리자 일일교사의 존재는 유령처럼 변해 아이들의 관심에서 완전히 사라졌다. 수업을 마친 일일교사들이 다시 교무실 옆 대기실로 모여들었을 때 그들의 표정은 하나같이 어둡고 딱딱하게 변해 있었다. 말수가 줄었고 물을 자주 들이켰으며 휴대전화로 누군가에게 끊임없이 문자메시지를 보냈다. 그런데도 그들은 마치 호기심 많은 아이들의 기대에 부합하느라 수업 시간에 너무 많은 에너지를 소비한 것처럼 서로에게 말하고 행동했다. 마치 그런 긍정적이고도 유연한 태도가 일일교사로 선정된 비결이라고 자랑하는 것 같았다. 하지만 다시 차임벨이 울리고 1교시와는 다른 담임교사들에 의해 자신의 이름이 불렸을 때 일일교사들은 남들에게 들키지

않을 만큼의 한숨을 몸 안으로 눌러 넣으며 이 위선적인 연극
이 어서 끝나길 소망했다.

수업 전에 교장과 다과를 나눈 VIP들만큼은 그나마 실망하
거나 지친 기색을 드러내 보이지 않았다. 그들이라고 해서 특
별히 아이들에게서 희망을 발견했기 때문은 아니었고 오히려
무기력한 아이들 앞에서 자신의 성공을 확인하고 한껏 고무
됐기 때문이었다. 자신의 강의를 이해할 수 있는 자들이 어디
에나 많지 않다는 사실로 그들은 늘 위로받았다. 자신들을 일
일교사로 소내한 곳이 학교이고 사신의 상의를 듣고 있는 사
들이 어린 학생들이라는 사실은 그들에게 전혀 중요하지 않
았다. 교도소의 재소자들이나 직업 학교의 늙수그레한 학생
들, 다국적기업의 직원들 앞에서도 그들은 똑같은 이야기를
아무런 감정의 기복도 느끼지 않은 채 늘어놓을 수 있었던 것
이다. 자신에게 강의를 받는 자들을 항상 자신보다 낮은 자리
에 놓아두고 내려다보는 습관은 외부의 공격으로부터 상처를
막아 주는 일종의 갑옷과 같았다.

두 번째 수업은 첫 번째 수업보다 더 빠르고 무난하게 진행
됐다. 그것은 일일교사들이 아이들에게 아무런 기대도 하지
않게 됐기 때문이거니와, 일일교사들 앞에서 시종일관 유지하
고 있어야 할 표정과 감정에 아이들이 다소 익숙해졌기 때문
이었다. 한 시간만 잘 버티면 부자유스러운 상황에서 해방될

수 있다는 기대감이 아이들에게 인내심을 주입했다. 아이들은 첫 번째 수업에서처럼 무관심으로 일관하는 게 아니라 오히려 적극적인 질문을 통해 일일교사를 궁지로 몰아가는 방법을 선택했다. 남녀노소를 막론하고 일일교사의 대답은 언제나 상투적이었기 때문에 자신의 부모에게 던지고 싶은 질문들을 일일교사에게 쏟아부었다. 일일교사가 대답을 마치기도 전에 아이들은 또 다른 질문을 끼워 넣었다. 우리는 당신이 어떤 이야기를 하려는지 이미 잘 알고 있으며 그 이야기에 결코 동의하지 않을 것이지만, 강의료를 벌기 위해서라도 당신이 기어이 그 이야기를 하겠다면 전혀 방해하지 않을 테니 큰 실수 없이 연극을 마친 뒤에 우리의 노고를 잊지 말고 푼돈이라도 바닥에 흘려 놓고 떠나라고 말하는 것 같았다.

자신의 강의가 아이들의 경계심을 무너뜨리는 데 성공했다고 착각하여 아이들이 미처 묻지도 않은 질문까지 대답한 자도 있었지만, 대부분의 일일교사들은 아이들의 갑작스러운 변화에 심한 모멸감을 느끼며 대답을 주저하거나 자신도 이해하지 못하는 내용을 두서없이 떠들어 댔다. 담임교사는 출석부를 허공에다 휘두르면서 아이들의 주의를 한곳으로 모아야 했고, 그때마다 여기저기서 키득키득 웃는 소리가 들렸다. 몇몇 아이들은 어른들의 거짓 세계에 편입되지 않을 방법을 이미 간파했는지도 몰랐다. 수업을 마치는 차임벨이 울리자 아이들은 자리에서 일제히 개구리처럼 튀어 올라 출입구로 달려 나간 반면 하나같이 무릎이 꺾인 일일교사들은 한참 동안 교탁에 매달려 있어야 했다. 누가 보아도 경기의 승자와 패자를 명확하게 구분할 수 있는 광경이었다.

연옥에서 간신히 탈출하여 대기실로 돌아온 뒤에도 일일교사들은 평상심을 회복하지 못했다. 겨우 정신을 차린 자들은 마치 전쟁터에서 막 귀환한 영웅들처럼 자신의 모험담을 떠들기 시작했다. 세금계산서와 함께 강의료가 들어 있는 봉투를 받아 들고서는 아이들의 부례함을 완전히 용서했다. 그들은 내년에도 또다시 이곳에 초대받게 된다면 더욱 흥미롭고 교육적인 이야기를 준비하겠노라고 교감에게 말했다. 그러고는 도망치듯 하나둘 학교를 빠져나갔다.

교실을 나서는 순간 그들은 더 이상 일일교사가 아니었으므로 운동장에서 단체 경기를 준비하고 있던 아이들이나 교사들에게 눈길 한 번 주지 않았다. 수업이 진행되는 사이에 잠시 내렸다가 그친 비 때문에 운동장 곳곳에 물웅덩이가 생겨났는데, 일일교사들의 자동차는 그것을 피하지 않고 정면으로 급히 통과하면서 높고 먼 곳까지 흙탕물을 튀겼다. 처음부터 끝까지 일일교사들의 정체와 의도를 의심했던 아이들은 그들의 자동차 꽁무니를 향해 험악하거나 우스꽝스러운 표정을 지어 보이면서 욕지거리를 하거나 꼴뚜기질을 연거푸 해 댔다. 권리를 보호받을 직업을 지니지 못했기 때문에 자신들이 어쩔 수 없이 폭력을 감내하고 있다는 사실을 아이들은 아직 깨닫지 못했다.

하지만 세인트버나드 국제 학교의 정식 교사들은 크게 분노했다. 그들은 일일교사들이 학교를 모두 떠났다는 사실을 확인한 뒤에 교무실에 모여 자신들이 직접 목격한 비교육적 상황들을 성토하기 시작했다. 예년보다도 더 형편없는 일일교사들이 등장했다는 데 동의하면서 수평적 의사 결정이 점점 더 어려워지고 있는 학교의 현실에 불만을 토로하기도 했다. 교장의 지나친 간섭에 대한 노골적인 반발이 이어지자 험악해지는 상황을 수습하기 위해 교감이 나서지 않을 수 없었다. 그는 작년보다 상황이 나빠진 원인을 아이들과 담임교사들에게서 찾았다. 그것은 직업 체험 수업에 앞서 일일교사들에게 그가 연설했던 내용과는 정반대였다. 즉 아이들의 성적이 작년 졸업생들에 비해 현저하게 뒤처지고 있는 데다가 타인에 대한 예절마저 제대로 배우지 못해서 작금의 비극이 발생했으며, 아이들의 인성 지도를 등한시한 담임교사들에게도 막중한 책임이 있다는 것이었다.

정치인들과 교장실에서 다과를 나누던 교장은 전체 교사들이 당장이라도 파업을 선언할 태세라는 교감의 전화를 받고 급히 교무실로 뛰어왔다. 그러고는 노기를 애써 감추지 않은 채 일장 연설을 펼쳤다. 그는 너무 흥분한 나머지 30년 남짓 교사로서 쌓아 온 명예가 그 순간 한꺼번에 무너져 내릴 수 있는 위험에까지 내몰렸다. 듣지 않았어도 이미 들은 이야기, 그래서 더 들을 필요도 없고 애써 기억할 이유도 없는 이야기, 만약 그 이야기를 곧이곧대로 믿고 이를 충실히 따른다면 한 인간과 한 사회가 온전히 파괴될 수 있을 만큼 황망한 이야기, 교사 역시 돈벌이 때문에 일하는 직업인에 불과하다면 상사의 비위를 맞추기 위해서라도 한 귀로 듣고 한 귀로 흘려야 하는 이야기였다. 결국 내년 행사에 참여할 일일교사의 선정에 일절 간섭하지 않겠다는 다짐을 교장으로부터 받아 낸 뒤에야 비로소 교사들은 흥분을 가라앉히고 오후 프로그램이나마 성공적으로 마무리하자고 서로를 격려했다.

두 번째 버전의 책을 완성해야 하는 나에겐 교무실에서 일어난 사건뿐만 아니라 각 교실에서 일어난 상황들을 정확히 기록해야 할 의무가 있었다. 아이들의 반응만큼이나 일일교사들의 소회도 중요했다. 하지만 그것들을 모조리 기억하고 기록하기는 불가능했고, 설령 가능하다고 하더라도 결코 하나의 이야기로 묶을 수 없었으며, 설령 하나의 이야기로 묶더라도 진위를 확인하기 위해서 굳이 첫 번째 버전의 책과 대조하진 않을 작정이기 때문에 너무 많은 욕심을 부려 책의 내용을 장황하게 만들지 않으려고 노력했다. 내년에도 이어질 직업 체험 수업을 개선하여 인간과 세계에 대한 아이들의 이해를 조금이나마 도우려면 자의적 가감 없이 진실만을 정확하게 기록해야 한다는 책임감이 인터내셔널 데이 행사가 끝나고 책이 출간되기까지 반년 동안 나를 불면의 밤 속에 가두었다.

나는 다양한 직업의 일일교사들이 그날 떠들었던 이야기에 고작 10퍼센트 정도의 진실만이 반영되어 있다고 확신한다. 직업에는 개인과 욕망과 역사와 시대가 복잡하게 반영되어 있어서 결코 한 인간이 완전히 장악하거나 이해할 수 없다는 믿음 때문이다. 그들이 누군가의 아버지이고, 어머니이고, 아들이고, 딸이고, 남편이고, 아내이고, 형이고, 오빠이고, 언니이고, 누나이고, 동생이고, 삼촌이고, 조카이고, 숙모이고, 이모이고, 고모이고, 친구이고, 선배이고, 후배이고, 상사이고, 부하이고, 회원이고, 주민이고, 국민이고, 조상인 이상 설령 하찮은 직업일지라도 그것의 질서와 영역과 전망을 유지하기 위해 그들은 크고 작은 거짓을 동원하여 투쟁하지 않을 수 없다.

투쟁의 목적은 생존을 유지하는 것보다 우위를 독점하는 데 있다. 우위가 분명하게 결정되어야 거래가 일어나고 이익이 환원된다. 일일교사들은 자신들의 이야기가 책으로 남아 적어도 1년 동안은 학부모들과 학생들, 그리고 부다페스트의 주요 인사들에게 회자된다는 사실을 잘 알고 있었기 때문에 마치 자신이 인류 전체를 대표하는 것처럼 위장하기 위해 진실보다 거짓을 더 많이 섞어 자신의 이야기를 극적으로 완성했다.

그들은 수업 중에 하나같이 한 가지 주제, 즉 최근 헝가리 정부가 중무장한 군대를 동원하여 부다페스트 외곽의 로마니 거주 지역을 파괴하고 2만여 명의 거주민들을 잔혹하게 진압한 사건에 대해 언급했다. 2차 세계대전이 끝나고 절멸 수용소에서 살아 돌아온 로마니들이 하나둘 자리를 잡기 시작한 뒤로 반세기 동안 어느 누구도, 심지어 공산당마저도 별다른 조치 없이 그들의 집단 거주지를 마치 로마니 자치 구역처럼 방치해 두고 있었다. 그러나 가파른 경제 성장으로 최근 부다페스트의 인구가 급격히 늘어나고 생활비가 치솟자 이를 감당하지 못한 빈민들이 부다페스트 외곽으로 내몰리면서 로마니와 충돌하기 시작했다. 세금을 성실하게 납부하는 자신들이 그렇지 않은 로마니보다도 더 홀대를 받고 있다는 사실에 분노한 시민들의 정권 퇴진 운동과 이와는 별도로 개발업자들이 정권의 실력자들을 포섭하여 로마니 거주 지역에 위성도시를 건설하려는 은밀한 시도가 중첩되면서 로마니에게 비극이 일어났던 것이다.

정부는 최근 로마니 거주 지역을 중심으로 발병한 전염병의 확산을 막기 위해 불가피한 조치였다고 설명하면서도 사회의 안녕을 위협하는 어떤 정치적 행위도 결코 용납하지 않겠다는 경고를 잊지 않았는데, 양심적인 시민들은 석 달 전 헝가리 군인들이 로마니에게 저지른 폭력은 1956년 10월 소련 군인들이 헝가리인에게 저지른 그것과 다르지 않다는 점을 지적했다. 하지만 대부분의 부다페스트 시민들은 이 사건을 역사의 정당한 진행 과정으로 여겼고, 일일교사들의 생각 역시 이 범주에서 크게 벗어나지 않았다. 그래서 로마니에 대한 일일교사들의 이야기를 통해 헝가리의 현실과 미래를 충분히 짐작할 수 있는 것이다. 왜냐하면 직업이란 사회와 역사에 개인이 강제적으로 동원되는 방식이기 때문이다.

1

군인의
이야기

정장 차림의 그는 멀리 있는 아이들마저 직업을 짐작할 수 있을 만큼 상체를 뻣뻣하게 세우고는 성큼성큼 걸어서 교문을 통과했다. 멀리서 보면 마치 번개를 기다리고 있는 피뢰침 같았다. 그는 머리카락을 기르는 것이나 액세서리를 고르는 행위는 인생을 헛되이 낭비하는 것이라고 생각하는 게 분명했다. 어쩌면 그는 새벽에 일어나 두어 시간 웨이트 운동을 하고 권총 사격 연습까지 마친 다음 집에서 학교까지 뛰어왔는지도 몰랐다.

　그는 열정과 호기심으로 충만해 있어서 흡사 그 학교에 최근 부임한 체육 교사나 행정가처럼 보였다. 아니면 최근 주둔을 시작한 군대의 정보 장교 같기도 했다. 교사들은 그가 군복을 입고 완전 무장을 한 채 나타나지 않은 게 그나마 다행이라며 안도했다. 교장이 일일교사들을 상대로 토요일 아침 두 차례 소양 교육을 할 때마다 그는 군복 차림에 군용차를 타고 나타났기 때문이다. 기동 훈련에 참여하느라 옷을 갈아입을 시간이 없었다고 변명했지만, 일일교사들 사이에서 주도권을 잡기 위해 일부러 그런 복장과 소도구를 동원했으리라는 설명이 교사들에겐 더 그럴듯하게 들렸다. 더군다나 그가 소양 교육을 받는 내내 군복 차림에 선글라스를 쓰고 허리에 권총을 차고 있던 그의 운전기사는 마치 그곳이 테러리스트들의 목표가 되고 있어서 잠시라도 사주 경계를 해제할 수 없는 것처럼 학교 주변을 어슬렁거리면서 주위 사람들을 긴장시켰다. 참다못한 교감이 나서서 헝가리는 이미 오래전에 소비에트연방에서 탈퇴하여 서방 세계의 우방이 됐으므로 시대착오적인 신념이나 무기로 무장한 자는 학교 안에 들어올 수 없다고 설명했다. 이 행사는 학교뿐만 아니라 지역 사회에 중요한 의미를 지니고 있는 만큼 정치적인 메시지를 전달하는 데 이용해서는 안 된다고 교감은 명토 박았다.

군인은 교감의 설명을 간단히 무시했다. 불행은 늘 예고가 없으며 방심으로 웃자란다. 스스로 정치적 긴장을 해결하지 못하여 외국 군대를 불러들여 어마어마한 규모의 운영비를 세금으로 지원하고 있으면서도 겉으로는 마치 평화적 방법을 스스로 찾아낸 것처럼 행동하는 정치인들의 위선이나, 외국 군인들에게 당연히 돌아가야 할 감사와 존경을 증오와 멸시로 대체하는 시민들의 맹목 모두 그에겐 역겹기 그지없었다. 나토의 중요 거점 기지로 부각되면서 치안 상태가 크게 개선되고 다국적기업들의 투자가 급격히 늘어난 덕분에 헝가리 곳곳의 국제 학교들이 세계 각지에서 몰려든 학생들로 문전성시를 이루는데 학교를 직장으로 삼고 있는 교사들과 행정 직원들은 누구에게 감사해야 하는지 여전히 모르고 있었다.

민간인이라는 단어는 군인이 발명해 낸 게 결코 아니며 군인 역시 민간인에서 시작하여 민간인으로 돌아갈 것이기 때문에 민간인과 군인 사이의 적대감은 당연히 사라져야 한다. 군대는 헝가리의 현 정권을 감시하거나 위협하고 있는 정당이나 이익 단체가 결코 아니다. 군대의 임무는 현재의 국경을 유지한 채 힘의 균형을 통해 평화를 안정시키는 것이며, 평화는 인간들의 의식적인 투쟁의 과정일 뿐이다. 그러니 평화는 생래적으로 정치적인 메시지를 내포할 수밖에 없고, 이를 부정한다면 아무도 자신과 이웃의 안녕을 보장받을 수 없다. 군인은 자신의 신념을 말로 표현하는 대신 초인적인 인내심을 발휘하여 교감에게 연신 고개를 조아렸다. 행사 당일에는 반드시 민간인 복장으로 참석하겠다 약속했고 이를 지켰다.

하지만 우람한 체격과 경직된 태도는 그가 입은 어떤 옷도 군복처럼 보이게 만들었다. 보이지 않는 방탄 군복이 최근 발명되어 중요 보직의 장교들에게 은밀하게 지급됐다는 농담조차 그는 대중 앞에서 할 줄 몰랐다. 그는 교실 구석에 조각상처럼 앉아서 수업이 시작하길 기다렸다. 차임벨이 울리자 자신을 이끄는 담임교사보다 앞서 계단을 서너 개씩 한꺼번에 뛰어올랐다.

강의가 시작되기도 전부터 따분해하고 있는 아이들 앞에서 그는 시종일관 웃는 표정을 유지했다. 신병 훈련소에 입소한 젊은이들보다 따분하고 두려운 속에서 자신에게 곧 일어날 상황들을 상상한다. 따분함은 덜어 내고 두려움만 남기는 것이 신병 훈련의 목적이라는 점을 그는 잘 알고 있었기 때문에 어색한 침묵에도 전혀 주눅 들지 않았다. 그는 이렇게 이야기를 시작했다.

제가 여기서 말할 수 있는 가장 확실한 진실은, 평화는 공기나 물처럼 언제 어디서나 무제한으로 사용할 수 있는 공산품이 아니라는 사실입니다. 어쩌면 그것을 세계의 일부 지역에서만 채굴할 수 있는 광물에 비유할 수도 있겠습니다. 세상의 모든 사람들이 필요로 하는 데 반해 아주 고가에 소량으로만 거래되기 때문이며, 더욱이 역사 이래 채굴량이 늘어난 적이 단 한 번도 없어서 일부가 독점하여 사용하게 되면 나머지는 고통 속에서 자신의 순서를 기다려야 하는 것입니다.

　기다린다고 해서 모두가 기회를 얻게 되는 것도 아닙니다. 그리고 겨우 기회가 찾아왔을 때 혜택을 받을 수 있는 자는 거의 없습니다. 이런 현실을 어른들이 여러분에게 정확히 설명할 수 있다면 왜 평화 유지군들이 안전하다고 알려진 지역까지 떠돌아다니면서 숭고한 임무를 수행하고 있는지 여러분은 비로소 이해하게 될 것입니다. 평화라는 나무를 이식하기 위해 얼마나 많은 조건들이 선결되어야 하며 얼마나 오랫동안 얼마나 많은 희생을 감내해야 하는지, 그런데도 깊게 뿌리를 내리지 못하여 작은 실수나 미세한 환경 변화에도 얼마나 허망하게 시들어 가는지 여러분은 학교에서 분명히 배워야 합니다. 불완전한 평화는 지뢰와도 같아서 적과 아군을 구분하지 못한 채 모두의 발아래에서 폭발할 수 있기 때문에 항상 주변을 주의 깊게 감시하고 그걸 스스로 제거하는 방법을 훈련해야 하지요. 대화와 양보가 최선의 방법이지만, 어쩔 수 없이 힘으로 강제해야 할 경우도 분명 생겨날 것입니다.

　여러분의 부모님이나 친척 중에서 평화 유지군으로서 활동하셨던 분이 있나요? 있으면 손을 들어 보세요. 아무도 없나요? 진실을 말할 때는 주변 사람들의 반응 따윌 미리 두려하지 마세요. 용기는 목소리의 크기나 몸집이나 나이나 배움과는 아무런 관련이 없어요. 그것은 인간의 존엄성을 지켜 내는 유일한 무기죠. 이타적인 행동은 인간의 본성을 거스르는 용기에서 비롯됩니다. 그것은 마음가짐이 아니라 행동 윤리인 것이죠. 타인뿐만 아니라 자신을 위해서라도 신념에 따라 당당하게 행동해야 합니다. 전쟁에서 자신의 승리는 타인의 승리이고, 직업에서 여러분의 성공은 동료들의 성공이 되어야 하지요. 용기를 지닌 자는 모든 인간을 대표해서 생각하고 행동할 수 있어야 합니다. 그래야 다윗이 돌멩이만으로 골리앗을 쓰러뜨리는 기적이 언제든 역사에서 반복될 수 있습니다. 이건 제가 신병교육내에 입소한 젊은이들 앞에서 늘 강조하는 내용입니다

하지만 여러분이 모두 군인이 되진 않을 테니까 그보다 더 재미있고 감동적인 이야기를 들려줘야 한다는 강박관념에 사로잡히네요. 몇 번의 전투에서 저는 아주 흥미로운 경험을 했습니다만, 사람이 죽고 다치는 이야기를 오늘 여기서 하진 않겠습니다. 오히려 의사처럼 사람을 살린 이야기를 들려 드릴게요. 의사와 군인이 다른 점이 있다면, 의사는 이미 다쳤거나 거의 죽은 사람을 살리는 반면 군인은 아직 다치거나 전혀 죽지 않은 사람을 살리죠. 곧 다치거나 죽게 될 거라는 사실을 잘 아는 자들이 우릴 다급히 부르는 것이죠. 또 다른 점이 있다면, 의사는 개별 환자를 살릴 수 있지만 군인은 한 마을 또는 한 국가에 소속되어 있는 사람들 전체를 살린다는 것입니다. 군인 중엔 자신을 의사라고 착각하는 자가 아주 많아요. 다만 사람을

살리는 도구가 서로 다를 뿐. 실제로 전쟁터에서 군인들이 담당하는 주요 임무 중 하나는 군인이든 민간인이든 구분하지 않고 부상당한 자를 병원까지 실어 나르고 전염병이 창궐하지 않도록 마을을 방역하는 일이랍니다, 하찮아서 실망했나요?

음, 의사와 다른 점이 또 생각났어요. 타인을 살리다가 자신의 신체 일부나 목숨 전체를 잃은 군인에게 지급되는 보상이 의사의 그것에 비해 너무 초라하다는 사실도 미리 밝혀야겠네요. 군인연금은 대개 미망인이나 자식들이 수령하지요. 국립묘지에 안장되어 영원한 명예를 누리게 될 것이라는 믿음은 정작 죽어 가는 군인들의 고통을 덜어 주는 데에는 별로 효과가 없어요. 여러분의 부모님들은 이런 현실을 너무나도 잘 알고 계시기 때문에 소중한 자식을 직업 군인으로 만들고 싶지는 않으실 겁니다. 직업 선택의 기준이 월급과 연금이라면 저 역시 제자식들에게 군인의 미래를 권장하지 않겠어요.

하지만 군인이 없는 세상을 한번 상상해 볼까요? 그때도 우린 평화로운 세상에서 살고 있을까요? 그 세상은 정말 아름답고 정의로울까요? 누군가의 부모가 된 여러분이 마음 놓고 생업에 종사하면서 자신의 의지대로 가족을 부양할 수 있을까요? 세계 곳곳에서 무수한 비극을 직접 목격하고 개입한 저로서는 부정적인 대답을 드릴 수밖에 없어 심히 유감이군요. 많은 사람들이 군대를 범죄 집단과 혼동하고 있지요. 하긴 아직도 세계 곳곳의 사악한 독재자들이 군대를 동원해서 자신의 권력을 지키고 부당한 이익을 편취하고 있다는 사실을 간과할 순 없겠죠. 그렇지만 좀 더 다양한 현실을 객관적으로 들여다본다면 일반인들의 편견과는 정반대의 결론에 도달할 수 있습니다.

즉 평화와 미래와 안녕과 정의를 위협하는 자들은 군인들이 아니라 오히려 정치인들이나 기업가들이죠. 그들을 자극하는 건 어제의 손해와 내일의 이익이죠. 목적을 이루기 위해서라면 그들은 선악이나 호오의 구별 없이 모든 것을 동원하고 닥치는 대로 싸우거나 부숴냅니다. 신념을 바꾸고 어제의 적을 오늘의 친구로 받아들이는 일쯤은 아무것도 아니죠.

단 군대만큼은 그들도 두려워하는데, 왜 그럴까요? 군인들이 잔인한 중화기로 무장하고 있어서? 하급 장교들 열 명만 의기투합하면 언제든 정권을 찬탈할 수 있기 때문에? 모두 정답이 아닙니다. 그들이 군대를 두려워하는 진짜 이유는 군대가 합리적인 사고 체계와 철저한 규율을 통해서 운영되기 때문입니다. 어느 정치인이나 기업가도 그 장점을 자신의 조직에 이식할 순 없어요. 그러니 군대가 존재한다는 사실만으로도 그 사회는 스스로 균형을 유지하는 능력을 지녔다고 말할 수 있지요. 그런 면에서 군인은 스포츠 경기의 심판에 가깝답니다. 게다가 어떤 군인들은 절멸의 위기에 처해 있는 인종이나 문화, 야생동물을 보호하는 임무를 맡기도 하죠. 생각이 여기에 이르면, 비록 처우가 매력적이지는 않지만 한 인간이 인류 전체에 봉사하는 방법으로서 군인이란 직업을 선택해도 좋을 것 같지 않나요?

이런 배경을 이해한다면 제가 지금부터 들려 드리는 이야기가 아주 흥미롭게 들릴 겁니다. 실망시키지 않기 위해서라도 미리 말씀드리지만 저는 오늘 여기서 군인들이 현재 사용하고 있는 첨단 무기에 대해서 일체 설명하지 않을 겁니다. 잘 훈련된 육신과 인류애로 가득 찬 영혼보다 더 강력한 무기가 없다는 사실을 미리 언급해 두겠습니다.

제가 평화 유지군의 일원으로 코소보의 스레브레니차에 파견된 때가 2005년 가을입니다. 잔혹했던 코소보 학살이 마무리되고 10여 년쯤 흐른 뒤였으니까 전 세계 사람들은 이미 코소보에 평화가 정착했다 믿고 있었지요. 하지만 대표들은 국제 사회의 주요 도로와 건물마다 초소를 세우고 무장한 군인들이 민간인들의 출입을 관리해야 할 만큼 위태로운 상황이라고 판단됐을 때 비로소 평화 유지군 파견에 동의한다는 역설을 여러분은 기억해야 합니다. 역설이라는 단어를 여러분이 이해할 나이가 됐는지는 모르겠네요. 대규모의 전쟁을 기획하고 무차별 학살과 파괴를 수행할 군대가 사라졌다고 해서 거주민들이 하루 아침에 안전지대에서 정상적인 생활을 할 수 있는 건 아니어서, 제한된 이권을 독점하기 위해 경쟁하는 집단들은 힘의 균형이 가져다주는 불쾌한 긴장감을 가능한 한 빨리 걷어 내기 위해서라도 더욱 잔인한 방법을 동원하지요. 군인과 민간인을 구별하여 공격하던 최소한의 윤리마저 사라지는 순간 인간은 더욱 무기력하고 위태로워졌어요. 제가 그곳에서 맡은 임무는 전쟁을 수행하는 게 아니라 학살을 막는 것이었지요. 이제는 겨우 50여 명밖에 남지 않은 고대 부족의 운명을 그곳에 도착한 지 사흘밖에 되지 않은 외국인인 제가 지켜 내야 했던 겁니다. 그들은 여느 인간이 지니지 못한 특별한 능력을 타고났지요.

여러분 모두 그리스 신화에 등장하는 세이렌 이야기는 들어 봤겠죠? 아직까지도 그 이야기를 들어 보지 못했다면 오늘 수업이 끝나는 즉시 책을 찾아 읽어 보길 권하겠어요. 그 책을 읽고 나면 저의 두 가지 주장에 동의할 수 있을 겁니다. 신화란 인간이 상상한 이야기가 아니라 망각한 이야기라는 사실, 그리고 그 신화가 완성된 이후로 수천 년 동안 인간은 거의 변하지 않았다는 사실이죠.

저희 부대는 그곳에 도착한 지 이틀 만에 테러에 대한 중요 첩보를 입수하고 중무장을 한 채 한 마을로 정찰을 나갔지요. 그리고 주민들을 한곳에 모아 놓고 다가오는 위험에 대해 설명했어요. 그들은 도망치거나 숨을 생각을 하지 않더군요.

처음에 저는 통역의 문제라고 생각했지요. 변변찮은 세간과 소중한 목숨을 맞바꾸려는 그들을 도저히 이해할 수 없었거든요. 상부의 명령이 부당하다는 생각까지 들었죠. 물론 나중에 제 오해를 인정하고 주민들에게 용서를 구했지만 말이에요. 그들은 자신들이 숨거나 도망치더라도 학살자들의 추적을 피할 수 없을 것이라고 두려움에 떨며 말했어요. 부대의 최종 명령권자로서 저는 안전지대에 이미 구축해 놓은 난민촌에 도착할 때까지 문제를 일으키지 않고 군인들의 지시에 따른다면 그 뒤의 안전을 확실히 보장해 주겠노라고 약속했지요. 그건 사탕발림이 결코 아니었어요. 비록 반군들이 최신 중화기와 비밀 조력자들의 도움을 받아 최근 몇 차례의 전투에서 승리하긴 했지만, 전 세계에서 파견된 평화 유지군을 장기간 상대할 만큼의 능력을 보유하고 있는 건 아니어서 그나마 자신들이 장악하고 있는 세계를 지켜 내기 위해서라도 그들이 먼저 평화 유지군을 공격하는 일은 일어나지 않을 것이라고 확신했죠. 난민촌을 공격하는 행위는 곧 자신들에게 조준되어 있는 최첨단 무기들의 방아쇠를 당기는 일과 조금도 다를 바 없었으니까요.

저는 이렇게 말하면서 주민들의 피난을 설득했지요. 어차피 대안이 없었는데도 그들이 머뭇거리는 게 이상했어요. 더 이상 지체했다간 주민들뿐만 아니라 제 부대원들마저 위험해질 수 있다는 판단 아래 저는 주민들을 강제로 난민촌까지 이동시키기로 결정했죠.

마지막 트럭이 주민들을 난민촌에 부려 놓은 뒤 채 하루가 지나기도 전에 저는 비로소 그들이 피난을 머뭇거린 진짜 이유를 알게 됐답니다. 새로운 난민들과 첫날밤을 같이 지낸 부대원들이 새벽에 제 숙소로 몰려와서 불평을 잔뜩 늘어놓았어요. 결코 믿을 수 없는 이야기였기 때문에 제가 직접 진위를 확인해야 했죠. 사람들의 입을 거치면서 과장되긴 했어도 소문은 전혀 거짓이 아니었어요. 글쎄, 놀랍게도, 새로운 난민들의 몸에서 노랫소리가 흘러나오는 게 아니겠어요? 그들 모두 잠들었거니 입을 다물고 있었는데도 막이에요. 리듬과 박자까지 지니고 있었죠. 주의 깊게 들으면 특정한 소리가 반복되었는데 음절을 명확하게 나누지 못해서 따라 부르거나 해독할 순 없었죠. 한 사람에게서 시작한 소리는 옆 사람에게 전파되고, 그러면 더욱 크고 묵직한 소리로 뭉쳤어요. 나중엔 난민촌 전체가 그 소리로 가득 차서 칠흑 같은 밤이 찾아오더라도 적들은 중화기를 조준해야 할 목표를 정확히 찾아낼 것 같았어요.

처음에 저와 부대원들은 반군들과 내통하고 있는 난민들이 일종의 메시지를 보내는 것이라고 간주했습니다. 그래서 난민촌 전체를 대낮처럼 밝히고 새로 편입된 난민들의 몸을 샅샅이 수색했지만 악기와 같은 도구를 도무지 찾아낼 수가 없었어요. 그래서 나중엔 사람의 목소리라고 의심했답니다. 어떻게 그런 소리를 내는지는 이해할 수 없었지만 오랜 훈련 덕분에 특별한 능력을 지니게 됐다는 추정은 가능했지요. 가령 터키 북부의 쿠스코는 현지어로 새의 마을이라는 뜻인데, 새가 많아서 그런 이름이 유래한 것은 아니고 전통적으로 양을 치면서 산중턱에 흩어져 살던 마을 사람들이 새된 휘파람을 불어 서로의 안부를 묻고 중요한 소식을 전달하게 되면서 그렇게 불렸다고 하지요. 수백 년 동안 전쟁이 끊이지 않던 코소보의 사람들에게도 그런 지혜와 능력이 생겨났을 수도 있다고 생각했습니다.

저는 더 많은 병력들을 투입하여 더욱 자주 난민촌 안팎을 순찰했을 뿐만 아니라 새로운 난민들이 반드시 준수해야 할 조항을 크게 늘렸죠. 즉 식사와 기도 시간 이외에 어느 누구도 천막 밖으로 말소리를 흘려보내서는 안 되며 악기나 도구, 손가락 등으로 만든 소리도 금지시켰죠. 지시를 따르지 않는 자들은 예외 없이 난민촌에서 추방하겠다고 엄포를 놓는 일도 잊지 않았어요. 그러면서 한편으로는 난민들 속에 숨어 있을지도 모를 첩자를 찾아내어 적에게 전달하려는 메시지를 해독하려고 노력했답니다. 아, 그렇다고 오해하진 말아요. 전 평화 유지군 장교로서 그곳에 파견된 이상 난민들을 고문하거나 부당하게 대한 적은 단 한 번도 없으니까요. 다만 공공선을 위해 최소한의 질서와 상식을 주입하기 위해 노력했을 뿐이죠. 그들도 저희의 진심을 믿고 순순히 지시를 따라 주었지요. 며칠 동안은 그 괴이한 소리가 들리지 않았어요. 첩자가 겁을 먹었거나 무리에서 도망쳤기 때문이라고 추측할 수도 있었죠. 하지만 사나흘이 지난 뒤 그 괴이한 소리가 다시 들려왔답니다. 자정을 넘긴 시간에 조명탄을 쏘아 올리고 난민들을 운동장에 모두 집합시킨 뒤에도 소리는 멈추지 않았지요. 그때 비로소 저는 그 소리가 난민들의 성대가 아니라 몸 전체에서 흘러나온다는 사실을 알아차렸지요.

정작 난민들은 자신들의 몸에서 흘러나오는 노랫소리를 전혀 듣지 못했어요. 소리를 없앨 작정으로 몸을 두꺼운 이불로 휘감아 보기도 하고 물을 채운 욕조 속에 눕혀 보기도 했지만 소리는 전혀 사라지거나 줄어들지 않았답니다. 그 소리는 마치 박쥐나 돌고래가 사용한다는 초음파처럼 장애물에 구애받지 않고 목적지를 정확히 찾아가는 것 같았어요.

흥분한 저는 난민들을 좀 심하게 다그쳤습니다. 그들이 거짓말을 한다고 충분히 의심할 수 있는 상황이었으니까요. 그들이 처음에 난민촌으로 이동하는 걸 거부했다는 사실도 떠올랐습니다. 그때 저도 모르게 폭언을 했다면 늦었지만 지금이라도 정중히 사과하겠습니다. 수백 명의 목숨을 책임져야 하는 장교로서의 고충을 조금이나마 이해해 주길 바랄게요.

심지어 거짓말 탐지기로 몇 사람의 진실을 확인해 본 적도 있습니다. 하지만 저의 의심을 입증할 어떤 증거도 발견할 수 없었지요. 결국 저와 부대원들을 반군의 기습 공격으로부터 지켜 내려면 난민들을 원래의 자리로 되돌려 보내고 철수하는 수밖에 없다는 결론에 이르렀습니다. 여태까지의 제 이야기를 여러분은 믿을 수 있겠어요? 이토록 영광된 자리에서 제가 굳이 어린 여러분에게 거짓말을 할 이유가 있을까요? 군인은 세상에 명확하게 증명할 수 있는 명령만을 따른다는 사실을 명심하세요. 만약 제 이야기에 조금의 거짓이라도 섞여 있다면 설령 내일 당장 불명예 전역을 당한다고 하더라도 저는 전혀 불평하지 않겠습니다. 군인에겐 생명보다 명예가 더 중요하다는 걸 어른들만큼이나 여러분들도 잘 알고 계실 것이라고 믿습니다.

아무튼 저의 결정은 평화 유지군의 고위 간부들을 곤란하게 만들었지요. 수천 명의 목숨을 지켜 내기 위해서 수십 명의 목숨 정도는 어쩔 수 없이 희생될 수도 있다는 논리가 평화 유지군에게는 전혀 통용되지 않는답니다. 만약 단 한 명의 군인이라도 전사하게 된다면 그를 파병한 국가는 적에게 처절한 응징을 선언하거나 철군을 의결할 테니까요. 최선의 방법은 코소보 밖의 중립지대에 새로운 난민촌을 세우고 난민들을 옮기는 것이었지만, 저희 활동에 우호적이지 않은 국제사회가 그 제안을 받아들일 가능성은 희박했어요. 그러니 제 고민은 더욱 깊어질 수밖에 없었죠. 위험지역에서 목숨을 건 채 인류애를 실천한 저와 부대원들은 적어도 정체를 알 수 없는 적의 기습 공격에 지레 겁을 먹은 나머지 인류 역사를 연구하는 데 매우 중요한 단서를 제공할 수 있는 부족의 전멸을 방조했다는 비난으로부터 평생 고통받고 싶지는 않았습니다. 그러던 어느 날 문득 누군가로부터 이런 질문을 받았습니다.

"그 괴이한 소리를 듣고 동조하는 자들이 있다면 그들의 몸에서도 그 소리가 흘러나오고 있지 않을까요?"

이민족 간의 전쟁이 아니라 한 부족의 학살을 막기 위해 제가 파견됐다는 사실을 이쯤해서 다시 떠올려 주시기 바랍니다. 만약 반군이나 난민들이 같은 유전형질과 문화와 전통을 공유한 민족이라면 모두의 걱정과는 달리 그들이 서로 화해할 방법을 스스로 찾을 수도 있을 것 같았습니다. 그러자 비로소 평화 유지군의 고위 간부들은 임무 완수에 필요한 이성을 회복할 수 있었지요. 그래서 저희 부대원들의 막사를 난민촌에서 500여 미터 떨어진 곳으로 옮기는 한편 본국의 의사들을 초청하여 역학 조사를 진행했죠. 하지만 2주 동안 의사들은 아무런 성과도 거두지 못했습니다. 다만 한 의사가 오랫동안 머뭇거린 끝에 그 괴이한 소리는 공포와 관련 있을지도 모른다고 자신 없는 표정으로 말했습니다. 반군의 기습 공격이 시작될 것이라는 소문이 난민촌 안에 휘돌아다니던 밤마다 그 소리가 유독 크게 울렸다는 사실을 그 추정의 근거로 제시했습니다. 그러니까 공포가 난민들의 몸을 빠져나오면서 기이한 소리를 낸다는 것이었습니다. 소리는 골반뼈를 울려서 나는 것 같다는 의견도 덧붙였죠. 채집한 정보들을 고국으로 가지고 가서 정밀 분석해 봐야 증상과 원인을 추정할 수 있을 것 같다는 무책임한 언질을 남긴 채 의사들은 귀국했습니다.

그 뒤로 서너 달이 지나도록 아무런 연락도 오지 않았고 새로운 논문이 발표된 적도 없습니다. 그러니 저희가 모두의 목숨을 지키고 평화를 유지하기 위해 무엇을 할 수 있었겠습니까, 그 수상한 주민들을 주위와 완벽하게 고립된 공간에 가둬 두고 공포가 준동하지 못하도록 매일 파티를 열고 음악을 연주하고 음식을 만드는 것 말고는? 이와 동시에 반군의 은신처로 의심되는 지역의 상공에 정찰기와 폭격기를 동시에 띄우고 당장이라도 폭격할 것처럼 공포를 확산시키면서 혹시 주변에 숨어 있을지 모를 반군들의 몸에서도 그런 소리가 흘러나오도록 유도했죠. 다행히 난민촌 밖은 고요했습니다. 고대인들의 신비한 능력을 아직까지 지니고 있는 자들이 난민촌에 고작 50여 명밖에 남아 있지 않다는 결론이 저희가 인류 역사를 연구하는 데 기여한 성과였죠.

저는 본국으로부터 새로운 임무를 부여받아 후임에게 부대 지휘를 맡기고 스레브레니차를 떠나야 했습니다. 그게 10여 년 전의 일이죠. 지금까지도 코소보는 마치 악어의 등에 올라탄 새끼 가젤처럼 위태롭게 평화를 유지하고 있습니다. 최근 코소보 의회가 내전 당시 추악한 범죄를 주도한 자국의 지도자들을 심판하기 위해 특별 재판소를 설치했다는 뉴스를 전해 들었는데, 평화 유지군의 일원으로서 쏟아부었던 노력이 조금이나마 보상받게 된 것 같아 잠시 감격했답니다.

오늘 제 이야기를 듣고 훗날 직업 군인으로서 살게 될 사람이 여러분 중에서 나올지도 모르겠습니다. 아, 당연히 평화 유지군은 지속될 것입니다. 왜냐하면 세상의 모든 사람들은 이웃의 평화가 자신의 이익과 상충될 경우 항상 후자를 선택할 것이기 때문입니다. 평화를 지키려는 사람들보다 평화를 깨뜨리려는 사람들이 더 많이 존재하는 이상 평화 유지군을 필요로 하는 사람들이 많아질 수밖에 없다는 아이러니를 이해할 필요가 있어요. 아이러니라는 단어를 여러분이 벌써 이해하고 있는지는 모르겠습니다만. 군인이 되려면 한 가지만 꼭 기억해 주세요. 군인으로서 평화를 유지하는 임무를 성공적으로 수행하려면 강인한 신체와 불굴의 용기, 과감한 결단력, 그리고 전략적 사고 능력을 지녀야 하는 것은 물론이고, 경우에 따라선 환자를 치료하거나 악기를 연주하고 음식을 만들거나 외국어를 통역하는 능력 또한 갖춰야 한다는 것입니다.

최근 부다페스트 외곽에서 벌어진 로마니 시위대와 군대 사이의 충돌 장면을 보면서 이런 생각을 다시 하게 됐어요. 전 시민들의 정당한 권리를 해치는 어떤 불법도 용납할 생각이 전혀 없지만, 잃을 게 없어서 더욱 극악무도해진 자들을 다룰 때에는 좀 더 단순하고 명확한 방법을 사용할 필요가 있을 것 같아요. 사건의 이해 당사자들을 직접 제압하려고 애쓰는 것만큼이나 그 사건을 주시하고 있는 다수를 자기편으로 만드는 전략도 매우 중요한데, 헝가리군의 고위 간부들이 이 사실을 간과하는 바람에 상황을 어렵게 만들었다는 인상을 지울 수가 없네요. 재미없는 제 이야기를 여기까지 경청해 줘서 너무 감사합니다.

군인의 이야기는 여기에서 끝난다. 평화를 지키려는 사람들보다 호시탐탐 그것을 박살 내고 이익을 독점하려는 사람들이 세계 곳곳에 득세하고 있는 이상 평화 유지군은 영원히 존재할 수밖에 없다는 문장을 담임교사가 평화는 인류의 공존을 위해 필수 불가결한 조건이기 때문에 인류 전체를 보호하기 위해서라도 평화 유지군은 오지에서 임무를 꿋꿋이 수행할 것이라고 헝가리어로 통역했다. 고작 6개월 전에 부다페스트로 부임해서 헝가리어를 거의 이해하지 못하는 군인은 그저 득의양양한 표정으로 아이들을 둘러보면서 질문을 기다렸다.

한 아이가 최신 무기에 대한 질문을 했다가 담임교사로부터 핀잔을 들었다. 살아 있는 사람을 쏘았을 때 느낌이 어떠냐고 다른 아이가 연달아 물었고, 담임교사는 헝가리어로 전쟁이란 누군가를 죽이는 컴퓨터 게임이 아니라 오히려 누군가를 살리는 노동이기 때문에 누군가를 살렸을 때의 느낌을 다시 물어봐 달라고 아이들에게 요구했는데 아무도 질문을 하지 않자 자신이 아이들을 대신하여 군인에게 그렇게 물었다. 아이들의 께름칙한 표정에서 담임교사의 개입을 눈치챘지만 짐짓 모른 척하면서 군인은 코소보의 난민촌에서 처음 만난 뒤로 지금까지 간간이 소식을 주고받던 소녀가 최근 이웃나라의 의과 대학에 진학하게 됐다는 편지를 받았을 때 한 사람이 아니라 한 마을 전체를 비극에서 구해 낸 것 같아 큰 보람을 느꼈다고 대답했다. 군인의 연봉이 얼마냐는 물음에는 위험지역을 진절하고 마지로 돌아온 뒤 자신의 탄창에 남아 있는 총알의 숫자만큼 위험 수당을 계산해서 수령한다고 대답함으로써 아이들의 호기심을 끌었다. 사용하지 않은 총알의 숫자는 평화 수준과 비례하고 위험 등급과 반비례하므로 총알이 많이 남아 있을수록 수당을 적게 받는다고 군인은 자상하게 설명했다.

그가 코소보에서 평화 유지군 임무를 마치고 모국으로 귀국한 이듬해 이웃나라와의 전쟁에 참가하여 민간인들을 무참하게 학살했다는 사실은 일일교사 선정 과정에서 미처 확인되지 않았다. 그가 공습할 목표의 좌표를 잘못 계산하는 바람에 폭격기는 아이들이 수업을 받고 있는 한낮의 학교에 폭탄을 투하했다. 아이들에게서도 어른들만큼이나 많은 양의 피가 흘러나왔으나 비명은 어른들보다 훨씬 짧았다. 많은 아이들이 죽었으므로 한동안 테러리스트를 걱정할 필요가 없다고 그는 상부에 덤덤하게 보고했다. 승전의 공로로 포상을 받고 진급까지 하게 된 이상 그는 굳이 자신의 실수를 고백할 필요를 느끼지 못했다. 하지만 전쟁을 이끌었던 양국의 정권이 실각하면서 전쟁 범죄자들에 대한 처벌이 논의되기 시작했다. 민관 합동 조사단에 의해 자신의 신상과 범죄 사실이 밝혀지기 직전에 그는 이전 정권의 실세들에게서 일종의 면죄부를 받아 내고 나토군의 일원으로 헝가리에 파견됐다. 게다가 그는 최근 부다페스트 외곽에서 로마니들이 대규모 시위를 벌였을 때 나토군 장교라는 신분을 숨긴 채 민병대의 일원으로 참가하여 로마니들을 무자비하게 진압했다는 의혹까지 받고 있다. 최근 그의 모국에서 발행된 진보 성향의 일간지에 지난 추악한 전쟁에 대한 사설이 실렸다. 현지어와 영어에 능통한 지인의 도움을 받아 그 전문을 옮긴다.

자국의 군대는 엄격한 명령 체계에 의해 통제되어야 한다. 서커스단의 맹수는 언제든지 야생의 본능을 회복하여 조련사에게 달려들 수 있기 때문이다. 지난 전쟁에서 우리 군대는 국민의 권리와 영토를 지켜 내기 위해 헌신과 희생을 감수한 끝에 역사에 길이 남을 승리를 거두었다. 비록 휴전과 피해 보상 문서에 서명하긴 했지만 결코 부끄럽지 않은 결과였다.

전쟁 과정에서 국민들을 불명예스럽게 만든 사건들을 더 이상 역사 뒤에 감춰서는 안 된다. 특히 학교와 병원을 파괴하고 그곳의 선량한 민간인들, 특히 아이들과 여자들을 무참하게 학살한 반인류적인 범죄는 공소시효의 제약 없이 전모를 철저하게 밝혀야 한다. 최고 통수권자의 명령을 어긴 채 잔혹한 전쟁 범죄를 주도했던 최전방 부대장들에겐 지금이라도 엄중한 책임을 물어야 할 것이다. 그들은 정권 실세들의 도움을 받아 외국으로 피신했거나 전역한 뒤에 주요 국영기업의 간부로 취업해서 여전히 안락한 생활을 영위하고 있다. 그들을 정의의 법정에 세워 단죄하지 않는다면 복수의 악순환은 멈추지 않을 것이고, 평화는 결코 찾아오지 않을 것이다.

그런 의미에서 야당이 이번에 상정한 전쟁 범죄 처벌법은 국민 모두의 환영을 받아 마땅하며, 이 법률이 가장 먼저 적용되어야 할 피의자들의 명단이 조만간 언론을 통해 공개되길 희망한다. 용서와 화합은 처벌과 격리 이후에 진행해도 늦지 않다. 힘없는 피해자보다 막강한 피의자를 늘 보호했던 관례를 과감히 깨고 준엄한 정의가 권위를 되찾는 순간을 국민 모두가 간절히 기다릴 것이다.

2

요리사의
이야기

부다페스트의 유대인 회당 부근에서 작은 프랑스 식당을
운영하는 요리사는 어느 날 저녁 찾아온 손님들이 세인트버
나드 국제 학교의 인터내셔널 데이 행사에 대해 이야기하는
것을 들었다. 부다페스트에서 성공한 자들만이 그 행사의 일
일교사로 초대받는다는 사실에 흥미를 느낀 요리사는 이 손
님들이 다시 자신의 가게에 나타나길 기다렸다가 평소보다
훨씬 공들여서 요리한 음식을 식탁까지 직접 들고 날랐다. 음
식에 대한 평가를 기다리는 동안 그는 자신이 살아온 이야기
를 간략하게 들려주었다.

　　한때 프랑스 식민지였던 아프리카 국가에서 전쟁고아로 자
라난 그는 학교를 가는 대신 야채 가게에서 허드렛일을 하면

서 끼니를 해결하고 있었다. 그러다가 우연히 프랑스 식당 주인의 눈에 띄어 요리사의 길로 들어섰고 그의 후원 덕분에 프랑스 본토에서 2년간 요리 학원을 다닐 수 있었다. 후원자와의 약속대로라면 모국으로 되돌아와서 프랑스 식당의 주방을 맡아야 했으나 학업 중에 프랑스 여자와 사랑에 빠지면서 그 약속을 지킬 수 없었다. 실연의 상처를 도나우강에 통째로 던져 버리기 위해 부다페스트까지 왔다가 그는 강변의 야경과 사람들의 친절에 매료되어 마음을 고쳐먹었다. 세례를 받듯 장불에 몸을 씻었더니 죽음에 대한 욕구보다 삶에 대한 애정이 더 강해져서 그는 제3의 고향이 된 이곳에 식당을 열었다고 말했다.

자신의 이야기가 어떤 책보다도 더 현실적인 교훈을 포함하고 있다고 확신한 그는 일일교사로 참여하고 싶다고 간청했다. 손님들은 자신들의 정체를 그가 이미 알고 있다는 사실에 놀랐다. 곧 일일교사와 관련하여 어떠한 청탁도 받아서는 안 된다는 교칙을 떠올리며 그 자리를 급히 빠져나오려고 시도했다. 하지만 요리사가 갑작스레 태도를 바꾸어 자신의 무례를 정중히 사과하며 주방으로 물러난 데다 식탁 위에서 진기한 풍미를 발산하고 있는 프랑스 음식을 차마 외면할 수 없었기 때문에 그들은 저녁 식사를 계속하기로 결정했다. 그곳의 음식은 오감과 추억과 허영심을 단숨에 자극할 만큼 뛰어났다. 음식이 천천히 소화기관을 통과해 가는 동안 몸 전체는 하나의 감각기관으로 변하여 거대한 환희를 꼼꼼히 기록했다.

환희가 수그러들고 포만감이 가벼운 불쾌감으로 변하기 시작하자 그들은 더 이상 그 요리사의 요구를 거절할 수 없게 됐다. 이는 하데스가 건넨 석류 몇 알을 삼켰다는 이유로 평생 지하 세계를 떠날 수 없었던 페르세포네의 비극과 견줄 수 있다. 음식이 절반쯤 사라졌을 무렵 그들 앞에 다시 나타난 요리사는 자신을 일일교사 후보에서조차 배제하는 건 대부분 서유럽 국가에서 일상적으로 재현되고 있는 인종 차별 행위와 전혀 다르지 않으며, 인민 전체가 주인이 되는 세상을 만들기 위해 노력했던 동유럽 국가의 사회주의 전통과도 분명히 어긋난다고 은근한 미소를 띤 채 말했다. 인터내셔널 데이 행사에 백인과 황인만 참여시키는 것은 아이들에게 반쪽 세계만을 가르치는 것에 지나지 않으며 그 지식마저도 불완전할 수밖에 없는 데다가 흑인 노예의 영향을 받지 않은 세계는 결코 존재하지 않고, 흑인이 단 한 명이라도 존재하는 곳에선 늘 새로운 문화와 철학이 탄생했다고 그는 주장했지만 납득할 만한 증거를 대지는 못했다.

요리사의 이야기를 어느 누구도 중간에 끊고 자리에서 일어나지 않은 게 보직교사들의 여섯 번째 실수였다. 첫 번째 실수는 그곳에 처음 방문했을 때 주위를 살피지 않고 직업 체험 수업에 대해 이야기한 것이고, 두 번째 실수는 두 번째 방문한 것이며, 세 번째 실수는 요리사가 자신의 이야기를 두서없이 늘어놓을 수 있도록 그대로 놔둔 것, 네 번째 실수는 주문한 음식을 두고 곧장 자리를 벗어나지 않은 것, 다섯 번째 실수는 그 음식을 불쾌한 기분이 들 때까지 삼킨 것이었다. 보직교사들 중 한 명이 불편한 상황을 서둘러 모면할 생각에 그의 제안을 긍정적으로 생각해 보겠다고 말한 것이 일곱 번째 실수가 되어 돌이킬 수 없는 결과를 낳고 말았다.

보직교사들은 아무의 흔적은 없애려는 듯 음식을 게걸스레 삼킨 뒤 계산서에 기록된 비용을 정확하게 지불하고 테이블에 팁까지 남겼다. 요리사는 갑자기 인터내셔널 데이의 후원자로 변신하여 식사비 일체를 받지 않으려 했지만 보직교사들의 고집을 끝내 꺾진 못했다. 보직교사들은 집에 도착해서야 비로소 자신이 그 식당에서 마신 와인이 대형 마트에서는 다섯 배나 더 비싸게 팔린다는 사실을 깨닫게 됐다. 이것이 여덟 번째 실수였다.

그날 이후로 요리사는 매일 학교에 전화를 걸어와 일일교사 선정 현황을 물었다. 그의 전화를 받은 보직교사들이 궁색한 대답만 늘어놓을 때면 요리사는 어김없이 그 와인의 가치를 일깨워 주었다. 자괴감에 시달리던 보직교사들 중 한 명이 파면까지 각오하고 이 사실을 고백했을 때 교장은 의외로 덤덤하게 받아들였을 뿐만 아니라 그 요리사를 일일교사로 초빙하라고 지시했다. 그는 언론이 지대한 관심을 보이는 국제 행사인 만큼 일일교사들의 인종이나 성별, 종교에 따라 정치적 고려를 하지 않을 수 없다는, 요리사의 주장과 정확히 같은 논리를 폈다.

수화기 건너편의 요리사는 세계의 반쪽을 얻은 것처럼 감격했지만 보직교사들은 그의 진정성을 더 이상 신뢰할 수가 없었다. 자신의 식당에서 최고급 프랑스 요리로 저녁을 대접하겠다는 제안을 매몰차게 거절할 수 있었던 것도 이 때문이었다. 일일교사로 학교에 나타난 순간부터 학교를 떠날 때까지 한순간도 방심하지 않고 그의 일거수일투족을 주의 깊게 감시하여 어떻게 해서든지 복수하겠다며 보직교사들은 전의를 불태웠다. 교장에게서 면죄부를 받은 보직교사들이 예년보다 더욱 열정적으로 행사를 준비했다는 사실을 굳이 강조할 필요는 없겠다. 어쩌면 이런 효과를 노리고 교장이 그들을 선처했는지도 모른다.

요리사는 행사 당일 아침에 직접 만든 마카롱과 크루아상 상자 여섯 개를 들고 학교로 들어오다가 안면이 있는 보직교사에게 제지당했다. 세계 각지에서 모여든 아이들 중에는 일반적으로 알려지지 않은 알레르기로 고통받는 아이가 섞여 있을지 모르기 때문에 설령 부모가 준비해 준 음식이라고 할지라도 친구들끼리 나눠 먹는 행동이 교칙으로 엄격히 금지되어 있다는 설명을 듣고서야 상자를 보직교사에게 통째로 건네주어야 했지만, 요리사는 그것을 최후에 소비할 고객들이 누구인지 잘 알았기 때문에 의미심장한 미소로 보직교사의 억압에 대응했다.

대기실 안에서 일일교사들을 살갑게 안내하고 있던 보직교사들은 요리사와 눈조차 마주치지 않은 채 서둘러 자리를 피했다. 이런 비우호적인 분위기가 오히려 요리사에게서 긴장감을 덜어 주었다. 그는 자신이 일일교사들 중에 유일한 흑인이자 아프리카 출신이라는 사실을 분명히 각인시키기 위해서라도 이유 없이 교실 안을 서성이며 소란을 피웠다. 일일교사들에게 자신의 식당 위치가 그려진 명함을 나누어 주다가 다시 교사들의 제지를 받기도 했다. 요리사는 마치 종교 때문에 박해받은 자처럼 힘없이 웃으며 한동안 꼼짝도 하지 않고 출입문 앞에 서 있었다. 수업 시작을 알리는 차임벨이 울리고 자신의 이름을 부른 담임교사를 뒤따라 대기실을 빠져나가던 그는 등 뒤에 남은 자들이 자신을 노예선에 오르고 있는 검은 상품처럼 간주하지 못하게 하려고 갑자기 춤을 추듯 좌우로 몸을 격렬하게 흔들고 허밍까지 하면서 담임교사보다 앞서서 걸어갔다.

모두 안녕. 만나서 반가워. 너무 벅차서 말을 이어 갈 수가 없을 지경이군. 이게 내가 너희들에게 지금 가장 확실하게 말할 수 있는 진실이야. 물론 믿거나 말거나 너희들 자유다. 반갑지 않다면 결코 진실을 말할 수 없겠지. 새로운 사람들을 만나서 이야기하는 일이야말로 살아 있는 인간에겐 축복이 아니겠냐?

나는 부다페스트 외곽에서 프랑스 식당을 운영하고 있는 요리사야. 흑인 요리사를 만날 기회가 많지 않았던 너희들은 내 말을 믿지 못하겠지만 엄연한 진실이니 곧이곧대로 믿는 게 좋아. 자격을 증명해 보이려고 나는 오늘 새벽 4시에 일어나 마카롱 두 상자와 크루아상 네 상자를 만들었는데, 유감스럽게도 너희 선생들이 교칙을 위반했다는 이유로 그걸 빼앗아 갔어. 5년 동안 식당을 운영하면서 내가 만든 음식을 먹고 토사곽란을 일으킨 손님이 단 한 명도 없었다고 항변했는데도 너희 선생들은 믿지 않았어. 그걸 너희들이 맛볼 수만 있다면 나의 진심에 자연스레 공감할 수 있었을 텐데, 유감스럽게도 그런 기회는 찾아오지 않을 것 같아. 그 불순한 것들은 이미 쓰레기통에 처박혔거나 아니면 너희 선생들이 모두 나눠 먹었을 테니까.

너무 실망할 필요는 없어. 그것들을 먹고 싶으면 언제든 나를 찾아와. 내가 운영하는 식당의 주소를 알려 주는 것 역시 여기선 금지되어 있을 테니 나중에 부모님에게 물어봐. 단 너희들 부모님에게도 내가 흑인 요리사라는 사실을 미리 알리지 마

라. 벌써부터 너희들을 실망시키고 싶진 않지만 부모님도 너희들 선생만큼이나 많이 인종과 직업에 대한 편견을 지니고 있을지도 모르니까. 물론 믿거나 말거나 너희들 자유야.

아무튼 오늘 여기서 너희들을 이렇게 만나게 해 준 학교 측에 감사하고 또 감사해. 너희들 담임선생님이 저기 서 계신다고 해서 갑자기 지어낸 빈말은 결코 아냐. 난 그렇게 사교적인 사람은 아니니까. 나처럼 불우한 어린 시절을 보내지는 않았을 너희들의 관심을 얻으려면 시간이 좀 더 필요할 것 같구나.

나는 학교에 입학할 나이가 되기도 전에 벽돌 공장에서 일을 시작했어. 하루 종일 일해야 겨우 주먹 크기의 빵 한 조각을 얻을 수 있었지만 그마저도 두 동생들과 나눠 먹어야 했기 때문에 늘 배가 고팠어. 그래서 자연스레 요리사가 되는 꿈을 꾸게 됐지. 요리를 하면서 잘라 낸 식재료나 손님이 먹다 남긴 음식으로라도 배를 채울 수 있을 테니까. 너희들이 믿거나 말거나 사실이야. 어쩌면 너희들이 믿을 수 없는 것만 진실일지도 몰라. 아무튼 나는 희망의 끈을 놓지 않으려고 발악한 끝에 프랑스 식당에서 허드렛일을 맡을 수 있었고, 10여 년 뒤 요리를 정식으로 배울 때까지 쓰레기통을 뒤져서 살아남았어. 고귀한 출신인 너희들도 나처럼 할 수 있었을까?

순전히 쓰레기통의 음식을 차지하기 위해 나는 매일 아침 어느 누구보다 일찍 출근하고 가장 늦게 퇴근했어. 그리고 하루에 두 번씩 쓰레기통 안팎을 물로 깨끗이 닦았지. 쓰레기통에 처박힌 음식을 먹어도 언제나 인간은 인간이니까. 이것이 내가 너희들에게 들려주고 싶은 첫 번째 교훈이야. 유럽인들은 너무 많은 음식을 쓰레기통에 버리고 있지. 매일 쓰레기통에 버려지는 음식으로 아프리카인 전체를 반년 정도는 먹여 살릴 수 있을지도 몰라. 그렇다고 내가 매일 쓰레기통을 뒤져서 찾아낸 재료로 요리를 만들어 손님들에게 내놓고 있다는 뜻은 결코 아냐. 나는 항상 최상의 재료를 사용하되 가장 덜 버리는 방식으로 요리해. 그런 방법은 내 유년 시절의 기억 덕분에 터득할 수 있었어. 너희들이 믿거나 말거나.

설령 너희 담임선생은 오해하더라도 너희들만큼은 내 이야기를 오해하지 말고 들어 줘. 나는 지금 너희들이나 너희 부모들을 비난하거나 조롱하려는 게 결코 아냐. 오히려 나의 성공을 과장해서 너희들의 분발을 자극하려고 하는 거야. 나처럼 비천하고 불행한 자도 결국 희망에 이끌리어 이곳까지 올 수 있었으니, 나보다 훨씬 좋은 조건에서 시작한 너희들에겐 더 화려한 영광과 번영이 함께할 것이라고 말하는 거야. 알아듣겠어? 내 말이 너무 어렵니? 도대체 너희들은 내게 뭘 기대한 거냐? 이런 수업에서 뭔가 기대하는 것이 있긴 한 거냐?

너희들이 이해하든지 말든지, 너희 담임선생이 오해하든지 말든지 나는 너희들에게 두 번째 교훈을 말해 주겠어. 어느 누구도 너희들에게 미래를 강요할 수는 없다는 거야. 미래는 너희들 스스로가 결정하는 것이고 그걸 끝까지 책임지면 그만이야. 너희들이 받아들일 수 있는 만큼만이 너희들의 미래이고, 그것들이 모여 인류의 미래가 될 거야. 자신이 선택하지 않은 건 굳이 책임질 필요가 없다고 생각할지도 모르겠어. 하지만 너희들처럼 어린 인간이 선택할 수 있는 건 아직 거의 없을 거야. 어릴 땐 자신과 자신의 환경을 이해하는 일만으로도 하루가 너무 짧고 어두우니까. 그러다가 문득 세상으로 나가야 할 나이가 됐다고 생각했을 때 너희들은 자신의 운명이 이미 결정되어 있으며 그걸 바꾸는 일이 세계를 변화시키는 것보다도 더 어렵다는 사실을 깨닫게 될 거야. 그땐 어떤 변명을 하더라도 위안받지 못하겠지. 운명은 오래전에 건성으로 선택한 결과들로 가득 채워져 있기 때문이야.

그렇다고 너무 걱정할 필요는 없어. 단언컨대 너희들이 무슨 결정을 내리더라도 결코 실패하지 않을 거야. 너희들 주위엔 항상 능력 있는 부모와 따뜻한 형제와 자상한 선생님들이 머물고 있으면서 자신들의 운명을 기꺼이 너희들의 시행착오를 위한 실험실이자 주방으로 빌려줄 테니까 말이야. 지금부터 내가 하는 이야기도 그저 한 귀로 듣고 한 귀로 흘릴 뿐, 너희들의 인생에 참견할 수 있도록 놔두진 마라. 세상으로 나가야 할 나이가 됐다고 깨닫는 순간에 내 이야기가 너희들의 판단력을 흐리게 만들 수 있어. 다만 너희들이 누군가의 정수리를 밟고 올라서 있다는 사실만큼은 잊지 않았으면 좋겠어. 방심하는 순간 너희들의 세상은 안과 밖이 뒤바뀌고 너희들은 운명의 주인에서 노예로 전락할 수 있지. 그러니 알량한 자존심이나 영웅심은 일찌감치 버리는 게 상책이야. 너희들이 내 말을 제대로 알아듣든지 말든지 상관없어. 내가 너희들에게 분명히 말했다는 사실이 내겐 더 중요하니까. 늘 실용적으로 생각하는 습관이 생존에 큰 도움이 되지.

지금부터 프랑스의 음식 문화에 대해 이야기해 줄게. 프랑스 음식은 결코 실용적인 사고의 산물이 아니지만 실용적으로 생각하는 습관 덕분에 내가 프랑스 요리사로서 성공할 수 있었던 것 같아. 그리고 성공은 반드시 경쟁과 패배자를 요구하는 법이지. 내 말투가 너희들 귀에 거슬린다고 해도 너그럽게 이해하는 게 좋아. 거듭 말하지만 나에겐 예절을 가르쳐 줄 부모가 없었어. 그래서 요리처럼 혼자서 할 수 있는 일을 더욱 좋아하게 됐는지도 몰라. 죽은 생선이나 가축은 도마 위에서 나의 자비로운 처분만을 조용히 기다리고, 나는 기도하는 방식으로 요리를 하지. 내가 만든 음식으로 인간은 행복해져야 해. 물론 내 천박한 언어와 행동 때문에 내가 만든 음식의 가치가 늘 훼손되고 있다는 걸 잘 알아. 마치 세례식에 앞서 제병을 나눠 먹듯이 이 수업에 앞서 마카롱과 크루아상을 너희들과 나눠 먹고 싫었어. 그랬더라면 좀 더 긍정적이고 여유로운 표정으로 너희들에게 이야기를 할 수 있었을 텐데 너무 아쉬워. 그래도 내 이야기를 끝까지 주의 깊게 들어 줘. 어쩌면 내가 너희들 인생에 유일하게 등장하는 아프리카 출신의 흑인일지도 모르니까. 그래서 나를 이곳으로 초대해 준 학교 측의 결정이 놀라울 따름이야.

프랑스에서 나는 음식은 인간이 신을 찬미하는 형식이라고 배웠어. 그래서 대부분의 프랑스 음식은 중세 시대 수도자들의 서재에서부터 시작되는 거야. 수도자들은 자신의 혀가 악마의 소유물이라는 생각 때문에 식도락을 즐길 수가 없었대. 혀를 사용하지 않고 음식을 통째로 삼키는 식습관 탓에 평생 위장병에 시달려야 했지만 통증이나 경련마저 신의 가호로 여겼을 만큼 충직했지.

반면 귀족들은 이와 달랐어. 그들은 악마의 인내심을 시험해 볼 작정으로 식도락을 즐겼어. 인도와 아메리카 대륙의 발견이 악마를 해방시킨 셈이지. 프랑스 요리사인 내가 생각해도 과도한 향신료와 장식이 프랑스 음식의 가치를 훼손하고 있는 건 확실해. 삼키는 순간 생명의 순환 시스템에 감사하도록 만드는 음식이라면 칭송되어 마땅하지 않을까? 그렇지 않다면 당장 뱉어 버려야 해. 프랑스 요리의 전통을 훼손했다는 이유로 손님들의 비난을 받을 때마다 나는 생각해. 식사 시간 내내 오로지 혀와 코, 눈의 존재만을 기억시킨 음식은 모두 쓰레기라고. 오히려 위장을 편하게 만들고 사유를 확장시켜 주는 음식이야말로 최상의 미덕을 지닌 거야. 그 멍청한 표정으로 내 말을 알아듣고 있긴 한 거니?

푸아그라와 관련된 이야기를 당장 들려주는 게 낫겠구나. 내 이야기를 다 듣고 난 뒤에도 여전히 푸아그라를 칭송하는 자가 있다면 나는 그를 기꺼이 축복할 거야. 스스로 검증하지 않은 것을 무턱대고 진실로 받아들이지 않는 그의 고집 덕분에 세상이 지금보다 조금은 나아질 수도 있을 테니까. 좋은 요리사는 뛰어난 예술가나 영양학자라기보다 소심한 실험가이자 잘 훈련된 기술자에 가깝지. 실험에서 실패하는 게 성공하는 경우보다 훨씬 많지만, 일단 단 한 번이라도 성공하기만 하면 두 번 다시 실패하는 법 없이 손님들의 찬사를 무한히 재현해 낼 수 있어. 다만 아무리 용감한 실험가나 성공한 기술자일지라도 내가 운영하는 식당에서 푸아그라 요리를 주문했다간 물벼락을 맞게 된다는 사실을 절대 잊지 말아라.

프랑스에서 음식을 배울 때 나는 너무 외로웠어. 관용과 연대의 전통은 아프리카 출신의 가난한 흑인에게까지 미치지 않았어. 나는 어디에서든지 살아남을 자신이 있었지만 그 학교를 졸업할 자신은 없었단다. 프랑스어로 적힌 요리책을 읽고 이해하는 과정은 마치 맹인이 대도시의 지하철 노선도를 기억하는 것과 같았거든. 어원과 역사를 알 수 없는 낯선 단어들은 끊임없이 나를 어린아이로 만들었지. 프랑스 요리에 사용되는 재료와 향신료는 무궁무진해. 먹을 수 있는 것과 먹을 수 없는 것들이 하나의 접시에 담겨 손님에게 전달되기도 하니까. 뭘 어떻게 먹어야 하는지 아무도 가르쳐 주지 않아. 그러니 옆 테이블에 앉은 손님들의 몸짓을 곁눈질해 가면서 식사를 하지 않으면 안 돼. 옆 사람의 실수를 고스란히 반복하고 멋쩍어하는 손님들을 프랑스 식당에서 발견하는 건 결코 드문 일이 아니지. 너희들이니 너희들 부모라고 해서 크게 다르지 않을걸?

프랑스 요리와 견줄 수 있는 것은 오직 중국 요리뿐인데 유럽인들의 근거 없는 우월 의식 때문에 중국의 역사와 문화가 폄하되는 것 같아 몹시 유감이야. 중국인은 결코 먹을 수 없는 것을 접시에 담지 않지. 그들은 식재료의 정체를 그대로 드러내는 것도 결코 두려워하지 않아. 반면 프랑스인은 그것을 감추는 데 너무 많은 시간과 노력을 쏟고 있어.

예를 들어 종이책을 재료로 한 요리를 하게 됐다고 하자. 실제로 아프리카엔 그런 요리가 있단다. 중국인 요리사는 그것을 통째로 돼지기름에 튀기고 전분과 고추기름으로 만든 소스를 그 위에 뿌려 식탁에 올리지만, 프랑스인 요리사는 책을 손가락 크기만큼 자르고 올리브기름을 발라 프라이팬 위에서 구운 다음 빵가루와 계핏가루를 뿌리고 오븐에 굽지. 그리고 사과 시럽에 이틀 동안 담가 둔 아스파라거스를 올리고 발사믹 소스로 접시 주변을 아랍어 같은 문양으로 채우거나 음식 중앙에 헝겊으로 만든 십자가를 올리기도 해. 중국인 요리사의 음식을 받아 든 식객은 자신이 지금 먹고 있는 것이 책이라는 사실을 곧장 알아차린 뒤 책을 요리할 수밖에 없을 만큼 가뭄과 전쟁으로 피폐해진 세상을 걱정하게 되지만, 젠장, 입 냄새 지독한 프랑스인 식객은 자신이 방금 전에 삼킨 것을 러시아 바이칼호에서 잡아 올린 생선살이라고 착각하고 한껏 허영심에 부풀어 발자크의 위대함이나 아비뇽의 태양에 대해 떠들지. 제지 공장에서 흘러나오는 폐수 때문에 바이칼호가 심각하게 오염되어서 더 이상 물고기가 잡히지 않는다는 뉴스 따윈 프랑스인의 식도락에 전혀 영향을 미치지 않아. 먹어 치울 수 없는 건 애당초 존재할 필요가 없다고 주장하는 놈들까지 있었어. 똥을 처먹을 때에도 꼭 접시와 포크를 찾을 놈들 같으니라고. 그렇다고 오해하지 말길. 나는 프랑스 음식과 중국 음식의 차이를 말하는 것이지 프랑스인과 중국인의 우열을 말하고 있는 것이 아니야.

　나도 모르게 흥분해서 미안. 물 한잔 마셔야겠어. 아, 이 미지근한 물은 또 무슨 재앙이란 말이냐? 갈수록 태산이구나. 수업을 서둘러 마쳐야겠다. 비명을 지르면서 여기서 도망치기 전에. 아무튼 나는 프랑스인의 영혼은 존중하지만 프랑스 요리 전통은 그다지 존중하지 않아. 그래도 나는 후원자와 약속한 시간 안에 프랑스 요리 학교를 졸업해야 했고, 졸업한 뒤에는 귀국하여 프랑스 식당 주방을 맡아야 했어.

프랑스 요리 학교를 졸업하려면 학생들은 오순절 기간에 교사들로 이루어진 심사 위원들 앞에서 최고의 음식을 만들어 최종 평가를 받아야 해. 졸업장은 곧 취업 허가서이자 프랑스 여권과도 같았기 때문에 갖가지 사연을 지닌 채 그곳에 모인 학생들은 졸업 시험에 인생의 절반 이상을 걸어야 한단다. 무슨 일이든 그것이 식밥이 될 수 있는 한 누군가는 자신의 직업을 유지하기 위해 인간이 상상할 수 있는 모든 일을 서슴지 않고 저지르는 법이지. 세상의 거의 모든 음식을 먹고 평가해 온 심사 위원들을 감동시키려면 진귀한 음식 재료가 필수였어. 요리 시간에는 제한이 있어도 음식 재료에는 제한이 없었어. 그래서 졸업 시험을 반년쯤 앞둔 학생들은 도서관이나 컴퓨터 앞으로 몰려가서 세상에서 가장 진귀한 재료들을 찾아내려고 애썼지.

대부분의 학생들이 중국이나 아시아 오지에서만 생산되는 재료에 주목했지만 나는 푸아그라 말고는 아예 생각조차 하지 않고 있었는데, 푸아그라가 곧 프랑스인의 명예이기 때문에 그걸 다루지 못한다면 프랑스 요리사로서 실력을 결코 인정받을 수 없다고 확신했기 때문이야. 다만 그 식재료를 생산하는 방법이 너무 잔혹해서 프랑스인조차 드러내 놓고 먹는 걸 꺼려한다는 현실까지 고려해야 했지.

거위의 간과 똑같은 맛과 식감의 재료를 찾기는 결코 쉽지 않았어. 그러던 어느 날 저녁 도서관에서 집으로 돌아가는 길에 문득 나는 유년 시절 아프리카에서 먹었던 음식 하나를 떠올렸지. 나의 선조들은 사냥을 떠나기에 앞서 마을 주변의 썩은 고목을 뒤져서 애벌레를 잡아. 그것을 산 채로 나뭇가지에 끼워 일주일가량 응달에 말렸는데, 상처에서 흘러나오는 액체가 겉을 단단하게 만드는 대신 속을 젤리 상태로 바꿔 주었지. 비위가 상할 정도로 고약한 냄새도 일주일쯤 지나면 완전히 없어지고 사냥꾼들에겐 필수적인 식량이자 영양제가 되는 거야. 하루에 서너 개 삼키는 것만으로도 탈수와 허기를 피할 수 있어. 사냥한 동물의 입에다 그것을 집어넣는 까닭은 인간을 위해 죽은 동물의 영혼을 위무하는 동시에 신의 배려에 감사하기 위함이란다.

마을 최고의 사냥꾼이었던 숙부가 거대한 사슴을 어깨에 들쳐 메고 찾아왔을 때 나는 그 애벌레 젤리를 처음으로 맛보았어. 사냥꾼에게만 신이 특별히 허락한 것이기 때문에 그걸 삼킨 순간 운명이 결정된다던 그의 말을 똑똑히 기억해. 그걸 삼키고 나는 잠시 동안 의식을 잃었던 것 같아. 그 애벌레 젤리 속에는 환각 성분이 포함되어 있어서 사내들을 잠시나마 용감하게 만들었던 게 아닐까 추측해. 나는 그 맛을 오랫동안 잊고 지

91

냈는데, 대형 마트에서 구입한 푸아그라를 처음 먹은 뒤로 내 머릿속을 맴돌던 기시감의 정체를 마침내 알아낸 거야. 그래 알았어. 서둘러 이야기를 끝낼 테니까 제발 그런 눈으로 날 쳐다보지 마. 차라리 머리를 처박고 자는 건 어때?

나는 그 애벌레의 프랑스 이름이 뭔지 몰랐기 때문에 누구에게도 제대로 설명할 수 없었어. 또다시 불임의 시간을 무력하게 흘려보냈지. 그러다가 곤충으로 요리를 만든다는 식당에 대해 우연히 알게 됐어. 가축에게 먹일 사료를 생산하느라 지구가 파괴되고 있다는 위기감에서 비롯된 그곳은 세계 각지에서 식용 곤충들을 수입하여 프랑스식 조리법으로 요리했는데, 국내외 언론에 여러 번 소개된 이후로 유명 배우들조차 자신의 차례를 서너 달 남짓 기다려야 할 만큼 유명해졌지. 그 식당의 메뉴판에서 나는 그 애벌레의 사진을 찾아낼 수 있었어. 그곳의 요리사들도 그 애벌레로 젤리를 만들어 먹는 방법까진 알지 못하더라. 그저 빵가루를 얇게 입히고 낮은 온도의 기름에 튀겨서 샐러드 위에 올리는 게 조리법의 전부였어. 게다가 대부분의 재료가 냉동 상태로 공급됐기 때문에 살아 있는 것에 꼬챙이를 꽂아 응달에서 일주일을 말리는 일은 불가능해 보였지.

나는 수십 통의 편지를 보내고 서너 번이나 식당을 직접 방문한 끝에 졸업 작품에 사용할 재료를, 그것도 산 채로 기숙사까지 들고 올 수 있었어. 어렵게 구한 재료를 곧바로 요리에 사용하지는 않았지. 시행착오에 대비해 그것을 기숙사 방에서 키우기 시작했단다. 애완용 곤충을 키워서 파는 사람들의 조언 덕분에 두 접시의 음식을 만들 만큼의 식재료를 확보할 수 있었어. 건조 과정에서 발생하는 역겨운 냄새를 숨기기 위해 일주일 동안 기숙사 지하의 보일러실에서 살다시피 했지. 그리고 마침내 내 스스로가 만족할 수준의 요리를 심사 위원들 앞에서 완성했단다. 이쯤해서 누군가는 내게 박수를 쳐 줘야 하지 않겠냐? 매정하고 버르장머리 없는 녀석들 같으니.

나는 그 요리의 진짜 이름을 말하지 않았지. 그랬더니 어느 심사 위원도 자신이 방금 전에 삼킨 음식이 푸아그라가 아닐 수도 있다고 의심하지 못했다. 졸업 시험을 무사히 끝내고 유명 프랑스 식당에 취업할 준비를 하고 있을 때 나의 성공을 질투한 급우 한 명이 교사들에게 내가 사용한 식재료의 비밀을 폭로했어. 나는 프랑스 전통을 조롱했다는 이유로 졸업생 자격을 박탈당하고 말았지. 아프리카 출신의 흑인 덕분에, 프랑스는 미식의 전통에 지나치게 집착한 나머지 가축을 잔혹한 방법으로 사육하고 있다는 비난으로부터 마침내 해방될 수 있었는데, 멍청하고 질투심 많은 프랑스인은 저절로 찾아온 행운을 매몰차게 걷어차고 말았던 거야.

더 이상 나는 프랑스에 머물 수 없었어. 아프리카에서는 아직까지도 요리사를 하인 정도로 간주하기 때문에 그곳으로 돌아가고 싶지도 않았어. 어떻게 해서든지 유럽에서 요리사로 살고 싶어서 이곳까지 와서 프랑스 식당을 열었지. 프랑스 요리 전통을 존중하지 않으면서도 굳이 프랑스 식당을 연 까닭은 프랑스 식당에서만 요리사가 존중받기 때문이야. 유감스럽게도 중국 식당이나 이탈리아 식당에선 강압적인 주인의 명령과 변덕스러운 손님들의 채근 때문에 요리사는 결코 새로운 재료와 조리법을 개발할 수 없거든.

그래도 식당을 연 이후로 최근까지 나는 줄곧 프랑스 전통에 입각한 음식만을 요리해서 팔아 왔는데, 최근 실무을 통해 부다페스트 외곽의 비위생적인 환경에서 살고 있는 로마니들이 군것질거리로 즐겨 먹는 애벌레 덕분에 치통에 시달리지 않는다는 사실을 알게 된 뒤부터 식당의 정체성을 고민하기 시작했단다. 그 애벌레를 잡기 위해 로마니 야영지를 뒤지고 다니다가 식중독과 피부병에 걸려 사흘 동안 응급실 신세를 지기도 했지만, 조만간 나는 내 프랑스 식당의 메뉴판에 그 애벌레 요리를 추가할 거야. 너희들이나 너희 부모들은 환영하지 않을지 모르지만, 지구의 미래를 걱정하는 부다페스트 시민들은 나를 응원하러 찾아올 것이라고 확신한다.

한 가지 재미있는 이야기를 덧붙이자면, 내가 기숙사를 떠나기 위해 짐을 싸는 날 큰 소동이 벌어졌다. 내가 기르던 애벌레 몇 마리가 배양 상자를 빠져나와 침대 밑에서 꼬치를 틀었다가 나방으로 우화한 거야. 우화라는 단어의 뜻을 모두 알고 있긴 한 거지? 알지 못하면 큰일인데. 소름 끼치는 상황을 피해 모두들 급히 도망치는데도 너희들은 영문을 몰라 기웃거리고만 있을 테니까. 그렇게 큰 나방을 본 적이 없었던 학생들이 비명을 지르면서 기숙사 복도를 뛰어다녔고 혼절하는 자까지 생겨났지.

나는 그 나방들을 잡으려고 애쓰지 않았어. 프랑스가 아프리카보다 훨씬 춥고 건조했기 때문에 어차피 오래 버틸 수 없을 테니까. 지상에서 고작 며칠 살아 보기 위해 수년 동안 지하에서 버텨야 했던 나방의 일생을 생각한다면 그토록 호들갑을 떨 일도 아니었는데. 방역 업체 직원들이 등장해서 기숙사 안팎을 살충제로 씻어 내자 간신히 공포가 진정되었지. 기숙사로 돌아온 학생들은 오랫동안 멀미와 두통에 시달렸지만 대수롭지 않게 넘겼어. 소동 덕분에 어떤 자들은 오랫동안 잊고 지냈던 물건들을 찾을 수 있었고, 또 어떤 자들은 숨겨 놓았던 추악한 비밀들을 들켰다. 그때 나는 어쩌면 프랑스의 미래를 보았을지도 모르겠어. 하지만 나는 여전히 프랑스인을 존중하고, 수업 시간 내내 머리를 처박고 잠든 너희들을 증오할 거야. 내 이야기는 여기서 마칠게. 안녕.

만약 일일교사의 이야기를 통역하던 담임교사가 수시로 시간을 확인하여 알려 주지 않았더라면 차임벨이 울린 뒤에도 수업은 계속됐을 것이다. 그만큼 요리사는 자신의 이야기에 심취했다. 담임교사는 요리사에게 불평할 빌미를 제공하지 않으려면 규정을 엄격히 적용해야 한다고 생각했기 때문에 차임벨이 울리자마자 이야기를 중지시키고 그의 등을 떠밀다시피 하면서 교실을 빠져나갔다. 아이들의 호의적인 반응은 프랑스 음식이나 흑인에 대한 그들의 경험과 지식이 미천하다는 반증에 불과했을 뿐 일일교사 선정이 적절했다는 의미는 결코 아니라고 담임교사는 해석했다.

우하그라와 똑같은 맛과 시간은 지났다는 애벌레 요리에 대해선 결코 들어 본 적이 없다. 그런 게 존재한다면 기가 막히게 돈 냄새를 잘 맡는 다국적기업에 의해 이미 오래전에 상품으로 개발되었을 텐데도 그렇지 않은 것으로 보아 그의 이야기를 곧이곧대로 믿기는 어려웠다. 그렇다고 이야기에서 동의할 부분이 전혀 없었던 건 아니다. 유럽인의 호사스러운 식도락 때문에 너무 많은 음식이 멀쩡한 상태로 쓰레기통에 버려지고 있으며, 그 결과로 다른 세계의 사람들이 고통받고 있는 것은 엄연한 사실이었다. 전통을 만든 자가 자신이 아니라면서 슬그머니 물러나는 자들 역시 식도락의 노예가 분명하다. 시작이 어찌 됐든지 간에 기하급수적으로 늘어나는 요리사들의 숫자와 그들의 영악한 홍보 활동 때문이라도 인간은 자신의 식탐을 제어할 수 없게 됐다. 소수의 식도락은 다수의 굶주림 위에 군림한다. 소고기의 등급에 대한 집착을 끊는 순간 옥수수는 가축의 사료로 공급되는 대신 저개발국가의 아이들을 배불리 먹이게 될 것이며, 옥수수가 석유를 대체할 수 있다는 사실도 크게 조명받을 것이다. 그러면 옥수수와 소를 키울 땅과 물을 차지하기 위해, 또한 값싼 석유를 수입하기 위해 일어나는 전쟁은 줄어들 것이고 공정한 거래를 위한 국제 기준이 강화될 수도 있다. 유럽의 고급 식당 한 곳을 없애면 아프리카에 병원 하나를 세울 수 있다는 계산도 가능하다.

하지만 현실을 이렇게 단순하고 낙관적으로 해석하는 태도에는 치명적인 위험이 내포되어 있다. 왜냐하면 식도락은 더 이상 단순히 먹고 마시는 산업에만 국한되어 있지 않기 때문이다. 그것은 인간을 여행하도록 만든다. 그리고 여행 산업은 개인의 결핍을 강조하는 전략으로 발전해 왔다. 그 산업의 첨병에 미쉐린 타이어 회사가 있었다.

자동차 타이어를 많이 판매하려면 소비자들이 자동차를 자주 운전해야 한다. 그러려면 매력적인 목적지가 필요한데, 장엄한 자연은 너무 멀리 있는 반면 유구한 역사의 건축물이나 유명한 예술 작품은 가까운 곳에 넘쳐나며 1년에 한 번 찾는 휴양지로는 도시가 아닌 시골이 선호된다. 그러니 쇼핑이나 문화 행사처럼 평소에도 손쉽게 소비할 수 있는 관광 상품이 필요했고, 미쉐린은 세상엔 성당이나 미술관보다도 식당이 더 많이 존재한다는 사실에 주목했다.

처음엔 미쉐린의 직원들이 직접 자동차를 운전해서 도시 안의 식당들을 암행한 뒤 음식 맛을 평가하고 그 결과를 한 권의 책에 담아서 타이어 판매소에 배치했다. 자동차와 타이어의 성능이 함께 향상되고 여행 방법이 다양해지면서 멀리 떨어져 있는 지역의 식당까지 추천 목록에 추가했다. 그들이 추천한 곳에선 결코 실망하지 않는다는 소문이 퍼지면서 소비자들은 그 책을 얻기 위해 타이어 판매소 앞에 줄을 섰다. 미식가들은 그 책의 이름을 프랑스어로 읽는걸 좋아했다. 비밀 평가원은 타이어 회사 직원에서 전문 음식 평론가로 대체됐고, 책을 출간하는 비용이 매년 기하급수적으로 상승했지만 타이어 회사는 결코 손해를 보지 않았다. 식당 주인들은 그 책에 자신의 식당 이름을 집어넣기 위해 갖은 노력을 쏟았고, 관광객을 유치하는 데 혈안이 되어 있던 공무원들이 그들을 도왔다. 크고 작은 비리가 이어졌지만 추천 식당의 입구에 스티커를 붙이고 별점의 유효기간을 1년으로 설정함으로써 미쉐린 가이드는 권위를 지켜 낼 수 있었다.

일일교사로 참석한 요리사는 미쉐린 가이드의 권위에 수긍하지 않았다. 부다페스트의 높은 명성에 비해 최고 별점을 받은 식당의 숫자가 너무 적은 까닭이 헝가리인들의 식도락에 부합하는 평가 기준이 아직 마련되어 있지 않기 때문이라고 불평하면서, 적어도 두 곳은 스티커를 당장이라도 떼어야 한다고 주장했다. 자신의 식당 입구에 붙여야 할 스티커를 비윤리적인 장사꾼들에게 강탈당했다고 믿는 그는 언젠가 그 비밀 평가원들이 마치 가브리엘 천사처럼 나타나 주길 기다리면서 중노동을 견뎌 내고 있었다. 그는 요즘 음식을 만드는 일보다 자신이 만든 음식에 대해 홍보하는 일에 더 열의를 쏟으며 일반 손님들보다는 유명 인사들로 자신의 식당을 채우는 방법을 고민하고 있다.

헝가리에서 유명한 영화배우가 그곳에 두어 번 출몰한 사실을 두고도 요리사가 영화 제작사에 로비를 했다는 소문이 돌았다. 그는 그 영화배우와 찍은 사진을 자신의 명함에 인쇄하여 유명세를 과시하기도 했다. 식당 내부 곳곳에 붙은 편지들과 추천 기사들 중에는 그가 직접 작성한 가짜도 섞여 있었다. 그가 음식 맛이나 음식값에 대해 불평하는 프랑스 손님들과 드잡이를 벌인 사실이 알려지자 자신이 프랑스어와 헝가리어 모두를 제대로 이해하지 못해서 일어난 해프닝이라고 무마하기도 했다.

3개월 전에는 공권력에 의해 잔인하게 진압당한 로마니의 갱생을 지원하기 위한 바자회가 그의 식당에서 열렸는데, 정작 그곳에 초대받은 로마니가 단 한 명도 없었다는 사실을 두고도 이웃들은 그가 로마니의 갱생보다 식당 홍보를 더 중요하게 여긴 나머지 걸어 다니는 시한폭탄과 같은 로마니를 초대하지 않은 것이라고 수군거렸다. 바자회로 얻은 수익을 로마니에게 실제로 전달했는지도 확인할 수 없었다. 부다페스트에서 유명한 행사에 초청된 사실을 알리기 위해 그는 개교 이후로 지금껏 직업 체험 수업에 참여했던 일일교사의 명단 전체를 확대해서 식당 벽에 붙여 두고 자신과 유명인의 이름을 붉은색 페인트로 색칠했다. 그러고는 손님들에게 그 이름들 사이의 공통점을 설명하는 데 5분 이상의 시간을 소진했다. 그 명예로운 이력은 검자 식업에 큰 도움이 되지 못했다. 음식에 대한 세간의 평판은 점점 나빠졌고, 식당 문이 닫혀 있는 시간이 점점 길어졌다. 인터내셔널 데이 이후로 두 번 다시 그곳을 찾지 않은 세인트버나드 국제 학교의 보직교사들은 그 결과를 내심 반겼지만 교육자로서 차마 내색할 순 없었다.

3

의사의
이야기

고가의 의복이나 액세서리를 착용해서는 안 되며 고성능의 전자 제품도 사용할 수 없다는 학교 측의 지침을 간단히 무시한 의사는 프랑스제 양복과 이탈리아제 구두, 스위스제 고급 시계로 치장한 채 독일제 고급 자동차를 몰고 학교에 도착했다. 보직교사가 쭈뼛거리면서 이 사실을 지적하자 생명이 위태로운 환자와 그 가족들로부터 존경과 신뢰를 단숨에 확보하지 못한다면 의사로서 능력을 의심받게 될 것이고 이런 상황은 치료에 전혀 도움이 되지 않기 때문에 병원 안에서뿐만 아니라 밖에서도 언행과 옷차림에 늘 신경 쓰지 않을 수 없다고 의사는 항변했다. 그리고 살아 있는 고깃덩어리로 인간을 폄훼하지 않기 위해서라도 위선적인 형식이 필요하다고 덧붙였다.

의사라는 직업이 다른 직업보다 더 존중받아야 할 이유가 없는 이상 의사 스스로 자신을 높이고 꾸미지 않는다면 투철한 직업윤리를 유지할 수 없다는 궤변 앞에 보직교사는 혀를 내둘렀지만 더 이상의 소란으로 행사를 통째로 망치고 싶진 않았다. 그래서 의사는 무장 해제를 당하지 않고 무사히 강단에 설 수 있었다. 하지만 아이들의 냉랭한 반응과 마주하자 넥타이나 허리띠와 구두가 자신의 영혼을 너무 옥죄고 있다고 생각하지 않을 수 없었다. 그게 동시에 처음 만나 상대에게 적의를 표하는 인간은 의학적 도움이 필요한 환자이기 때문에 그가 앓는 질병의 징후나 그 배경을 찾아내겠다는 열정이 준동했다. 언뜻 보아도 대여섯 명의 아이들이 위태로운 수준인데도 무지와 무관심 속에 방치되어 있는 것 같았다.

강단 옆에 서서 엄숙한 표정만으로 자신을 압박하는 담임교사가 없었더라면, 그는 그 아이들을 차례로 자리에서 일으켜 세운 뒤 마치 관객의 주머니 속에 든 트럼프 카드의 숫자와 모양을 알아맞히려는 마술사처럼 그들 각자에게 최근에 나타난 이상 징후를 확인하려 했을 것이다. 아이들은 부모나 친구들에게 고백한 적 없는 비밀이 공개적으로 드러났다는 사실에 놀라거나 불쾌해하면서 하나같이 진실을 부인하겠지만 적어도 더 이상 일일교사의 권위나 능력을 의심하지 않을 것이고, 그러면 수업은 훨씬 수월하게 진행될 것이라고 의사는 생각했다. 그는 두 차례의 소양 교육에서 교장이 신신당부하던 교육자다운 태도를 떠올리면서 충동을 간신히 억눌렀다. 의사는 여러 차례 자신의 귓불을 잡아당기면서 아이들이 어색한 침묵을 견뎌 내지 못하고 투항할 때까지 기다렸다. 긴장할 때마다 무의식적으로 귓불을 잡아당긴다는 사실을 의사인 그는 정작 깨닫지 못하고 있었다. 응급 처치로 기적을 일으킬 수 있는 골든 타임이 끝나기 직전에 의사는 마침내 아이들의 호기심과 담임교사의 불안을 장악하는 데 성공했다. 그는 아이들이 눈치채지 못하게 슬그머니 허리띠를 풀고 구두 한 짝을 벗은 뒤 이야기를 시작했다.

제가 여기서 여러분에게 말할 수 있는 가장 확실한 진실이라면, 모든 의사들은, 모든 물리학자들이나 천문학자들이 그러한 것처럼, 자신이 발견한 최초의 병리학적 징후나 메커니즘, 그리고 약물에 고유한 이름을 붙이려 한다는 것이에요. 물리학자는 자신이 발견한 법칙이나 방정식이나 상수에 자신의 이름을 붙이려 하고, 천문학자는 아직까지 명명되지 않은 유성이나 소행성이나 혜성을 자신의 업적으로 선점하기 위해 밤잠을 설치고 있죠. 그에 비해 의사가 매일 해야 하는 일은 너무 따분하고 하찮기까지 하죠. 입안이나 항문을 들여다보거나 내장에 손을 집어넣거나 부러진 뼈 위에 석고를 바르는 게 항상 재미있을 리는 없으니까요. 너무 따분한 나머지 어떤 의사는 도박이나 외도를 하고 주식이나 마약에 빠지거나 정치판에 기웃거리기도 하죠. 하지만 인간의 목숨이 다른 어느 가치보다 더 높게 간주되는 한, 그러니까 제 아무리 성공한 사업가나 정치인, 과학자일지라도 중병 앞에선 하나같이 의사의 처분을 애걸해야 하는 한, 의사가 누릴 수 있는 명예와 풍요는 미래에도 거의 줄어들지 않을 거예요.

요즘엔 자신을 예술가로 심믹미는 의사들도 아주 많아서, 인간의 목숨을 구하고 건강한 상태를 유지시키는 데 헌신하기보다는 허황된 미적 기준을 세우고 거기에 부합하도록 인간의 외양을 조작하는 사업을 번창시키고 있죠. 대중매체에 등장하는 유명인치고 성형외과 의사의 도움을 받지 않는 자가 단 한 명도 없다는 소문은 아무런 근거 없이 만들어지지 않았을 것 같아요. 그래서 어떤 의사들은 자신들이 치매에 걸려 환자를 돌보지 못하게 되더라도 보톡스 주사를 합법적으로 다룰 자격만 지켜 낸다면 화려한 장례식을 치를 수 있을 것이라고 자조 섞인 농담을 하더군요. 그 이유는 저보다 여러분 부모에게서 듣는 게 좋겠군요. 제가 준비해 온 이야기를 마무리하기에도 이 수업 시간은 너무 짧을 테니까요.

제게 의사의 목표와 방법을 가르쳐 준 스승은 확실히 괴짜로 분류될 분이셨죠. 고인이 된 그분께 짧은 안식과 영원한 윤회를 허락하길. 피부과 의사이셨던 스승은 당신이 새롭게 발견한 희귀병에 대해 거의 매달 한 편씩 논문을 써서 학회와 유명 학술지에 보내셨어요. 스승에겐 정상적으로 보이는 인간이 단 한 명도 없었죠. 그러니까 그분은 인간의 존엄성을 불치의 병으로 설명하는 데 평생을 바치셨답니다. 비록 논문 대부분은 학계의 공식적인 지지를 받지 못하고 폐기됐지만 스승은 돌아가시기 직전까지 연구를 계속하셨어요. 새롭게 발견한 질병에는 자신이나 가족, 심지어 키우던 개의 이름을 가져다 붙이셨는데 적당한 이름을 찾아내는 것이 스승에겐 가장 어려운 일이었죠.

지독한 독서광이셨던 그분은 당신이 읽은 책 속의 등장인물을 즐겨 인용하셨어요. 대표적인 게 베이츠 증후군이죠. 베이츠가 누군지 혹시 아는 학생이 있나요? 아무도 없군요. 하긴 책을 읽을 이유보다는 그렇지 않을 이유가 더 많은 시대이니까 굳이 여러분을 탓할 생각은 없어요. 여러분이 읽기엔 너무 어려운 책일 수도 있고요. 하지만 여러분의 부모님에겐 반드시 읽어 보라고 추천해 주고 싶은 책이 있어요. 바로 찰스 디킨스의 『올리버 트위스트』예요. 주인공인 올리버의 친구로 등장하는 베이츠는 늘 누군가의 소지품을 훔치려 시도하는데 성공하지 못할 때마다 심한 강박증 때문에 호흡 곤란 상태에 빠지곤 하지요. 요즈음에야 이런 행동 양태가 사회적 구조와 관련된다는 주장이 널리 통용되고 있지만 제 스승이 이 증후군에 대해 연구하던 30여 년 전에만 하더라도 이런 행동은 하나같이 개인적인 문제로 매도됐답니다.

스승은 연구 결과를 증명하기 위해서 많은 임상 데이터를 수집하셔야 했는데, 어릴 적 앓은 소아마비 때문에 평생을 휠체어 위에서 보내고 계셨기에 결코 녹록지 않은 작업이었어요. 결국 새로운 방법을 찾아내셨죠. 연구원이라고는 고작 당신이 전부인 연구소를 세우시고 웹 사이트까지 만드신 뒤 그동안 발표해 온 논문들을 모두 등록하셨고요. 그리고는 임상 시험에 참여할 피험자를 찾고 있다는 공지를 웹 사이트에 열 개의 언어로 올리셨어요. 열 개의 언어 중 하나를 모국어로 사용하는 인간이 전 세계 인구의 50퍼센트를 차지하고, 모국어 이외의 언어를 한 가지라도 읽고 쓸 수 있는 인간이 10퍼센트라고 가정한 다음, 전체 60퍼센트의 인구 중에서 컴퓨터나 인터넷을 사용하지 못하는 인구를 제외하고 나면 적어도 20퍼센트의 인구, 즉 10억 명의 인간에게 당신의 메시지를 보낼 수 있다고 생각하신 거죠.

1년이 지났는데도 반응이 신통치 않자 희귀 증후군을 앓는 사람들은 오랫동안 스스로를 사회로부터 격리시킨 탓에 언어 능력이 떨어지고 컴퓨터조차 사용할 줄 모르기 때문에 당신의 방법이 적절하지 않았다는 결론에 이르셨지요. 그래서 스승은 메시지를 100여 가지의 언어로 번역해서 유리병 500여 개와 풍선 500여 개에 각각 실어 보내셨어요. 물론 저를 포함해서 대부분의 사람들은 그 무모한 시도가 성공할 수 없다는 사실을 잘 알고 있었지만 어느 누구도 그를 비웃을 수만은 없었지요. 모든 인간은 자신만의 고유한 질병을 지니고 있어서 획일적인 처방만으로는 결코 완벽하게 치유할 수 없고 오랫동안 가까이에서 관찰하며 적절한 방법을 끊임없이 찾아내고 적용해야만 그 예외적 징후를 정상 수준으로 관리할 수 있다는 스승의 가르침을 제자들은 충분히 이해하고 기꺼이 실천할 의지를 지니고 있었기 때문이랍니다.

저도 스승의 가르침을 실천하기 위해 수년 전부터 아프리카의 비정부 단체가 주도하는 공중위생 프로젝트에 여러 차례 참여했습니다. 전염병으로부터 어린이와 노인을 구원한 건 페니실린 같은 항생제가 아닙니다. 항생제 가격은 너무 비쌌기 때문에 가난한 사람들에겐 아무런 도움이 되지 않았습니다. 공중위생에 인생을 건 의사들과 교육자들, 토목 엔지니어들이 없었다면 더 많은 희생자들이 생겨났을 겁니다. 개별적인 처방보다는 포괄적인 수단을 모두 동원하여 다수의 생활 환경과 습관을 개선하는 작업이 가장 중요하다고 그들은 확신했지요. 제가 그들의 주장을 지지하면서 제 스승의 가르침을 어기게 된 것도 사실입니다. 스승은 모든 인간의 존엄성을 확보하기 위해 개인의 특성을 발견하는 데 인생을 바치셨다면, 저는 모든 인간의 존엄성을 보호하기 위해 집단의 특성을 발견하는 데 매진했다고 감히 말할 수도 있겠네요. 하지만 스승은 천국에서 제 배신을 듣고 오히려 반가워하셨을 것이라고 확신합니다. 아시아 속담에 "쪽에서 뽑아낸 물감이 쪽보다 더 푸르다."라는 게 있더군요. 제가 감히 스승을 뛰어넘었다고는 말할 수 없지만, 스승의 가르침을 반대 입장에서 검증하는 것으로써 제 나름대로 존경심을 표현하려 했으니까요. 여러분이 이해하기 어려운 이야기일 수 있지만 이 른들이 세계에서 통용되는 방법이니 이쯤해서 원래의 이야기로 돌아갑시다.

식수와 오물을 엄격하게 분리해서 청결하게 관리하는 것만으로도 대부분의 전염병은 방지할 수 있어요. 번듯한 건물을 세우고 유능한 의료진을 채용하고 1년치 의약품을 구비할 만큼 비정부 단체의 예산은 넉넉하지 않았기 때문에 자원봉사자들은 주로 주민들에게 위생 관념을 주입하는 데 집중했죠. 창의성이 충만한 엔지니어들은 아주 적은 돈으로도 수도와 하수도를 설치하고 그것을 관리하는 방법을 가르쳤답니다. 누군가에게 도움을 받는 데에만 익숙해져 있는 주민들이 자신들보다 더 열악한 환경에서 살고 있는 이웃을 돕도록 책임감을 자극하기도 했지요. 그것은 자연의 순리에 역행하는 방법이 결코 아닙니다. 어미의 자궁에서 바닥으로 떨어진 새끼 가젤을 곧장 일으켜 세우고 네 발로 뛰게 만드는 기적은 호시탐탐 그 생명을 노리고 있는 사자나 하이에나가 없다면 결코 일어날 수 없습니다. 타조나 키위는 자신이 살고 있는 땅에 더 이상 천적이 없다는 사실을 깨닫는 순간 비행하는 능력을 포기했다고 여러분은 배웠을 것입니다. 도전과 응전이야말로 공생의 기본 조건이지요.

물론 어느 사회에서 누대로 이어진 무지와 편견에 맞서서 신념을 지키는 일이 결코 쉽진 않답니다. 무지와 편견만큼 인간을 무기력하게 만드는 폭력은 거의 존재하지 않기 때문이죠. 인류 전체가 수십만 년 동안 무수한 시행착오를 거쳐 축적한 지식이나 능력도 그토록 단순한 폭력에 재갈을 물릴 수 없어요. 아이들보다 부모들이 더 무지하고 더 비틀린 생각을 한다는 점에서 아이들의 미래를 그 부모들이 파괴하고 있다는 진단은 얼마든지 가능합니다. 그리하여 인간을 구원하는 가장 확실한 방법은 지식과 신념이 개입하기 전에 본능적으로 작동하는 유익한 습관을 모든 인간에게 주입하는 것일 수도 있습니다. 아이들의 몸에 밴 습관이야말로 부모가 남겨 줄 수 있는 가장 위대한 유산인 셈이죠. 하지만 유감스럽게도 가난하고 무기력한 부모들은 아이들이란 인간보다 천사에 가까워서 그들의 생사가 부모의 손이 아니라 조물주의 뜻에 달려 있다고 생각했죠. 그래서 손발을 깨끗이 씻는 것만으로도 질병으로부터 격리될 수 있다는 믿음을 이해하는 데 수년이 걸렸습니다. 자원봉사자들은 수상한 목적을 숨기고 있다고 오해받아 생사의 갈림길에 수시로 내몰리기도 했죠. 환경을 바꾸는 것보다 습관을 바꾸는 게 100배 이상 어렵고 힘들죠. 그 임무를 완성하려면 초인적인 노력과 인내가 요구되고, 곤경 앞에서 흔들릴 때마다 목적과 방향을 끊임없이 상기시켜 줄 길라잡이도 필요해집니다.

　가장 보편적인 게 종교겠지요. 맹목적 믿음은 가끔씩 물리적 한계를 뛰어넘는 기적을 만들기도 하니까요. 하지만 결코 간과하지 말아야 할 사실이 있어요. 설령 신이 모든 시공간에 존재하고 모든 인간이 그것을 인지할 능력을 지녔다고 하더라도 선한 말과 행동으로써 한 인간이 다른 이를 변화시키는 메커니즘이 작동하지 않는다면 전지전능한 신조차도 인간의 불행에 속수무책일 수밖에 없다는 겁니다. 인간이 겪고 있는 문제 중에서 저절로 해결되는 것은 단 하나도 없고, 해결 방법이 단 한 가지로 정해진 문제 또한 존재하지 않죠. 관용과 타협만이 목적에 도달하게 만든답니다. 열악한 환경 속에서 의사나 교육자나 엔지니어가 자신의 의지를 벼르기 위해서라도 종교에 의지할 수는 있어요. 그들은 모두 세속적인 종교가 번창하고 있는 세계에서 왔기 때문이죠. 우리가 그때 좀 더 신중하게 행동하지 못했다는 사실이 지금까지도 너무 후회돼요. 맹목적인 열정 때문에 젊은이들은 너무 쉽게 흑백논리에 제압당하곤 하니까요.

한번은 무장 괴한들이 한밤에 숙소를 습격했지요. 다행히 그때 저는 이웃 마을에서 회진을 하고 있었기 때문에 화를 피할 수 있었지만 그러지 못한 동료들이 있었어요. 무장 괴한들은 인간이 인간을 구원할 수 있다는 사실을 인정하지 않았지요. 오직 신만이 인간의 운명을 결정할 수 있고, 신의 권위를 지켜 내는 것만이 인간의 의무라고 생각하는 것 같았어요. 죽음은 신이 행사할 수 있는 가장 완벽하고 강력한 무기니까요. 어쩌면 인간이 신을 먹여 살린다는 표현이 맞을지 모르겠습니다. 그들은 병원 시설을 부수고 환자들과 의료진들을 밖으로 끌어 냈지요. 기진맥진한 사람들 중에서 공포를 감지할 수 있는 자들만 무장 괴한들의 트럭에 짐짝처럼 실려 밀림으로 끌려갔습니다. 잿더미 속에서 병원의 흔적은 거의 찾을 수 없었습니다. 무장 괴한들이 자주 출몰하기 때문에 민병대를 배치해야 한다는 브로커의 제안을 거절했던 게 큰 실수였어요. 선한 의지는 누구에게나 존중받을 것이라는 망상이 만들어 낸 비극이었죠.

하지만 그 정도의 위험에 좌절하려면 아예 시작조차 하지 않았을 겁니다. 정부군이 무장 괴한들을 추적하는 동안에도 우리는 천막을 치고 상하수도를 정비하고 위생 교육을 다시 시작했지요. 마을 주민들이 스스로 자경단을 만들어 사주 경계를 섰지만 그들의 손에 들려 있는 무딘 칼과 죽창으로는 야생동물 한 마리조차 제압할 수 없을 것 같았죠. 그래도 시련 덕분에 우리의 선의는 더욱 투명하고 단단해졌답니다. 마을 주민 몇 명은 우리의 도움 없이 간단한 응급처치를 하고 상하수도를 관리할 수 있게 됐고요. 그사이 밀림으로 끌려갔던 사람들이 도망쳐 오기도 했고, 중병에 걸린 무장 괴한을 치료해 주기 위해 의료진이 밀림으로 들어가기도 했습니다. 마침내 우리는 길을 잃지 않고 목표를 달성했다 생각했고 누가 남고 누가 떠날지를 고민하기 시작했죠. 적어도 그 마을과 가까운 곳에서 희토류와 체체파리가 한꺼번에 발견되기 직전까지는 말이죠.

희토류라는 단어를 들어 본 적이 있나요? 희귀한 광물이라는 뜻인데 첨단 전자 제품을 만들기 위해 반드시 필요한 재료랍니다. 금이나 다이아몬드보다 더 귀해서 소량이라도 아주 비싸게 거래되지요. 그럼 혹시 체체파리에 대해 아는 학생은 있나요? 맞아요. 파리의 일종입니다. 체체는 보츠와나 언어로 소를 죽이는 파리라는 뜻이니까 사실 체체라고만 부르는 게 맞지요. 가축뿐만 아니라 인간에게도 치명적인 존재예요. 주로 강가나 호수에 사는데, 동물이나 사람의 피를 빨아먹는다는 것과 동물이나 사람의 몸 안에서 알을 낳아 애벌레로 키워 낸다는 사실이 일반 파리와 다릅니다. 이 파리가 유독 악명 높은 이유는 수면병이라는 전염병을 인간에게 옮기기 때문이죠. 그 병에 걸리면 열이 나고 졸음이 몰려오면서 무기력해집니다. 나중엔 두통과 관절 통증에 시달리다가 잠든 상태에서 죽게 되지요.

체체의 번식을 억제할 천적이나 살충제가 없고 수면병을 치료할 약도 변변치 않아서 체체가 출몰하는 지역은 주민의 정착이나 접근이 금지되어 있답니다.

최근 그곳에서 금보다도 비싼 광물들이 발견되자 가난한 노동자들이 죽음을 무릅쓴 채 몰려들기 시작했어요. 물론 그들 뒤에는 탐욕스러운 자본가들과 그들을 비호하는 정치 세력이 존재하죠. 아마도 그들은 수면병의 파괴력을 제대로 이해하지 못하고 있는 게 분명해요. 한 명의 감염자가 한 마을을 통째로 파괴하는 데 고작 사흘이면 충분합니다.

우리가 머무는 마을에 어느 날 낯선 사람들이 나타났어요. 그들은 무장 괴한에게 가족과 가축과 땅을 빼앗긴 채 떠돌게 된 사연을 설명했지요. 하지만 거짓말을 하고 있다는 사실을 그들의 행동거지와 말투로 쉽게 알아차릴 수 있었답니다. 반군이 파견한 정찰대였지요. 그 마을에 무장한 정부군이 주둔해 있지 않다는 사실이 알려지면 반군의 본대가 들이닥칠 게 분명했지요. 서방 세계에서 천문학적 액수의 몸값을 받아 낼 인질로 활용될 위험이 있었으니 우리는 서둘러 피신해야 했지만 막바지 단계에 이른 상하수도 공사를 중단할 수는 없었답니다. 전쟁을 예방하지는 못하더라도 전염병만큼은 막아야 한다는 사명감 때문에 외국인 자원봉사자들 중에 저를 포함해서 서너 명만 마을에 남고 나머지 동료들은 급히 피했지요. 우려했던 대로 수상한 트럭 몇 대가 굉음을 내면서 마을로 들어왔어요. 트럭에는 군인들 뿐만 아니라 민간인들도 타고 있었는데 열 살도 채 안 되어 보이는 아이들까지 곡괭이나 삽을 쥐고 있었어요.

그날 이후로 외부와 교신은 일체 금지됐습니다만, 다행히 우리의 정상적인 봉사 활동까지 방해받진 않았지요. 저는 군인과 민간인을 구분하지 않는 인도적인 태도를 견지하면서 의술을 사용했지요. 그리고 엔지니어들은 굴착기나 트럭을 고쳐 주기도 했답니다. 단 무기를 고쳐 주진 않았습니다. 불편한 동거가 시흘쯤 계속됐을 때 전 노동자들 몇 몇이 수면병에 감염됐다는 사실을 알아냈습니다. 그것은 전쟁보다도 더 위험한 상황이었죠. 전쟁이야 적과 아군을 구별할 수 있지만 전염병은 그렇지 않으니까요. 명색이 의료 지원 팀장을 맡고 있는 저로서는 반군의 우두머리를 만나 담판을 짓지 않을 수 없었어요. 우두머리는 제가 이야기하는 내내 험상궂은 표정을 지어 보였습니다. 공포심을 주입하면 모든 인간을 자신의 뜻대로 조종할 수 있다고 믿는 자 같았지요. 그는 자신의 부모도 가끔씩 머리나 관절이 아프다고 호소했지만 새벽에 잠자리에서 조용히 숨을 거둘 땐 신의 이름을 불렀다고 지분거렸지요. 아프리카인들은 천성적으로 게으르기 때문에 수십 세기 동안 가난을 대물림하고 있다는, 서구 제국주의자들이 한 세기 전에 발명한 논리를 펼치기도 했는데, 이로써 반군의 추악한 범죄가 어떻게 시작됐는지 명확히 이해할 수 있었답니다. 태업했다는 이유로 공개 재판을 받고 현장에서 참수됐던 노동자들은 죽기 전에 이미 수면병에 걸려 있었을 확률이 매우 높았습니다.

막사로 돌아와서 외국인 자원봉사자들을 모아 놓고 밤새 회의를 진행했죠. 수면병이 마을에 침투한 이상 한시도 지체하지 않고 도망쳐야 한다는 데 모두 동의했습니다만, 주민들을 데리고 가야 한다는 자들과 다음 기회를 도모하기 위해서라도 용단을 내려야 한다는 자들로 나뉘었지요. 그때 여러분이라면 어떻게 했을까요? 이건 윤리나 신념의 문제가 아닙니다. 전염병 앞에서 윤리의 문제를 이야기하는 건 대단히 위험합니다. 알베르 카뮈의 『페스트』를 읽어 보셨나요? 여러분이 직업을 선택하기 전에 그 책도 꼭 읽어 보길 권장합니다. 전염병이 창궐했을 때에는 감염자들을 얼마나 빠르고 엄격하게 격리하느냐에 따라 비극의 규모가 결정된답니다. 동정심은 희생자의 숫자만을 늘릴 뿐 아무도 살려 낼 수 없죠.

그래서 우리가 어떤 결정을 내렸냐고요? 우리는 목숨을 걸고 연극을 공연했지요. 우리 자신과 주민들의 몸 곳곳에 붉은 반점을 찍어 넣고서 마치 감염을 인지하지 못한 것처럼 태연하게 행동했습니다. 몇 사람은 군인들 앞에서 갑자기 쓰러져 잠이 든 척 연기했습니다. 당연히 군인들이 술렁이기 시작했고, 보고를 받은 우두머리가 저를 다급히 찾아왔지요. 이유를 묻기에 수면병 초기 증세인 것 같다고 얼버무리면서 연거푸 하품을 해 댔습니다. 그제야 우두머리는 사태의 심각성을 이해했어요. 철군을 결정하면서 그는 구덩이를 파고 감염자들을 안에 밀어넣은 다음 연발총을 갈기고 흙으로 덮는 방법을 선택하려 했습니다. 하지만 저는 전염병이 파리의 흡혈에 의해 전파된다는 사실을 상기시키며 감염자들의 몸에서 흘러나온 피를 삼킨 파리 떼가 이 거대한 밀림을 장악하는 데는 일주일도 채 걸리지 않을 것이라고 겁을 줬습니다. 만약 그들을 살려 준다면 감염자들이 이 마을 밖으로 절대 나가지 못하도록 감시하고 후방의 격리 시설로 이송시키겠다고 약속했죠.

반군들은 그날 오후에 마을을 떠났고, 이틀 뒤 정부군의 공격을 받아 전멸했다는 소식을 들었습니다. 저희는 상하수도 공사를 마무리 짓고 200킬로미터는 족히 떨어져 있는 마을에서 신부를 데리고 와서 축성 미사를 진행했죠. 신부는 마을 곳곳에 성수를 뿌리고 신의 가호를 축원해 주었죠. 하지만 저는 미사에 참석하지 않았습니다. 채 열 살도 안 된 아이들의 손에서 곡괭이와 삽을 빼앗지 못한 채 반군의 트럭에 태워서 돌려보냈다는 자책감 때문에 더 이상 누구도 만날 염치가 없었습니다. 그래서 저는 3년 여의 체류를 마치고 원래의 자리로 돌아왔지요. 다행히 다국적 제약 회사의 연구실에 불완전한 수준이나마 수면병 치료약이 개발되어 있어서 그 마을에 남겨진 감염자 두

명을 임상 실험에 참여시킬 수 있었답니다. 그들의 근황은 여러분의 상상에 맡기겠어요.

참고로 제가 의지하는 신은 항상 해피 엔딩으로 이야기를 마무리하는 걸 좋아한답니다. 그 뒤로도 저는 갖가지 자원봉사 활동에 참여하고 있고 최근엔 부다페스트 외곽에 사는 로마니들의 생활 환경과 습관을 개선하는 작업에 집중하고 있어요. 오랜 노력과 인내 덕분에 마침내 그들도 우리의 따뜻한 이웃으로서 자격을 갖추기 시작했는데 유감스럽게도 유혈 사태가 벌어지는 바람에 자원봉사자들이 허탈해지고 말았죠. 전쟁의 폐허처럼 변한 곳에서 저는 또다시 곡괭이나 삽을 든 채 반군의 트럭에 실려 있던 아이들을 떠올릴 수밖에 없었어요.

저는 로마니들이 다시 어딘가에서 재기할 것이라고 굳게 믿어요. 제 스승의 유산을 따르자면 로마니는 하나같이 베이츠 증후군을 앓고 있어서 이웃의 주머니에서 동전 부딪히는 소리가 들리는 한 결코 멸종하지 않을 테니까요. 그들이 도움을 요청하면 언제든 달려가 도울 생각이죠. 그리고 여러분의 진지하고 순수한 표정을 보니 제가 잘못 살아오지 않았다는 확신이 드는군요. 여러분이 제 이야기를 지금 당장 이해하긴 어렵겠지만, 오랫동안 기억하려고 노력하다 보면 언젠가는 저절로 이해하게 되는 순간이 찾아올 것입니다. 그때 세상 어디에선가 자원봉사자의 신분으로 우리가 다시 만날 수도 있지 않을까요?

오늘 못다 한 이야기는 그때 하기로 하고, 제 이야기를 여기서 마칠 수 있도록 부디 허락해 주세요.

그 의사는 자신이 근무하던 대학 병원에 휴직 서류를 접수하고 다국적 제약 회사의 임원인 아내의 주재원 발령에 따라 부다페스트로 왔다. 집에다 가정 병원을 차리고, 주변에 사는 외국인들을 상대로 하루에 서너 명씩만 예약을 받아 진찰했다. 관청에 신고하지 않은 이상 불법 의료 행위로 처벌받을 수 있었으니, 직접 약이나 주사를 처방하지 않았을 뿐만 아니라 처방전을 써 준 적 없이 그저 환자의 증상에 대해 조언해 주는 게 전부였고, 사교 모임의 회원들로 이루어진 환자들은 현금 대신 일정 금액의 현물을 지불했기 때문에 그 의사의 사업은 특별한 제재를 받지 않고 유지될 수 있었다.

그의 사무실에 처음 방문한 환자들은 입구에 붙어 있는 사진들과 의사 면허증을 직접 확인한 뒤에야 비로소 불안감을 덜어 냈다. 그래도 미심쩍어하는 환자들에게 의사는 캐비닛을 열고 그 안에 보관되어 있는 각종 수술 도구들과 그것에 섭새겨져 있는 자신의 이름을 확인시켜 주면서 용도를 자세히 설명했다. 그는 최상의 민간요법이 요가라고 주장하면서 간단한 자세를 직접 시연해 보이기까지 했다. 그러니 한 번이라도 그곳에 들른 환자는 의사가 아내를 너무 사랑한 나머지 자신의 명예를 헌 신발처럼 던져 버린 채 그곳으로 왔다고 상상했다.

그 의사에게서 수술받은 환자들 중 서너 명이 과도하게 처방된 항생제 때문에 아직까지 응급실을 드나들고, 이로 인해 서너 건의 송사에 연루되는 바람에 모국에선 더 이상 공개적인 의료 활동을 할 수 없게 되었다는 사실은 이곳에서 전혀 알려지지 않았다. 게다가 그가 아프리카에서 벌인 봉사 활동의 추악한 이면이 최근 밝혀져 그를 제외한 관련자들이 처벌받기 시작했다는 사실도 의도적으로 숨겼다. 의료 지원 팀장으로서 아프리카의 오지 마을에서 봉사 활동을 했다고 주장했던 기간의 대부분을 그는 스페인령 휴양지에 머물면서 이메일과 전화만으로 현지 봉사자들에게 업무를 지시하고 결과를 보고받았다. 3년 동안 겨우 다섯 차례 현지를 방문했는데, 한 번 방문할 때마다 이틀 정도 머문 것이 전부였고 현지 환자들을 진찰하는 일보다는 외국인 자원봉사자들을 대상으로 강의를 하고 사진을 찍는 일에만 매진했다고 내부 고발자들이 증언했다.

그는 막사에 체류하는 동안 유럽산 생수를 요구했다. 저녁 식사로 반드시 송아지 스테이크를 먹어야 했으며, 이동 중에 어쩔 수 없이 저질 빵으로 점심 식사를 해결해야 할 때마다 상스러운 욕설을 서슴지 않았다. 주말에는 사파리를 즐겼다.

항생제를 생산하는 제약 회사와의 비밀 계약에 따라 임상 실험을 진행했다는 의혹을 그는 명쾌하게 해명하지 못했다. 수면병에 대한 일련의 발언도 진실과는 상당한 거리가 있어서 그의 권위를 의심하는 자가 많았다. 곤충의 몸에 알을 낳는 기생벌은 체체파리를 자연적으로 제거할 천적으로서 오래전부터 주목받고 있으며, 서식처가 되는 아까시나무 군락이 사라지면서 체체파리의 개체 수도 점점 줄어들고 있다. 수면병을 일으키는 병원균이 중추신경계를 감염시키기 이전에 투여하면 확실한 효과를 얻을 수 있는 치료약이 이미 존재하고, 중추신경계가 삼념된 환사를 위한 지료약 또한 증싱을 인회히는 데 상당한 효과를 거두고 있다. 이 약들을 현지 병원에서 손쉽게 구할 수 있는데도 이 의사는 환자들에게 적극 처방하지 않았다. 게다가 수면병은 공기나 물을 통해 전염되는 병이 아니기 때문에 환자와 접촉한 사람들을 굳이 격리시킬 필요가 없는데도 그는 의료진들의 막사를 진료소에서 최소한 100미터 이상 떨어진 곳에다 세워야 한다고 고집을 피웠다.

자원봉사자들과 주민들의 몸에 붉은 반점을 그려 넣는 방법으로 반군으로부터 수십 명의 선량한 목숨을 구했다는 이야기의 진위를 확인해 줄 증인은 아무도 없으며, 슈바이처 박사의 전기나 「쉰들러 리스트」 같은 영화에서 영감을 얻어 조작해 냈을 가능성이 다분했다. 이 의사의 황당무계한 이야기가 실제로 아프리카에서 수면병과 싸우고 있는 의료진들의 명예와 사기를 훼손할 위험이 높았지만, 허황된 영웅심에 사로잡혀 자신을 항상 세계의 중심에 세우는 서구인들의 위선을 고발하는 목적에서라도 그의 이야기를 그대로 싣기로 결정했다.

아프리카의 모든 비극에는 반드시 서방 세계의 불순한 목적이 개입되어 있다. 그리고 아프리카에서 수입한 농작물이나 광물을 유럽인이 소비하고 있는 한 비극은 진행형이다. 위대한 모험 정신과 불굴의 의지를 지녔다고 알려졌으나 사실상 탐욕스럽고 폭력적인 모리배에 불과했던 자들의 허황된 아프리카 모험 이야기를 아이들에게 곧이곧대로 들려주는 것은 아이들로 하여금 또 다른 아프리카를 발명하게 만드는 반교육적인 행동에 지나지 않는다. 실제로 유럽인으로서 아프리카를 최초로 횡단한 리빙스턴이 저술한 『남아프리카 전도 여행』이라는 책 때문에 아프리카 전역은 유럽의 식민지로 전락했고 세계사는 여태껏 제국주의의 망령에서 해방되지 못하고 있다.

의사는 실제로 부다페스트의 로마니 정착촌에 또 다른 아프리카 식민지를 건설하려는 정부의 정책을 지지했다. 그는 로마니의 무신론적 태도야말로 비위생적인 생활 습관의 근거이며 머지않아 부다페스트에 페스트와 같은 전염병을 창궐시킬 수 있다고 경고했다. 로마니가 불법으로 점유하고 있는 토지의 소유권을 주인이 정당하게 행사할 수 있도록 서둘러 엄중한 행정 조치를 집행해야 하며, 그곳에 정착하길 희망하는 로마니만을 선별하여 도로나 상하수도 건설 공사에 참여시킴으로써 토지 임대료를 스스로 벌어서 지불하도록 유도해야 한다고도 주장했다.

그의 과격한 주장이 대중에게 알려지지 않은 까닭은, 그리고 일일교사 선정 과정에 참여한 보직교사들조차 그 사실을 확인할 수 없었던 까닭은 그가 공적인 활동에 참여할 때마다 가명을 사용했기 때문이거니와, 부다페스트 안에서 그는 자신의 명성이나 권위를 내세울 수 없는 실업자에 불과했기 때문이었다. 군내의 습격으로 순식간에 보금자리와 새신을 모두 잃고 부다페스트 밖으로 쫓겨난 로마니 중에는 진압 작전이 시작되기 이틀 전에 흰 가운을 입고서 로마니 야영지를 돌아다니며 위생 상태를 점검하던 의사의 얼굴을 똑똑하게 기억하는 자가 많았다.

4

엔지니어의
이야기

엔지니어는 학교 측의 지침에 따라 수수한 옷차림을 하고 네댓 살 된 아이를 대동한 채 등교했다. 선정 위원회는 올해 직업 체험 수업의 일일교사들이 모두 남성이라는 사실을 뒤늦게 깨닫고 급히 회의를 열었다. 이미 초대장이 발송된 뒤였기 때문에 일일교사로 선정된 자들이 먼저 불참 의사를 밝히지 않는 한 교체는 불가능했을 뿐만 아니라, 용케 한두 명을 여성으로 채워 넣는다고 하더라도 구색을 맞추는 데 급급했다는 비난을 피해 갈 수 없을 것 같았다.

　다행히 두 명의 후보들이 불참 의사를 알려 와서 선정 위원회는 간신히 실수를 만회할 기회를 얻었지만 하나의 직업을 대표할 만한 여성 후보자를 찾기가 쉽지 않았다. 겨우 연락이

닿은 자들마저 머뭇거리다가 끝내 고사했다.

이는 대부분의 여성이 무능력하다거나 수동적이라는 사실을 의미하는 것은 결코 아니었다. 오히려 그들이 자신의 의지에 반하는 생물학적 또는 사회적 역할을 감당하고 있어서 번듯한 직업을 구하지 못하고 있는 데다가 어렵사리 쟁취한 직업에도 오롯이 집중할 수 없으며 불공정한 규칙과 관례 때문에 정당한 성공을 방해받고 있다는 사실을 반증하는 것이었다.

사회 전체의 잘못을 개인에게 전가할 수는 없다. 선정 위원회는 남녀노소를 불문하고 교육과 목적에 가장 적합한 자를 일일교사로 초빙한다는 원칙에 충실하려고 노력했지만, 비정상적인 사회구조의 결과를 교육의 도구로 활용하지 않기 위해서라도 선정 원칙을 유연하게 적용하지 않을 수 없었다. 서면 인터뷰 결과가 전혀 만족스럽지 않았음에도 정유 회사 엔지니어를 일일교사로 최종 낙점한 것은 국가의 미래를 좌지우지할 분야에 여성의 진출을 독려하여 파괴의 기술 대신 공생의 가치를 융성하게 만들고 싶은 선정 위원회의 의지가 적극적으로 반영된 결과였다. 후보자의 이름이 성별을 알아차릴 수 없을 정도로 모호하다는 사실도 가점의 이유가 됐다. 행사 당일까지도 학부모들이나 학생들은 엔지니어가 당연히 남성이라고 생각했다.

그녀는 자신의 이야기를 아들에게도 들려주고 싶다고 말했다. 조용하고 예의 바르기 때문에 수업에 방해가 되지 않을 것이라고 그녀는 확신했다. 학교 측의 허가를 받은 행동이 아니었으나 매년 일일교사 한두 명쯤은 꼭 이런 상황을 연출했기 때문에 교사들은 전혀 당황하지 않았다. 학생들의 몰입을 방해한다는 이유로 직업 체험 수업에 학부모들의 참관을 막고 있는 이상, 일일교사가 대동한 아이들 역시 교실 안까지 들어갈 수는 없었다. 학교 측은 어린 불청객들이 찾아올 것을 대비하여 빈 교실 하나를 장난감과 동화책으로 채우고 담당 교사까지 배치해 두었다. 부모가 일일교사 역할을 마칠 때까지 아이들은 그곳에 머물면서 책을 읽거나 그림을 그리고 간단한 놀이에 참여했지만, 그런 방법으로도 통제가 되지 않으면 운동장에서 공놀이를 하거나 나무를 탔다. 담당 교사는 아이들의 놀이 장면을 몇 장의 사진에 담아 일일교사들을 안심시켰다.

아들을 교실로 데리고 들어갈 수 없다는 학교 측의 지침에 엔지니어는 크게 실망했다. 학교도 회사와 크게 다를 바 없는 것 같았다. 곧장 아이를 데리고 집으로 돌아가는 자신을 상상하기도 했지만 일일교사로 초빙됐다는 소식들 듣고 응원해 준 가족이나 회사 동료들이 생각나 차마 충동을 실천할 수는 없었다.

그 순간 원망을 받아야 마땅한 자는 전남편이었다. 이번 주 내내 아들을 돌볼 차례였던 전남편이 지난 주말에 갑자기 해외 출장을 떠나는 바람에 그녀의 계획에 차질이 생겼다. 만약 그가 회사 직원과 외도를 하지 않았더라면 그녀는 이혼을 선택하지 않았을 것이고, 그러면 남편이나 시부모에게 아들을 맡긴 채 여유롭고 우아한 모습으로 수업에 참여할 수 있었을 것이다. 한나절쯤 아들을 돌봐 줄 친척이나 친구가 전혀 없는 건 아니었지만 불리한 여건 속에서도 사회적으로 인정받고 있는 자신의 모습을 그들이 동정하거나 조롱하게 만들고 싶지는 않았다. 상황이 절망적일수록 자신의 성공이 더욱 빛날 것이라는 기대야말로 그녀를 버티게 하는 유일한 힘이었다.

걱정과 달리 아들은 엄마와의 이별을 덤덤히 받아들였는지 처음 만나는 교사의 손을 잡고 놀이 교실로 들어갔다. 그녀는 한참 동안 아들의 잔상 속에서 허탈해하다가 비로소 자신의 목적을 깨달았다. 무거운 외투를 잠시 벗어 놓게 됐으니 수업에 더욱 집중할 수 있을 것이라는 안도감과 함께, 자신의 이야기를 듣는 아이들에게 그들의 부모가 자신들의 직업을 통해 얼마나 사회와 가족에게 헌신하고 있는지 이해시켜야 한다는 의무감이 밀려왔다. 시간이 지나면 누구나 어른이 되겠지만 모든 어른이 인류의 평화와 번영에 공헌하는 것은 아니며, 아이보다 더 무능력하고 더 비윤리적인 어른이 주변에 얼마나 많은지에 대해서도 너무 과격하지 않은 방식으로 설명해 줘야겠다고 생각했다. 어른의 실패는 고스란히 아이들의 실패로 이어질 수 있다는 사실을 어린 학생들이 어떻게 받아들일지 그녀는 내심 궁금해하면서 평소보다 더 굵은 목소리로 이야기를 시작했는데, 자신의 화법이 전남편이나 회사 상사의 그것과 닮아 있다는 생각이 들 때마다 헛기침을 하고 물을 마셨다.

여기 앉아 있는 여러분이 인류의 희망이라는 것과, 여러분이 살게 될 미래에는 석유가 더 이상 연료로 사용되지 않으리라는 것만큼은 제가 지금 당장 말할 수 있는 가장 확실한 진실이에요. 저는 오늘 석유에 대해서 이야기할 거예요. 석유가 어떻게 만들어지는지는 배웠나요? 그래요, 죽은 동물과 나무가 땅에 묻혀 있다가 고온 고압의 환경에서 액체로 변한 게 석유죠. 하지만 땅속에 묻혀 있는 액체를 땅 위로 뽑아낸다고 해서 곧바로 사용할 수 있는 것은 아니고 정제를 하고 성분을 조절해야 비로소 자동차나 기계의 연료로 사용할 수 있어요. 추출부터 정제와 저장, 이동의 전 과정에는 인류가 발명해 낸 최고의 과학 기술이 동원되고 있답니다. 땅속에 묻혀 있는 검은 액체를 원유, 그걸 정제해서 투명하게 만든 건 석유라고 불러요.

저는 원전을 개발하고 원유를 시추해서 정제, 판매하는 일까지 하는 정유 회사의 엔지니어로 일하고 있어요. 아주 거칠고 힘든 일이지만 그만큼 아주 가치 있는 일이기도 하지요. 예전 같으면 채산성이 없는 것으로 판정받았을 광구에서도 최고 품질의 원유를 추출할 수 있게 되면서, 수십 년 뒤에 더 이상 원유를 채굴할 수 없을 것이라고 큰소리치던 비관론자들에게 카운터펀치 한 방을 먹일 수 있었죠. 더 적은 연료로도 더 많은 기능을 하는 기계들, 에너지를 생산하고 저장하는 다양한 방법들이 끊임없이 개발되고 있으니, 설령 석유와 같은 화석 연료가 완전히 고갈된다고 하더라도 인류의 미래가 완전히 멈춰 서는 일은 결코 일어나지 않을 거예요. 이제 인간이 관심을 쏟아야 할 사항은 한정된 분량의 화석 연료를 어떻게 효과적으로 사용하느냐는 것과 그것을 사용하면서 필연적으로 발생하는 오염 물질을 어떻게 줄이느냐는 것이겠죠. 원유가 고갈되기도 전에 환경이 먼저 파괴되는 바람에 인류가 공멸할 것이라는 걱정이 아직까지 해결되지 않았으니까요. 그래서 원유를 다루는 엔지니어로서 저는 환경보호에 도움이 될 연구와 활동에도 많은 관심을 쏟고 있답니다.

석유에 대해 우리 잠깐 이야기해 보기로 해요. 어떤 사람들은 석유가 환경을 파괴하고 인류를 몰살하고 있다고 주장하는데, 오히려 그 발견으로 인해 인류는 200년 동안 위대한 문명을 건설하고 환경오염도 크게 줄일 수 있게 됐지요. 석유가 인류에게 가져다준 혜택에는 어떤 게 있을까요? 석유를 태워서 우리는 빛과 열기와 에너지를 얻지요. 전기를 생산하는 발전소의 주된 연료도 석유예요. 그 덕분에 우린 밤에도 책을 읽고 음식을 요리하고 영화를 볼 수 있게 됐지요. 먼 곳을 여행하면서 다양한 사람을 만나고 진기한 문물을 구경하기도 하죠. 영하의 북구나 열사의 아프리카까지 난방기와 에어컨이 보급되면서 적어도 전 세계 인구의 20퍼센트는 살인적인 추위와 더위를 피해 건강을 지키고 있답니다. 인간이 지구의 주인에게나 걸맞은 존엄성을 얻게 된 때도 석유를 발명한 이후, 더 정확히 말하자면 원유를 발견한 이후가 아니라 그걸 정제해서 사용하는 방법을 발명한 이후부터라고 단정하고 싶네요.

그런데 석유는 연료로만 사용되는 게 아니에요. 플라스틱이나 각종 화학물질을 제조하는 원료로서도 큰 쓸모가 있답니다. 플라스틱이나 합성섬유가 없는 일상을 상상해 볼까요? 그것들은 아궁이 불씨를 지키고 옷을 짓고 빨래하며 음식을 준비해야 했던 여성을 과도한 가사 노동으로부터 해방시키는 데 결정적인 역할을 했지요. 여러분이 모두 여성은 아니고, 또 아직 어리기 때문에 제 이야기에 수긍하는 게 쉽지 않겠지만, 여러분의 어머니가 모두 여성이라는 사실을 떠올린다면 제 이야기를 주의 깊게 듣고 이해하려고 노력할 필요가 있지요. 어머니의 삶은 여러분 가족 전체의 현재와 미래에 아주 중대한 영향을 미치고 있으니까요. 그리고 여러분도 자라서 가정을 꾸리고 아이를 키우게 되겠죠? 누군가의 희생과 양보 없이 가족은 결코 유지될 수 없지요. 가족 모두의 안녕을 진심으로 바란다면 가족

구성원 전체가 부당한 현실의 원인을 밝히고 개선할 방법을 찾기 위해 끊임없이 노력하지 않으면 안 돼요. 아마 그때도 석유가 도움이 될지도 모르겠네요. 아무튼 연료나 원료로서 석유의 영향력에서 자유로울 사람은 여기에 아무도 없을 거예요. 아마존 밀림에서 태어나 평생을 그곳에서 살고 있는 원주민들조차 시도 때도 없이 굉음을 내며 하늘을 가로질러 가는 기괴한 물체 때문에 밤잠을 설치고 있을 정도니까요.

현재 석유 생산량의 대부분은 원료 대신 연료로 사용되고 있죠. 그러니 대부분의 연구가 석유를 연료로 사용하는 기계의 효율을 높이는 데 집중돼 있어요. 하지만 엔지니어로서 제 관심은 석유를 연료 대신 원료로 사용하는 방법이랍니다. 연료로서 석유를 대체할 물질은 많이 개발되고 있는 데 반해 원료로서의 역할을 대체하려는 노력의 결과는 너무 미흡한 게 사실이에요. 그래서 저는 한정된 분량의 석유를 오로지 생필품을 생산하는 원료로만 사용해야 한다는 주장을 전적으로 지지하고 있죠. 연료로서 석유의 사용량을 줄인다면 당연히 환경오염의 위험은 크게 줄어들 거예요. 유전을 차지하기 위한 추악한 전쟁도 수그러들 테니 난민 문제가 저절로 해결될지도 몰라요. 그러면 훗날 여러분에게도 매력적인 직업을 선택할 더 많은 기회가 공평하게 제공될 수 있겠죠. 물론 저와 같은 어른들이 여러분의 미래를 위해서 응당 해결해야 할 일들을 책임지고 처리하는 게 먼저겠지만 말이에요. 그런 의무감을 느끼고 있는 어른들이 제 주위에는 제법 많아요. 그리고 그들이 이룬 성과는 여러분의 상상보다 훨씬 뛰어나죠. 이제 그 이야기를 들려 드릴게요.

한번은 외국 정부의 초청을 받고 회사의 전문가들로 팀을 꾸려 유전 후보지를 방문한 적이 있지요. 제가 하는 일은 원유 매장량과 주변 환경을 고려하여 가장 경제적인 시추 방법을 설계해 내는 것이에요. 경제성이 없는 기술은 결코 환영받을 수가 없어요. 만약 연료로서 소똥이 석유보다 더 경제적이라고 판단된다면 당연히 우리는 소똥을 연구하기 시작할 겁니다. 석유를 팔아서 번 돈으로 소와 사료를 사서 매일 소똥을 뒤적거리는 일을 하고 있겠지요. 아직까지는 석유가 소똥보다 우월한 채산성을 지닌 덕분에 저는 지금의 업무를 그대로 유지할 수 있는 것이죠.

우리가 도착한 곳은 일반적인 유전 지대와는 다른 점이 아주 많았어요. 우선 원유가 매장되어 있는 곳이 사막이나 바다가 아니라 소위 선진국이라고 분류되는 국가의 도시, 더 정확히 말하자면 행정구역상으로만 도시로 분류됐을 뿐 실제로는 주변에 3층 이상의 건물이라곤 찾아볼 수 없는 촌락의 한복판이었지요. 그곳에 시추 시설을 건설하려면 마을의 절반 이상을 파괴하지 않으면 안 될 것 같았어요. 마을을 관통하는 도로가 갖춰져 있긴 했지만 원유를 실은 트레일러가 통과하려면 반대쪽 차선을 모두 비워야 할 만큼 좁은 데다가 바큇자국을 따라 요철이 생겨날 정도로 노면은 무르기 이를 데 없었지요. 그 도로가 오로지 마차 통행을 위해 만들어졌다는 사실은 나중에 알게 됐지요.

그러고 보니 그곳엔 석유를 태워서 달리는 자동차가 단 한 대도 보이지 않았고, 전신주와 건물이 전깃줄로 연결되어 있지도 않았어요. 우리를 안내한 공무원은 순전히 종교적인 이유 때문에 그곳 주민들이 힌데 문명을 일체 거부한 채 18세기 삶의 양식대로 살고 있으며 외부인의 출입도 철저하게 통제하고 있다고 설명했죠. 마을 사람들은 국가에 밀과 소금으로 세금을 지불하고 있었고 대통령이나 국회위원을 뽑는 선거에도 참여하지 않았어요. 그러니까 연료나 원료로서 석유의 영향력에 포섭되지 않은 채 살고 있었던 거예요. 그들의 언어에는 석유라는 단어는 포함되어 있지 않을 게 분명했어요.

우리를 그곳으로 은밀하게 불러들인 자본가들과 정치인들은 그 마을 사람들에게는 전혀 필요도 없는 원유를 값싸게 채굴해서 비싸게 팔고 싶어 했지요. 비록 그들조차 그 원대한 계획을 언제 실행에 옮길 수 있는지 알지 못했지만 미리 경제성을 파악한 뒤 자본과 권력을 끌어들일 생각을 했던 거죠.

1년에 단 한 차례 외부인의 마을 출입을 허용하는 오픈 마켓

시즌이 되자 저희 회사 직원들은 밀 수매자의 신분으로 위장하고 그곳을 방문했답니다. 하루 방문객의 숫자가 한정되어 있고 사전 예약을 마친 자들에게만 방문이 허락되기 때문에 마을 입구가 붐비지는 않았지만, 소지품을 맡기고 액세서리마저 몸에서 모두 떼어 낸 뒤 밀짚으로 엮은 거적을 뒤집어써서 각자의 복장을 감추느라 시간이 많이 걸렸지요.

번거로운 절차를 꿋꿋이 참아 내야 하는 이유를 그 마을로 들어서는 즉시 깨달았어요. 200년이라는 시간의 간극을 제 두 발로 뛰어넘었다는 감격은 말로 표현할 수 없을 정도였어요. 유명한 테마파크 몇 곳을 제 아이와 함께 다녀온 적이 있긴 하지만, 그때 받았던 것과는 확실히 다른 차원의 인상이었지요. 두려움과 소외감을 번갈아 느꼈다고나 할까요? 길에서 만나는 마을 사람들은 외부인에게 별로 관심을 보이지 않았는데 경계하고 있는 것만큼은 분명했어요. 그들의 적대적인 태도는 그 행사가 주민들의 자유의지에 따라 진행되는 게 아니라는 사실을 말해 주었지요. 가이드 역할을 맡은 촌장은 우리의 일거수일투족을 감시하고 통제하려 했어요. 제가 여성이기 때문일까요? 제게는 일행들보다 좀 더 많은 자유가 허락됐던 것 같아요. 그래서 더 많은 것들을 더 자세히 둘러볼 수가 있었지요.

그렇게 아름다운 마을을 파괴하면서까지 원유를 뽑아내야 할 만큼 인류가 절체절명의 위기에 처한 건 결코 아니었어요.

우리가 아무렇지도 않게 파괴한 것들을 훗날 복원하기 위해 엄청난 비용과 노력을 쏟아부어야 했던 사례는 어디에서나 쉽게 찾을 수 있지요. 석유를 팔아서 번 돈으로 유전을 폐쇄하고 그 주변 환경을 복원해야 하는 날이 곧 찾아올 것이라고 전 확신해요. 아무튼 그 마을 안으로 더욱 깊숙이 들어갈수록 저는 제가 맡은 비밀 임무가 점점 부담스러워지기 시작했어요. 동료들이 어슬렁거리면서 촌장의 주의를 흩어 놓는 사이 저는 주위를 자세하게 살피면서 시추공을 뚫기 적당한 장소를 찾았지요. 그러다가 점점 일행과 멀어지게 되었고, 민첩 등인 밀밭 사이를 헤매다가 홀로 외딴 농가에 도달했지요.

식사 준비를 하고 있던 네 명의 아이들과 어머니가 저를 발견하고는 일제히 동작을 멈추었어요. 도망쳐야 하는지, 아니면 힘을 합쳐 불청객을 내쫓아야 하는지 판단이 서지 않은 것 같았어요. 저는 그들에게 제 사정을 설명하고 일행을 만날 수 있도록 도와 달라고 요청했지만 서로의 언어에도 200여 년의 간극이 놓여 있어서 대화는 거의 진행되지 않았어요. 결국 저는 물 한잔 얻어 마시고 가야겠다 생각했지요.

손가락으로 우물을 가리킨 뒤 물을 들이켜는 시늉을 했더니 가장 어린 아이 하나가 제 뜻을 알아들었는지 제 어머니에게 뭐라고 말하더군요. 어머니는 한참 동안 찬장을 뒤지더니 투명한 컵 하나를 꺼내서 우물물을 담아 아이를 통해 제게 건네주었어요. 그때 전 제 눈을 의심해야 했지요. 아이가 건넨 컵이 유리가 아닌 플라스틱으로 만들어져 있었으니까요. 그 물잔을 손님에게 내놓는 것이 존경의 뜻인지 아니면 경멸의 뜻인지 가늠이 안 되었지만, 18세기의 삶을 살아가는 그들이 플라스틱 컵을 사용한다는 사실에 놀라지 않을 수 없었어요. 저는 새된 목소리로 그걸 어디에서 구했느냐고 물었는데 그들은 제 표정에서 호기심 대신 적의를 감지했는지 일제히 뒤로 물러나며 아무 대답도 하지 않더군요.

저는 그들이 알아들을 수 없을 만큼 작은 목소리로 만약 이곳에다 시추 시설을 건설하고 원유를 뽑아낼 수 있다면 원시 형태의 가사 노동으로부터 이 마을에 사는 여성들을 모조리 해방시킬 수 있을 테지만 마을의 전통은 완전히 파괴되고 말 것이라고 중얼거렸습니다. 여성의 삶과 마을의 전통 중 어느 것이 더 중요한지 판단하는 일은 제겐 결코 쉽지 않았어요. 죽은 자의 무덤 위에 산 자가 밭을 일구는 법이니 당연히 살아 있는 여자들의 행복이 더 중요하다고 판단하는 게 맞았지요. 하지만 저는 전통이 마치 공기처럼 삶의 필수 조건인 것으로 오판하고 말았어요. 지금 저는 제 부끄러운 실수를 덤덤하게 여러분 앞에서 고해성사하는 것이고, 편협한 생각과 한정된 경험을 지닌 제가 인류 전체를 대표하여 매번 공정하고 편견 없는 생각을 할 수 없다는 사실을 인정하는 거예요.

아무튼 저는 18세기를 살고 있는 마을 사람들의 전통을 지켜 주는 편이 적어도 그곳 아이들의 미래를 위해서라도 더 중요하다고 판단했지요. 그 플라스틱 컵은 21세기를 살고 있던 방문객이 무심코 버린 것이 분명했으니 그걸 수거해야 할 의무가 외부인인 제게 있다고 생각했어요. 저는 아이들과 어머니가 잠시 한눈을 파는 사이에 그 플라스틱 컵을 주머니에 넣고 집을 빠져나와 밀밭을 향해 뛰기 시작했답니다. 한참 달리다가 문득 뒤를 돌아보니 손에 농기구를 들고 저를 뒤쫓는 아이들이 보였어요. 호의를 베푼 사이에게 희귀한 보물을 빼앗겼으니 그늘의 분노는 하늘을 찌르고도 남았을 거예요. 주의를 돌릴 만한 다른 물건이 있었다면 속도를 줄이고 타협을 시도할 수 있었겠지만 유감스럽게도 제게 있는 건 그들에게서 훔친 장물뿐이었죠. 그러니 운명을 오로지 우연에 맡긴 채 앞만 보고 달리는 수밖에.

하지만 밀밭을 계속해서 맴돌고 있다는 두려움과 함께 길눈이 밝은 추적자들과의 간격이 점점 줄어들고 있다는 사실을 감지했답니다. 그래서 주머니를 통째로 버려야겠다고 생각했지요. 밀짚으로 만든 거적 안에 전 점퍼와 티셔츠, 청바지를 입고 있었으니까요. 급히 벗은 옷들을 밀밭 위에 던져 놓긴 했는데 속옷 차림의 몸을 거적으로 가릴 여유까진 없었지요. 그러는 사이 플라스틱 컵도 잃어버리고 말았지요. 다행히 그 방법은 추적자들의 속도를 줄이는 데 효과가 있었어요. 그리고 추적자들이 도착하기 전에 전 일행들을 다시 만났답니다. 저의 몰골을 보고 당황한 일행들이 이유를 물었지요. 저는 제가 플라스틱 컵을 훔쳤다는 사실을 끝까지 말하지 않았어요. 대신 밀밭 주변에서 만난 맹수에 대해 거짓말을 늘어놓았지요. 속옷 차림의 여자가 두서없이 늘어놓는 이야기의 진위를 의심할 문명인은 없었지요.

호텔로 돌아와 저녁을 먹으면서 그 마을에 대해 좀 더 알게 됐어요. 오랫동안 외부와 고립된 채 근친 결혼을 통해 혈통을 이어갔기 때문에 이런저런 유전병을 지닌 사람들이 많다고 하더군요. 이미 기세가 꺾인 지 오래인 바이러스조차 이곳에선 들불처럼 맹렬한 기세로 퍼질 수 있어서 주민들이 외부인과의 접촉을 극도로 꺼린다는 이야기를 들었을 때 저는 제게 플라스틱 컵을 건넸던 아이의 얼굴이 떠올라 차마 음식을 삼킬 수가 없었답니다. 제가 그 마을에 벗어 놓은 옷들은 페스트균을 보유하고 있는 거대한 쥐 떼와 다를 게 없었겠죠. 저는 식사를 당장 멈추고 호텔 방으로 돌아가 쉬고 싶었어요. 그때 일행 중 한 명이 식탁 위에서 프랑스 음식과 전혀 어울리지 않는 플라스틱 컵을 발견하고는 빈정거렸지요.

장뤼크 고다르의 영화에 이런 대사가 나온다고 하더군요.

"플라스틱 컵처럼 쓸모없는 물건을 누가 왜 발명했는지 모르겠어."

그걸 들은 순간 저도 모르게 목소리를 높이면서 플라스틱 컵이 여성을 육중한 가사 노동으로부터 어떻게 해방시킬 수 있었는지 핏대를 세워가며 설명하기 시작했고, 즐거워야 할 저녁 식사는 결국 엉망이 되고 말았지요.

　저는 다음 주 월요일 아침 출근하자마자 신규 유전 건설의 사업성을 검토한 보고서를 작성했어요. 최소 규모의 시추 시설만을 건설하고 정제 시설이나 저장고는 이웃 도시에 세운 뒤 두 곳을 철도로 연결한다면 가격 경쟁력이 충분히 있다는 내용이었죠. 저는 제기 벗어 놓은 옷들에서 썩어 밀지도 모를 비극을 직접 목도하는 일을 피하기 위해서라도 그 프로젝트에 참여하지 않았어요.

　그게 3년 전 이야기인데 다행히 오늘까지도 그 마을에서 유전 개발 공사가 시작됐다는 소식은 듣지 못했고, 그 대신 올해도 어김없이 오픈 마켓이 열릴 것이라는 소식이 들렸지요. 그 마을에 다녀온 이후로 저는 플라스틱 컵을 사용하지 않는답니다. 그 습관을 불편하게 여긴 자들이 이유를 물어 오면 장뤼크 고다르처럼 대답하죠. 아무도 더 이상은 묻지 않더라고요. 평범한 사람이 누벨바그 영화나 장뤼크 고다르의 이야기를 이해하는 건 쉽지 않으니까요.

　비록 저는 플라스틱 컵을 사용하지 않지만, 저개발 국가에 플라스틱 생필품을 보내 주는 단체에 후원금을 보내고 있어요.

최근에는 부다페스트 외곽에서 추방당한 로마니들에게도 생필품을 보내 주었다는데, 유랑하는 자들에겐 플라스틱 제품이 여러모로 쓸모가 있겠죠? 소중한 생활 터전을 잃고 가족이나 친구와 헤어져 지내는 일은 어느 누구에게든 슬픈 일이니까 하루빨리 그들에게도 평화와 안식이 찾아오길 우리 모두 기도하면서 이 수업을 마치기로 해요. 저도 제 아들이 너무 보고 싶네요.

엔지니어는 인간이 개발한 기술이 얼마나 잔혹하게 인간을 파괴했는지에 대해서는 전혀 아는 바가 없거나 고의적으로 이야기하지 않았다. 원유를 차지하기 위해 전쟁이 일어나고 무덤이 늘어나고 국경선이 바뀐다. 원주민들은 땅을 잃고 난민이 되어 떠돌지만 국경선을 넘는 건 허락되지 않는다. 종교나 인종은 전쟁을 합리화하기 위해 동원되는 허상일 뿐이다. 과학적 지식과 기술은 불평등한 세계를 구축하고 유지하는 데 지대한 공헌을 하고 있다. 그것들은 모호하고 중립적이고 함축적이다. 누가 어떻게 해석하느냐에 따라 무기가 되기도 하고 방패로 사용될 수도 있다. 그 영향력을 억제할 논리나 장치가 없다면 모두에게 재앙을 불러올 것이다. 일단 세상에 등장한 이상 결코 사라지지 않을 것이며, 이종교배를 통해 끊임없이 변이를 일으키다가 결국 천사의 얼굴을 한 악마를 출산하고도 끝까지 천사로 위장할 것이기 때문이다.

자신의 발명품이 세상을 파괴하는 데 동원되고 있는데도 눈을 감은 채 뒤로 물러나서 마치 자신은 중립적이고 평범한 인간처럼 행동하는 것은 지식인들이 쉽게 범하는 죄악이다. 자신이 발명한 것이 원래의 목적대로 사용되고 있는지 끊임없이 감시하고 의문을 제기하다가 자신의 선의가 필요악으로 전락하기 전에 분연히 일어나 동지를 규합하고 자기부정을 위한 저항을 시작해야 한다. 그러지 않으면 파멸 직전에 이르러 인류는 그 발명품을 최초로 만들어 낸 자에게 영원한 증오를 쏟아부을 것이다.

원자폭탄을 최초로 생산한 노동자들의 이름은 역사에서 누락될 수 있어도 그 이론을 만들고 실험한 과학자들의 이름은 결코 삭제될 수 없다. 그들은 자신의 발명품이 지닌 치명적 결함, 즉 적군과 아군, 군인과 민간인, 전장과 병원, 현재와 미래 등을 구별할 수 없고 과오를 몇 세대에 걸쳐 대물림하게 만드는 문제와 그것을 사용하게 될 자들의 광기에 대해 잘 알고 있었지만 침묵하거나 외면했다. 전쟁광들의 대규모 학살을 멈추기 위해서 어쩔 수 없이 조력하거나 침묵했다고 변명한다면 과학자들 역시 학살자로 분류되어야 마땅하다. 자신이 사랑하는 가족들에게 기름진 음식을 먹이기 위해 이웃에게 독을 먹일 수는 없는 법이다.

이런 생각의 연장에서 볼 때 부다페스트 외곽에서 폭동을 일으킨 로마니들이 학살되는 동안 이 엔지니어가 끝까지 유지했던 침묵은 몹시 실망스럽다. 그녀가 최적의 원유 채굴 장소를 찾아내고 그 주변에 생산 시설을 효율적으로 배치하는 지식과 기술을 헝가리의 군인들이 성난 로마니 시위대를 효과적으로 진압하는 데 적극 활용했기 때문이다. 헝가리군 장교들의 워크숍에 두 차례나 초대되어 자신이 개발한 기술과 논리를 설명하고 공로패까지 받았던 그녀가 로마니의 비극을 예상할 수 없었다고 말해서는 안 됐다. 공정하지 못한 규칙을 힘겹게 따르느라 자기 직업에 오롯이 집중하지 못하고 부당한 규칙에 자신도 희생되고 있으며, 사회 전체의 잘못을 자신에게 전가하는 것은 부당하다는 그녀의 항변은 유감스럽게도 누구나 예상 가능했다. 그녀가 소속되어 있는 정유 회사는 전세계에 걸쳐 1000여 건이 넘는 소송을 진행하고 있으나 4차 중동전쟁이 마무리된 이후로 지금까지 세계 어느 법정에서도 패배한 적이 없기 때문에 승자는 진실이 아니라 자금과 시간이 결정할 따름이라는 믿음이 만연하다.

석유의 생산과 판매 과정에서 매일 한 명 이상의 노동자와 두 명 이상의 유전 지역 주민들이 죽거나 다치고 있다는 환경 단체의 주장에 맞서 그녀의 회사는 직원들의 숫자와 세금 규모와 기부금 내역을 공개하면서 선의가 호도되는 억울함을 호소했고, 그 회사 소유의 영토에서 벌이고 있는 사업이 중단

될지도 모른다는 생각에 불안해진 각국의 위정자들은 회사에 더 매력적인 사업 조건을 제안하지 않을 수 없었다. 부다페스트에서 소모되는 전기의 대부분이 화력발전으로 생산되고 위정자들이 헝가리 영토 안에서 유전을 발견하기 위해 혈안이 되어 있는 이상 그 정유 회사의 입지는 오랫동안 지속될 것이며, 내년에도 그곳의 직원 중 한 명이 일일교사로 초대받을 확률이 매우 높다. 일부 과학자들은 로마니가 무단 점유한 지역의 지하에 대량의 원유나 광물이 매장되어 있을 확률이 매우 높다고 주장하고 있다.

5 지워진 이야기:

여행가의
이야기

열두 살 나이에 첫 해외여행을 시작한 이후로 40여 년 동안 세상의 거의 모든 곳을 방문했다고 알려진 여행가는 세상의 어느 곳에서든지 뿌리를 내리고 직장을 다니면서 가족을 부양해야 할 아이들에게 부정적인 영향을 끼칠 수 있다는 이유로 일일교사에 선정되지 못했다. 대부분의 교사들은 시공간과 언어의 제약 없이 누구나 자유롭게 여행할 수 있는 시대가 된 지 오래인 만큼 여행을 통해 얻게 된 정보나 감상을 파는 직업은 머지않아 완전히 사라질 것이라고 주장했으나, 소수의 교사들은 과학이 발달할수록 세계는 더욱 파편화되고 인간은 더욱 고독해질 것이기 때문에 현재까지 전혀 알려지지 않은 세계, 가령 화성이나 심해, 석회동굴, 화산의 분화구, 마천루의 지하실 같은 곳을 탐험한 여행가의 경험과 지식은 지금보다 훨씬 비싼 가격에 거래될 수 있다고 맞섰다.

인터내셔널 데이 행사 당일에 딸을 학교에 데려다주다가 여행가는 세계에서 가장 오래 사하라사막에서 야영한 사람으로서 기네스북에 이름까지 올린 자신이 일일교사로 참여할 수 없다는 사실에 화가 치밀었다. 교사들의 제지를 뚫고 교무실로 들어간 그는 자신을 멸시하려는 어떤 결정도 순순히 받아들일 수 없다고 소리쳤다. 자신이 얼마나 많은 권력자들과 친구로 지내고 있으며 그들이 이 학교에 어떤 불리한 영향을 끼칠 수 있는지 과장하는 한편, 여행지에서 자신을 부당하게 대했던 외국인들에게 얼마나 통쾌하게 복수했는지 설명했다. 교감은 난처했지만 중요한 행사를 망치고 싶지 않았기 때문에, 더 솔직하게 말하자면 곧이어 학교에 도착할 부다페스트의 주요 인사들과 언론인들을 실망시키고 싶지 않았고, 오후 행사에서 모금된 기부금 액수가 역대 최고의 기록을 달성하여 자신의 인사 고과에 큰 도움이 되길 희망했기 때문에 그를 빈 교실로 급히 데리고 들어갔다.

교감은 여행가에게 일일교사 선정에 대한 비밀을 어느 누구에게도 발설하지 않겠으며 그걸 발설할 경우 모든 법적인 책임을 지겠다는 서약서를 작성하도록 요구한 뒤, 결국 그를 교단에 세우기로 결정했다. 일일교사에게 요구되는 최소한의 소양도 교육받지 못한 여행가는 여행할 때마다 빠짐없이 챙기는 몇 개의 중요한 물품들, 즉 오스트레일리아에서 구입한 오리너구리 가죽 배낭, 페루에서 노트북과 맞바꾼 수동 카메라 한 대, 나침반과 기압계 기능이 추가된 중국제 손목시계, 수단의 장인이 만든 주머니칼, 이탈리아제 모카 포트, 소설책 한 권, 인도네시아산 우의 중 어느 것도 몸에 지니지 못한 게 너무 안타까웠다. 자동차를 몰고 집으로 급히 가서 그것들을 챙겨 올까도 고민했으나, 설령 모든 도로가 텅 비어 있고 과속 단속 카메라는 모두 고장 나 있고 자기 마음대로 신호등을 조정할 수 있다고 가정하더라도 수업이 시작되기 전까지 도저히 학교로 돌아올 수 없을 것 같았다. 그보다는 차라리 아이들에게 해 줄 이야기들을 준비하는 편이 훨씬 나았다.

교사들이 급히 그를 위한 교실과 학생들, 인쇄물을 준비하는 동안 그는 교실 구석의 의자에 앉아 일일교사로 초청된 자들과는 거리를 둔 채 아이들과 함께 따라갈 여행 경로를 머릿속의 세계지도에 급히 표시했다. 알렉산더처럼 그리스에서 페르시아를 지나 인도에 이르는 동쪽 경로나 칭기즈칸처럼 몽골의 사막에서 독일에 이르는 서쪽 경로를, 아니면 아문센처럼 남극 대륙에서 북극해에 이르는 경로를 선택할 수도 있었다. 곧 그는 자기 수업에 참여한 아이들이 다양한 국가에서 모여들었다는 사실을 깨닫고 그 국가들이 모두 포함되지 않는 경로를 찾아내려고 궁리했다. 그렇다고 아프리카의 초원이나 중동의 사막, 남극의 빙하와 같은 오지에 아이들이 흥미를 느낄 것 같지도 않았다. 바닷속이나 우주도 그들의 관심 밖일 게 분명했다. 그래서 그는 세상 어디에도 존재하지 않는 놀이공원과 그곳의 놀이 기구에 대해 이야기했다.

수업의 내용과 일일교사의 직업, 교실과 담임교사까지 갑자기 바뀌는 바람에 어리둥절해하던 아이들은 한참 동안 수업에 집중하지 못했다. 하지만 바로 지금 그 기괴한 놀이 기구를 타고 있는 것처럼 힘껏 과장된 몸짓과 표정을 짓고, 비명 소리까지 내면서 실감 나게 연기를 하는 일일교사의 이야기에 점점 매료되기 시작했다. 여행가는 일방적으로 이야기를 들려주는 것보다 아이들의 질문에 대답하는 방식으로 수업을 이어 갔기 때문에 육체에서 영혼을 분리시킨 뒤 영혼만을 데리고 교실을 빠져나가서 담배를 피우거나 음란한 행위를 시도하려는 아이들은 단 한 명도 없었다. 오히려 저마다 손을 들며 질문을 하거나 일일교사를 흉내 내면서 웃음을 참지 못했다. 이때까지만 하더라도 담임교사는 혼란 속에서도 교육의 효과를 명확히 감지할 수 있었다.

그러나 어린 청중들의 뜨거운 반응에 고무된 여행가가 미성년자들에겐 아직 출입이 허락되지 않은 세계의 민낯을 폭로하기 시작하면서 파국이 일어났다. 마치 토요일 저녁 뉴욕 할렘가의 소극장 무대에 올라온 신인 코미디언처럼 여행가는 각국에서 만난 어른들의 예절과 음식과 생김새와 옷차림과 종교와 말투를 희화화하기 시작했다. 여행은 결코 직업이 될 수 없다고 믿는 담임교사는 여행가가 비속어나 욕설을 발설할 때마다 헝가리어 통역을 중단하고 그에게 교육의 목적을 여러 번 상기시켰지만, 이미 머릿속 세계지도 위에서 길을 잃고 비틀거리는 여행자를 정상 궤도로 귀환시키진 못했다.

아이들은 일일교사에게서 세상엔 죽음을 담보한 쾌락들이 상상할 수 없을 정도로 널려 있는 데다가 어제 태어난 것들은 이미 파괴됐고 오늘 그 자리에 새로운 것이 들어섰다는, 그러니 따분하기 이를 데 없고 더 이상 쓸모도 없는 지식을 배우느라 이런 감옥 같은 곳에 처박혀서 인생을 낭비할 게 아니라 당장이라도 부모의 통장을 훔쳐서 이웃 도시로라도 여행을 떠나라는, 이미 너무 늦어서 인생의 쾌락을 절반도 경험할 수 없게 되었다는 메시지를 전달받고 흥분하지 않을 수 없었다.

다급해진 담임교사는 강의를 중단시키고 아이들을 모두 교실 밖으로 끌어내려 했으나 아무도 지시에 따르지 않자 혼자서 교실을 이탈했다. 불길한 낌새를 감지한 아이들이 잠시 술렁였으나 여행가는 더욱 자극적인 이야기로 이내 그 교란을 잠재웠다.

수업을 끝내야 할 시간이 가까워지자 비로소 여행가는 지극히 상투적이지만 교육적인 내용으로 이야기를 마무리하려고 시도했다. 그는 국경과 언어와 인종의 경계가 사라지는 현실은 매우 환영하나 종이 여권과 그 여권 위에 붙이는 입국 사증과 출입국 스탬프가 사라지는 것은 매우 안타깝다고 말했다. 또한 여행을 망치는 가장 빠른 방법은 사진을 찍기 위해 걸음을 멈추는 것이며, 반대로 성공적인 여행을 하려면 반드시 현지의 언어를 배워야 한다고 덧붙였다. 하나의 언어 안에는 그곳의 역사와 문화와 자연과 인간이 모두 반영되어 있기 때문에 여행의 최종 목적지는 결국 각국의 고유한 언어여야 한다고 그는 강조했다.

연극 같던 수업이 마치 언어학자의 강연처럼 변질되자 아이들은 다시 육체와 영혼을 분리시키려 시도했고 그들의 영혼은 수업 도중에 교무실로 달려간 담임교사의 행방을 뒤쫓았다. 차임벨이 울리자 담임교사가 교감을 앞장세우고 돌아왔다. 교감의 손엔 여행가가 서명했던 서약서가 들려 있었다. 여행가는 두 번째 수업에 참여할 기회를 박탈하겠다는 교감의 결정을 순순히 받아들였지만 곧장 집으로 돌아가는 대신 대기실에 홀로 남아서 딸이 두 번째 직업 체험 수업을 마칠 때까지 기다렸다. 딸에게 어떻게 설명했는지 알 수 없으나 그는 오후 행사에는 참여하지 않았다.

이 일련의 상황은 인터내셔널 데이가 끝나고 일주일 뒤에 열린 교무 회의에서 자세히 보고됐고, 크리스마스 직전에 배포할 예정인 첫 번째 버전의 책에는 여행가의 수업 내용을 신지 않기로 의결되었다. 용감한 탐험가라면 먼 미래에도 지식과 감상을 팔아서 밥벌이를 할 수 있을 것이라고 주장했던 교사들마저 이 결정에 반대하지 못했다.

헝가리 군대가 로마니의 폭동을 완전히 진압했다는 기사가 회자될 무렵 여행가는 헝가리 집권당의 웹 사이트에 정부의 강경 조치를 비난하는 의견을 익명으로 올리고 시민들의 조직적 저항을 촉구했다. 반응이 신통치 않자 그는 실명을 밝히고 알제리 흑인 혁명가의 유명한 문구까지 인용하여 자신의 주장을 수정했다.

"나는 한 사람이다. 따라서 내가 되찾아야 하는 것은 세상의 모든 과거다."*

그의 과격한 선동에 반대하는 댓글이 끝없이 이어졌다. 폄하와 매도로 논란이 이어지는 사이에 친정부 성향의 언론까지 나서서 공격하자 신변의 위협을 느낀 그는 슬그머니 게시물을 지우고 한동안 두문불출했다. 처음에는 그의 주장에 동조했던 시민들도 그 비겁한 처신에 실망하여 그가 출간했던 두 권의 여행서 속에서 제국주의자들의 주장을 근거로 불매

---

* 프란츠 파농, 노서경 옮김, 『검은 피부, 하얀 가면』(문학동네, 2014), 217~218쪽.

운동을 전개했다.

　나치에 의해 수십만 명의 로마니가 학살당한 다카우 수용소를 방문했을 때 그는 전쟁의 공포에 대해서만 이야기했을 뿐 로마니의 비극을 애도하는 언행은 일절 하지 않았다. 살아남지 못한 자들에겐 그럴 만한 결함이 있었다는 나치의 주장에 일부 동조하는 태도까지 취했다. 그라나다에서 플라멩코 공연을 관람하고도 무용수의 육감적인 동작과 표정에만 주목했을 뿐 그것을 탄생시킨 로마니의 현실은 철저하게 외면했다. 그는 자신이 매사에 보헤미안 스타일을 고수한다고 기들먹거렸는데 정작 보헤미안과 로마니의 관계를 정확히 알지는 못했다. 즉 다른 유럽인들과 다를 바 없이 로마니를 이미 오래전에 사라진 민족 정도로 간주하고 있었던 것이다.

6

패션
디자이너의
이야기

일일교사의 복장과 관련해서 학교 측에서 가장 걱정했던 자는 한때 밀라노의 유명 패션 업체에서 수년간 일한 적이 있다는 패션 디자이너였다. 그를 일일교사로 선정하기에 앞서 선정 위원회의 교사들은 그가 디자인했다는 옷과 액세서리에 대한 정보를 인터넷으로 검색했다. 그걸 두고 사전 검열이라고 주장하며 반발한 교사가 아예 없었던 건 아니었지만, 윤리적인 금기가 거의 작동하지 않는 패션 업계에선 상식보다 파격의 가치가 훨씬 높게 평가되기 때문에 그들의 성과물을 교육적 목적에 맞춰 취사선택해야 한다는 게 교사들의 중론이었다. 혐오나 차별의 메시지를 공공연하게 드러낸 디자이너가 일일교사로 참여하여 아이들에게 편협한 시각을 주입하는 걸

방치할 순 없는 노릇이었다. 소문과 달리 이 패션 디자이너는 밀라노의 최첨단 유행을 발명해 내는 전위 예술가가 아니었고, 유수의 디자이너들이 스케치한 작품을 옷감에 옮기고 재단하는 기술자에 가까웠다. 물론 직접 그린 스케치로 옷을 제작한 경험도 없지 않겠지만, 그의 역할은 주로 동료 디자이너의 의도에 따라 옷감을 잘라 주면서 간단한 조언을 하는 정도였다. 기술자로서의 격무 때문에 패션 디자이너로 변신할 기회를 얻는 게 불가능해졌다고 판단한 그는 밀라노 생활을 접고 부나베스트로 옮겨 왔다.

젊어서 패션 디자이너를 꿈꾸며 디자인 학원을 기웃거렸던 국제 학교 교사가 인맥을 총동원하여 진실을 추적하지 않았더라면 패션 디자이너의 거짓 이력이 하마터면 선정 위원회의 명예를 훼손할 뻔했다. 그의 비교육적 태도를 두고 선정 위원들의 논쟁이 이어졌다. 그러나 그것은 일일교사들로 지명된 자들이 대체적으로 보이는 특징, 즉 짝짓기를 준비하는 공작새처럼 장점을 한껏 과장해서 상대의 호기심과 호의를 자극하려는 행동에 지나지 않는다는 결론에 이르자 위원들은 그를 일일교사로 초빙하기로 합의했다.

대신 그에게 엄격한 복장 지침을 전달하기로 결정했다. 지나치게 화려하거나 외설적이어서는 안 되고 성적 정체성을 짐작할 수 없을 만큼 모호한 패션도 결코 환영받지 못한다는 문구가 그의 초청장에 추가되었다. 패션 디자이너는 학교 측의 복잡한 심기를 이해했는지 평범한 헤어스타일에 라운드 티셔츠와 청바지를 입고 액세서리라고는 낡은 손목시계만을 찬 채 학교에 나타났다. 그는 굵은 목소리와 어울리는 큼직한 손을 지녔고 어깨와 가슴 근육이 발달해서 아무도 성적 정체성을 의심할 수 없었다. 선정 위원이었던 교사 몇 명은 그의 첫인상에 적이 실망했다. 패션 디자이너보단 재단사로 아이들에게 소개하는 편이 더 낫겠다는 생각까지 했다.

패션 디자이너는 일일교사들의 옷차림엔 전혀 관심을 보이지 않았다. 그들에게서 비범한 패션 감각 따윌 전혀 기대하지 않은 게 분명했다. 비현실적인 몸매의 모델들을 오래 상대해 온 그에게는 자신의 몸매에 옷을 맞추려고 애쓰는 사람들이 오히려 더 비현실적으로 여겨질지도 몰랐다. 앞장서서 교실로 향하는 담임교사는 자신이 마치 벌거벗은 채로 걸어가고 있다는 생각이 들어서 자꾸 옷매무새를 고치며 뒤따르는 자의 시선을 확인했다. 그가 아이들에게 강의를 하는 동안 담임교사는 남편이 생일 선물로 준 싸구려 팔찌를 슬그머니 풀어 주머니 속에 숨기기도 했다.

패션은 그 사람이 처해 있는 현실의 반영이에요. 이게 제가 여러분에게 말해 줄 수 있는 가장 완벽한 진실이기도 하죠. 옷은 인간이 이룩한 문명의 총체이고, 옷을 입게 되면서 인간은 윤리와 미학을 발명해 낼 수 있었죠. 인간의 직립보행은 옷으로 완성됐다고 저 같은 패션 디자이너들은 굳게 믿고 있어요. 하지만 값비싸고 화려한 옷과 액세서리가 한 인간의 자존감을 높인다고 생각한다면, 여러분은 비열한 장사꾼들이 만들어 놓은 함정에 빠져든 거예요. 그 사람의 현실에 가장 어울리는 패션만이 그의 자존감을 가장 높은 곳까지 끌어올릴 수 있지요.

물론 어린 여러분이 이해하기엔 조금 어려운 이야기일 수도 있겠네요. 부자이면 당연히 고가의 옷과 액세서리가 잘 어울리겠지만, 부자가 아닌 자들이 굳이 부자 행세를 하려고 가짜 명품으로 치장할 필요는 전혀 없다는 뜻이에요. 크리스마스 세일 기간에 구입한 옷과 액세서리로도 충분히 최상의 패션을 연출해 낼 수 있죠. 옷과 액세서리가 사회의 계급을 만든다는 주장에는 동의하지 않아도 어쩔 수 없이 계급을 드러내 주는 것 같긴 하더라고요.

너무 알려져서 식상한 이야기지만, 패션 산업이 일반 대중과 구별되고 싶은 부자들의 허영과 부자들의 세계를 동경하는 일반 소비자의 콤플렉스로 유지된다는 건 동서고금을 막론하고 진리에 가까워요. 그래서 유명 패션 디자이너들은 한편으로 부자들의 구매 충동을 자극하는 디자인을 고안하면서도 다른 한편으로는 평범한 소비자들도 어렵지 않게 구매할 수 있는 상품을 만들어 내고 있지요. 두 가지 목적에 동원되는 창의력이나 열정에는 차이가 전혀 없어요. 두 가지 목적을 이루는 데 동원되는 시스템과 프로세스도 똑같고요.

겉으로는 화려해 보일지 몰라도 세상의 모든 사람들이 이름을 기억하고 있는 몇 명의 패션 디자이너들을 제외하고 대부분은 디자인에서부터 제작, 마케팅과 판매까지 도맡아서 처리하는데, 거의 중노동과 다를 바 없어요. 직업 체험 행사에 초대된 일일교사의 입에서 흘러나와서는 안 되는 비밀일 수도 있겠지만, 하나의 직업을 선택하는 순간 그 선택은 적어도 10여 년 동안 자신과 가족의 인생에 지대한 영향을 끼치기 때문에 그런 중요한 판단에 앞서 반드시 그 직업의 장점뿐만 아니라 단점까지도 파악하고 있어야 해요. 그리고 하나의 장점이 수많은 단점을 완전히 제압할 수 있다고 확신하는 순간에 비로소 직업을 결정하는 게 자신과 가족 모두에게 유익하죠.

저 역시 제 직업에서 장점을 발견하지 못했다면 이렇게 영광스러운 자리에 설 수 있었을까요? 직업과 인생에 대한 태도가 고스란히 패션 작품으로 드러난다는 사실 또한 불변의 진리라 강조하고 싶네요. 애써 의도하지 않아도 자연스레 드러나기 때문에 지금부터 너무 심각하게 노력할 필요는 없어요. 받아들여야 할 건 긍정적으로 받아들이고, 버려야 하는 것이라면 되도록 일찍 버리는 게 도움이 될 거예요. 여러분 중 누군가가 저의 직업을 동경하기 시작했다면 오늘 저녁이라도 당장 헌 옷을 자르고 바느질해서 자신만의 옷을 만들어 보세요. 지금 가장 크게 성공한 자는 사실은 어제까지 가장 많이 실패하고 있던 자랍니다.

따분한 이야기는 여기서 멈추기로 하고, 지금부터는 흥미로운 이야기를 들려 드릴까 해요. 저는 오늘 양들과 패션에 대한 이야기를 준비했어요. 혹시 유럽의 패션 산업과 중국의 양고기 소비량의 상관 관계에 대해 들어 봤는지 모르겠네요. 중국인들이 양고기를 많이 먹을수록 유럽인들은 더 많은 돈을 내고 양복을 사야 하지요. 양털을 깎아 유럽의 패션 업체에 파는 것보다 고기를 중국의 식품 업체에 파는 게 훨씬 이익이면 축산업자들은 당연히 털을 깎기도 전에 양을 도살할 것이고, 그렇게 되면 양복을 만드는 데 필요한 양털을 구하기가 점점 더 어려워져서 양복 가격이 상승할 수밖에 없어요. 그럼 고급 양복은 더욱더 부자들만의 소비재가 되겠죠. 이런 이야기가 유럽인에게는 전혀 새롭지 않아요. 영국과 네덜란드 사이의 전쟁이나 아일랜드의 대기근에도 양들이 깊이 개입했죠. 미국의 오늘을 개척한 유럽인들도 말하자면 양들에게 쫓겨 간 것이라고 할 수 있어요.

그러고 보니 양은 참 재미있는 동물인 것 같아요. 순하게 보이지만 사실은 아주 이기적이죠. 추울 땐 한곳에 모여 지내다가도 더울 땐 결코 무리를 짓지 않는대요. 저는 양들이 제 이웃의 살아 있는 살점을 뜯어 먹는 광경도 직접 목격했지요. 그 뒤부터 잠자리에 누워서 양을 세는 습관을 버렸어요. 그런데도 이따금 양들이 꿈속으로 들어와 저의 살점까지 뜯어 먹고 가기도 하죠. 설상가상으로 검은 양을 보기라도 하는 날이면 어김없이 불운한 사건이 일어났어요. 검은 양이 꿈에만 나오는 게 아니라 실제로 존재한다는 사실을 알고 있나요? 검은 양의 털과 가죽을 구하는 것도 어렵지만 옷이나 액세서리로 가공하는 것 역시 까다로워서 검은 양을 다루는 일은 패션 디자이너에게 행운과 실패를 동시에 가져다주는 일로 여겨지죠.

　아무튼 지금부터는 제가 사막에서 발견한 검은 양들 때문에 어떤 고통을 받았고 그걸 어떻게 극복하게 됐는지 이야기해 드릴게요. 제가 만든 검은 양가죽 스커트를 할리우드의 유명 배우가 영화제 개막식에 입고 등장하면서 한동안 베스트셀러가 됐지요. 비록 제가 당연히 누려야 할 명성과 부는 부당하게도 다른 이의 차지가 됐지만, 그때의 감격은 결코 잊지 못할 거예요.

　같은 일을 오래 하다 보면 누구나 한 번쯤은 깊은 슬럼프에 빠지곤 하지요. 그건 일종의 저주 같아요. 아무것도 하고 싶지 않은 게 아니라 뭐든지 하고 싶은데 아무것도 원하는 대로 진행되지 않고 참담한 실패만 이어지죠. 그럴 땐 마치 관 속에 산 채로 갇혀 있다는 생각이 들기도 해요. 명확한 이유는 알 수 없지만, 다시 생각해 보면 모든 게 이유가 될 수도 있지요. 입고 있는 옷이나 어제 먹은 음식, 우연히 만난 사람들, 신문 기사, 어릴 적 기억, 갑자기 날아든 편지나 이메일, 가족의 전화 등등. 불운의 원인을 열거하자면 끝이 없어요. 세상이 나를 파괴하기 위해 거의 모든 것을 동원하고 있다는 생각까지 든 적도 있어요. 초조감과 불면증 때문에 상황은 점점 더 악화되죠. 그럴 땐 주변 상황이 저절로 명확해질 때까지 아무것도 하지 않는 게 상책이에요. 그러고 나면 비로소 출구가 보이기도 하더 나고요.

하지만 갑작스러운 재앙에 그토록 침착하게 대처할 수 있는 사람은 그리 많지 않죠. 실패하는 데에도 연습이 필요한데 대부분의 사람들은 성공하는 방법만을 훈련받으며 자랐으니까요. 혼자서 실패하는 현실은 그나마 참을 수도 있었어요. 저의 실패가 누군가를 함께 파괴하고 있다는 죄책감은 정말 견디기 힘들었어요. 그들은 실패를 대수롭지 않게 받아들이는 척했지만 사실은 그렇지 않았어요. 제가 없는 곳에서 저를 비난하고 조롱했지요. 저와 수년 동안 동고동락했던 동료 하나가 어렵사리 말을 꺼내더군요. 낯익은 세상을 떠나 잠시 쉬는 게 좋겠다고. 그러면서 중동의 어느 사막을 여행지로 추천해 주었죠. 그곳에서 사는 사람들의 의복은 오로지 기능만 강조되어서 유행의 변화를 좇느라 스트레스를 받을 필요는 없을 것 같았어요.

비행기에 오르는 순간부터 저는 마치 유럽에서 영원히 추방당하는 것 같아 쓸쓸해졌답니다. 사막 한가운데에 세워진 호텔 안에 머무는 동안 저는 패션 디자이너가 아닌 직업을 생각했지만 끝내 떠오르지 않았어요.

검은 양들을 방목하는 부족이 있다는 사실을 우연히 호텔 식당에서 전해 듣게 됐지요. 그 호텔에는 겨우 열 명 남짓의 투숙객이 머물고 있었는데 하나같이 사업가들이었기 때문에 그곳에선 잠만 자는 것 같았어요. 그러니 저녁 시간 내내 호텔 식당에 저 혼자뿐일 때가 많았지요. 요리사는 자신이 만든 음식을 직접 서빙하면서 요리법을 친절하게 설명해 주었답니다. 그래봤자 양고기로 만든 음식이 전부였지만 말이에요. 양고기 스테이크를 주문한 첫날 저는 요리사가 고기를 너무 많이 태웠다고 생각했어요. 그런데 양고기 자체의 색깔이 원래 검은색이어서 그렇게 보인다고 하더군요. 같은 일로 불평하는 손님들이 많았는지 요리사는 양들을 방목하고 있는 사진을 보여 주었어요. 잠자리에 누워서 상상했다간 불면증과 악몽을 번갈아 일으킬 만큼 검은 양들이 사막에 가득했지요. 그 지역 유목민들 역시 검은색 양털을 불길하게 여기기 때문에 양을 잡은 자리에서 양털은 모두 불태워 버린대요. 요리사의 주머니 속에서 양털 뭉치가 나왔지요.

그걸 만지는 순간 저는 패션 디자이너 이외의 직업을 조만간 갖게 될지도 모른다는 기대감에 부풀었죠. 그 양털은 부드러우면서도 신축성이 뛰어난 데다가 빛에 따라 회색에서 검은색으로 색깔이 바뀌었어요. 그걸 값싸게 사서 유럽의 패션 시장에 팔면 큰돈을 벌 수 있겠다는 생각이 들었지요. 저는 요리사가 쉬는 날을 택해 함께 그 검은 양털의 사업성을 직접 확인하기 위해 사진 속의 부족을 찾아 나섰어요.

사막의 유목민들은 해가 뜨기 전에 양 떼를 이끌고 거처를 옮겨 간다는 이야기를 들으니 서두르지 않을 수가 없었어요. 세나가 나침 햇날을 받이 양털이 새깐이 잠시 황금색으로 변하는 순간을 놓치고 싶지도 않았고요. 뜬눈으로 밤을 지새운 저는 요리사의 자동차가 호텔 앞에 도착하기 전에 제가 마련할 수 있는 모든 현금을 인출해 갑작스럽게 성사될지도 모를 계약에 대비했지요. 호텔에서 새벽 4시에 출발해서 사막을 세 시간이나 가로질러 간 끝에 우리는 그 유목민들을 만날 수 있었어요. 그리고 요리사의 이야기가 모두 사실이었다는 걸 직접 확인했지요.

멀리서 보니 양 떼가 마치 황금 무덤처럼 보였어요. 처음엔 신기루라고 생각했는데 실제로 그런 양들이 존재하더군요. 가까이서 보면 분명 검은색이 맞는데 털 한 뭉치를 뽑아 들고 허공에서 올려다보면 황금색으로 변했어요. 그것이야말로 패션 디자이너들이 오랫동안 찾아 헤맨 재료였지요. 할 수만 있다면 거기 있던 30여 마리의 양들을 모두 구입해서 산 채 비행기에 싣고 밀라노로 돌아가고 싶었어요. 밀라노 외곽의 농가에다 풀어놓고 비육하면서 최고의 양털을 최고의 패션 디자이너들에게만 최고의 가격으로 판매하는 사업을 상상했죠.

그 유목민들에겐 고기만 중요했기 때문에 고깃값만 지불하면 검은 양털을 공짜로 얻을 것 같았어요. 하지만 제겐 사업 자금이 충분치 않았죠. 제가 전혀 알아들을 수 없는 언어로 요리사와 유목민이 이야기하는 동안 저는 밀라노의 친구들에게 국제 전화를 걸어 목돈을 빌리려고 시도했는데 너무 외진 곳이어서 전화가 자주 끊겼어요. 하는 수 없이 저는 조만간 다시 돌아와 거래를 마무리할 테니 그때까지 단 한 마리의 양도 죽이거나 털을 깎지 않는다는 조건으로 제 수중의 돈을 모두 건네주었죠. 그러자 목동은 주머니칼로 양 한 마리의 꼬리를 잘라 제게 건네더군요. 그것이 약속의 징표이며 평소 사람을 거의 만나지 못하는 유목민들은 누군가와의 약속을 목숨처럼 여긴다고 요리사가 설명했어요. 저는 호텔로 돌아오는 즉시 밀라노에 남겨진 저의 전 재산을 처분하는 한편 친구들에게서 큰돈을 변통했지요. 그리고 환차손을 줄이기 위해 돈을 호텔 요리사의 계좌에 송금한 뒤 현지 화폐로 인출했죠.

요리사와 함께 유목민들을 다시 찾아 나섰을 때 저는 이미 슬럼프를 거의 극복한 상태였어요. 그런데 사막을 이틀 동안 샅샅이 뒤졌는데도 도무지 그 유목민들을 발견할 수가 없었지요. 우리는 차선책을 선택하지 않을 수 없었어요. 제가 밀라노로 돌아가서 새로운 사업을 준비하는 동안 요리사는 계속해서 유목민들을 추적하고 그 결과를 알려 주기로 약속했죠. 적은 액수이지만 성의 표시라도 하려고 했는데 요리사는 극구 거절했어요. 사업이 정상적인 궤도에 오르면 정당한 대가를 받겠다는 게 그의 생각이었죠. 요리사는 친절하게도 저를 공항까지 태워 주었고 지금까지도 이따금 저에게 전화를 걸어 안부를 묻고 있죠. 물론 저금과는 전혀 다른 목적 때문이지만 말이에요.

한껏 들뜬 마음으로 회사에 출근해서 제가 신비한 양털을 밀라노의 패션 디자이너들에게 보여 주었지만 반응은 냉담했어요. 신뢰할 만한 연구소에 화학 분석을 의뢰했더니 양털을 싸구려 안료로 염색한 것에 불과하다는 결과를 얻었지요. 저는 그 즉시 요리사에게 전화를 걸었죠. 그는 잠을 자다가 새벽에 전화를 받았는데도 아주 침착하게 대답했어요. 우리 눈앞에서 목동이 양털을 자르는 걸 보지 않았느냐고. 자신은 요리사이지 패션 디자이너가 아니기 때문에 양털의 가치에 대해선 알지 못한다고. 게다가 자신을 사업 파트너라고 추켜세웠으면서도 정작 양털의 가치에 대해선 단 한 마디도 언급하지 않은 채 그저 양고기를 수입하려는 장사꾼처럼 행동했던 제게 배신감까지 느낀다며 불평했죠. 자신의 조언 없이 은밀한 거래를 진행한 이상 그 참담한 결과는 저 혼자 책임져야 한다고 말하면서도 그나마 그 유목민들에게 추가로 돈을 지불하지 않은 게 다행이라고 위로했지요. 전화를 끊고 곰곰이 기억을 더듬어 보니 양털을 자르던 목동의 칼이 독일제 유명 브랜드였던 것 같았어요. 전 재산을 날릴 위기에서 간신히 도망쳤다는 생각에 계약금 정도의 손해는 감내할 작정이었어요.

하지만 안도감도 그리 오래 지속되지 못했답니다. 언제 갑자기 성사될지도 모를 거래를 대비하여 지니고 있던 현지 화폐를 유로화로 환전하려고 했을 때 은행원이 그것을 모두 위폐로 감정했기 때문이죠. 순간 아찔했어요. 분노보다는 수치심이 더 컸어요. 전 엄연히 피해자인데도 위폐범으로 몰려 사흘 동안 조사를 받아야 했죠. 겨우 누명은 벗었지만 제 전 재산을 되찾지는 못했어요. 밀라노 경찰은 국제법상 적절한 절차를 밟아 해당 국가에 조사를 요청하겠다는 문자메시지만을 보내왔어요. 현장 조사는 요원해 보였고요.

재산을 몽땅 날리게 될 위기 앞에서 어느 누구도 저보다 냉정할 수 없을 것이라고 확신해요. 저는 직접 그곳을 찾아가 보리라 다짐했어요. 그 사막을 휴양지로 추천해 준 동료가 도의적 책임을 느끼고 동행해 주었어요. 우리는 호텔로 가서 요리사를 만났죠. 저는 요리사의 멱살을 잡고 다짜고짜 돈을 돌려달라고 을러댔어요. 그곳에 손님이라곤 우리밖에 없었기 때문에 호텔 종업원들이 일제히 달려들어 단숨에 저를 제압했지요.

저는 전술을 바꾸어서 읍소하기 시작했답니다. 절반만 돌려 준다면 액땜한 셈 치고 순순히 돌아가겠다고. 요리사는 끝까지 범행을 인정하지 않았어요. 자신은 요리사이기 때문에 정교하게 제작된 위폐를 가려낼 능력도 없지만 그것을 저와 함께 인출하는 장면이 은행 CCTV에 녹화된 이상 자신은 무죄라더군요. 만약 저의 주장이 사실이라면 모국이 공적 시스템을 통해 위폐를 통용시키고 있다는 결론에 도달할 수밖에 없는데, 그토록 지옥스러운 인세는 도저히 못 참을 겨 갔다고 되레 목청을 높였지요. 주변의 호텔 직원들도 요리사의 분노에 동조했으니 속수무책일 수밖에. 세상에 공짜로 배울 수 있는 일이라곤 숨 쉬고 우는 것뿐이라는 걸 그때 배웠어요.

결국 우리는 유목민을 찾아 나서지도 못한 채 쓸쓸하게 귀국해야 했지요. 수중에 아무것도 남아 있지 않다는 절망감을 극복하는 데 시간이 아주 많이 걸렸지만, 막심한 손해를 만회하기 위해서라도 저는 닥치는 대로 일하지 않을 수 없었고 슬럼프 따위를 걱정할 형편이 아니었죠. 궁하면 통한다는 속담처럼 절박함 속에서 탄생된 게 바로 그 검은 양가죽 스커트였어요. 사실 원단은 인조가죽인데 진짜처럼 보이게 하려고 무두질 과정을 두 번 더 추가했죠. 부자들의 세계를 동경하는 일반 소비자들을 대상으로 출시한 상품이 진짜 부자들의 호기심을 자극하면서 순식간에 베스트셀러로 등극했고, 그 덕에 겨우 슬럼프를 극복할 수 있었답니다.

격랑이 지나가자 밀라노의 패션계나 그 세계 안에 갇혀 있는 제 인생이 너무 싫어지더군요. 그래서 작년에 이곳으로 이주했어요. 저는 지금도 가끔씩 요리사에게 전화를 걸어 그 유목민들을 찾았느냐고 묻곤 하지요. 그러면 요리사는 늘 같은 목소리로 아직 찾진 못했지만 최고의 양고기 스테이크를 먹고 싶으면 언제든 자신의 호텔에 들르라고 대답한답니다. 조만간 저는 그에게 제가 만든 옷을 선물할 생각이에요. 그가 그 옷을 입고 있는 동안엔 적어도 신은 누가 검은 양인지 혼동하지 않으시겠죠. 영어로 'black sheep'은 무리 안의 골칫거리를 의미한다네요.

세상엔 검은 양들이 우리의 짐작보다도 훨씬 많이 살고 있는 것 같아요. 부다페스트 외곽을 불길한 모습으로 어슬렁거리는 로마니를 보면 금방 알 수 있죠. 그들은 부다페스트 역사나 이웃을 위해 아무런 선행도 베풀지 않았으면서도 우리의 부모가 피와 땀으로 완성한 세계를 파괴하지 못해서 안달이에요. 부다페스트처럼 훌륭한 도시에 살면서 자신의 권리를 보호받으려면 당연히 세금을 납부해야 하지요. 깨끗한 수돗물과 청결한 도로, 유려한 공공 건축물들이 결코 저절로 그런 상태를 유지하고 있는 건 아니니까요. 유치한 감상에 이끌려 로마니에게만 예외를 적용한다면 세금을 내기 위해 자신의 인생을 직장에서

173

희생하고 있는 여러분의 부모님들은 어디서 위안을 받을 수 있을까요? 여러분의 미래는 누가 책임져 주나요? 그러니 저는 현 정부의 정책을 지지하고 여러분의 부모님들을 존경한답니다.

기회가 허락된다면 여러분 부모님들의 자존감을 치켜세우기 위해서라도 옷 한 벌씩을 만들어 드리고 싶네요. 패션은 그 사람이 처해 있는 현실을 충실히 반영하다가도 새로운 현실을 만들 수 있도록 이따금 돕기도 하니까요.

패션 디자이너의 이야기는 여기에서 끝났다. 비록 그는 패션 업자들이 만들어 놓은 함정의 존재를 인정했지만 패션이 인간의 심미안을 단련하고 황폐한 영혼에 위안을 건네며 한 시대의 문화를 완성한다는 주장에 동조하는 게 분명했다.

그의 신념과는 달리 패션이 자유와 윤리를 만든 건 아주 잠시뿐이었다. 패션은 곧 인간에게서 몸을 박탈했다. 현재의 인간은 패션 디자이너들이 만든 옷 속으로 제 몸을 끼워 넣기 위해 인생을 소모하고 있다. 인간의 몸에는 더 이상 시간의 흐름이나 감정의 기복은 반영되지 않고 영원히 고착될 이미지가 끊임없이 덧입혀질 따름이다. 몸이 반짝일수록 영혼은 더욱 어두워진다.˙

패션 디자이너는 세 가지 이유 때문에 예술가로 간주될 수 없다. 첫째, 그들이 생산해 내는 제품이 인간에게 계급을 부여하고 있다. 둘째, 그들의 생산물에 동원된 사람들 역시 불공정한 계약의 희생자들이다. 셋째, 그들이 사용하는 재료는 잔인하고 부당한 방식으로 채취되어 거래된다. 모름지기 예술 작품이라고 한다면 그것을 만들어 낸 자들뿐만 아니라 그것을 소비하는 자들의 영혼까지 고양해야 하지 않겠는가. 특히 동물의 목숨을 담보로 유지되는 산업이라면 즉각 금지되어야 한다. 하찮은 목숨일지라도 그보다 더 아름다운 예술품은 결코 존재하지 않는다. 뛰어난 패션 디자이너가 되기 위해서는 뛰어난 사냥꾼과 도축업자가 되어야 한다고 아이들에게 가르칠 수는 없다. 죄책감 없이 동물의 목숨을 빼앗을 수 있는 자들은 이웃도 부당하게 대할 수 있다.

부다페스트의 소호 거리에 명품 의류점을 개업한 패션 디자이너는 신분이 확실한 고객들만 회원으로 가입시킨 뒤 신상품이 들어올 때마다 문자메시지를 보냈다. 매장에 걸린 옷은 기껏해야 두어 벌이 전부였다. 대신 매장 곳곳에는 그가 이탈리아의 유명 디자이너와 함께 찍은 사진들로 도배되어 있었다. 그는 고객들에게 옷보다는 자신의 이력에 대해 더 오랫동안 이야기했다. 이탈리아의 패션 산업은 철저하게 도제 시스템으로 운영되고 있기 때문에 신참 디자이너는 아무리 뛰어난 아이디어가 있어도 그걸 곧바로 패션쇼에서 발표할 수가 없고 반드시 스승의 작품에 반영시켜야 하며 큰 성공을 거두더라도 자기 권리를 주장할 수 없다고 설명하면서 자신이 절반 이상을 디자인하고 제작했다는 여성용 원피스 몇 벌을 패션 잡지에서 찾아내어 보여 주었다. 고가인 데다가 물량도 한정되어서 패션계의 사각지대인 부다페스트의 고객에게까지 구입 기회가 찾아오는 일은 거의 없지만, 사적 친분을 활용해서 그것들을 VIP에게만 적용되는 싼 가격으로 한 달 안에 구입해 주겠다고 은밀히 약속했다.

약속한 한 달이 되자 그는 고객이 미리 지불한 대금을 돌려주었다. 밀라노까지 직접 날아가 백방으로 노력했지만 끝내 옷을 구하지 못했다며 난처한 표정을 짓는 것도 잊지 않았다. 주문한 상품을 받는 날만 학수고대하고 있던 고객들의 실망은 이룰 말할 수 없었으나, 자신만큼이나 난감해하고 있는 주인에게 다짜고짜 화를 낼 수도 없었다. 주객이 전도되어 고객이 주인을 위로하고 있을 때 디자이너가 말했다. 굳이 밀라노의 정식 작업장에서 대량 생산된 상품만을 고집하지 않는다면 그걸 디자인한 자신이 직접 만들어 주겠다고. 그 제안은 단한 번도 거절당한 적이 없다. 고객은 돌려받았던 돈의 80퍼센트를 다시 주인에게 지불했다. 주인은 자신과 이탈리아 스승의 명예를 지키기 위해서 비밀을 죽을 때까지 함구해 달라는 당부를 잊지 않았다.

완벽하게 재현된 상품은 한 달이 채 되기도 전에 고객에게 배달되었고, 어느 누구도 품질을 두고 불평하지 않았다. 그곳의 회원이 되기 위한 경쟁이 치열하게 벌어지면서 사업은 번창했으며, 주인이 관리의 어려움을 들어 회원 숫자를 한정 짓자 회원권은 고객들 사이에서 고가에 거래되기까지 했다.

그가 사업에 성공한 데에는 가짜 명품을 진짜보다 더 정교하게 만들어 내면서도 낮은 임금에 만족하는 아시아 장인들의 도움이 컸다. 패션 디자이너가 자랑했던 이탈리아 패션계와의 인맥은 거의 거짓말이었다. 예전 동료들과의 연락마저 끊긴 지 이미 오래였다. 그는 한 달에 한 번씩 아시아 모처를 찾아가 가짜 명품을 수집해 왔다. 가짜라고는 하지만 전문가가 아니고서는 진위를 가늠할 수 없을 만큼 정교해서 진품 가격의 절반 이상을 지불해야 했다. 옷감의 재단 상태로 상품의 가치를 알아볼 수 있었다.

그는 고객들에게 상품을 자신이 직접 제작했다는 증거로 제시하기 위해 상인들에게서 원단과 작업 과정 일부를 찍은 사진까지 구입했고, 명품의 상표는 작업실에서 직접 부착하고 그 장면을 사진으로 남겼다. 고객이 수선을 맡긴 옷은 새 옷으로 교환해 주었고 헌 옷은 부다페스트 외곽의 위조품 시장에 은밀히 내다 팔았는데 원가의 30퍼센트 남짓 가격을 받을 수 있었다. 전화 한 통만으로도 가짜 명품을 부다페스트의 옷 가게까지 배달해 주는 상인들을 통하지 않은 것이 또 하나의 성공 비결이었다. 부주의한 고객 하나가 밀라노 소재의 명품 수리점에 수선을 맡기면서 그의 거짓말이 드러났으나 그때는 이미 그가 부다페스트의 옷 가게를 비싼 가격에 처분한 뒤였다.

로마니 시위대가 처참하게 진압된 지 얼마 지나지 않아서 이 패션 디자이너는 부다페스트 패션 협회가 주최한 패션쇼에 여성용 정장과 액세서리를 출품했다. 집시풍의 문양과 색감을 지나치게 강조한 나머지 호사가들로부터 무참히 살해당한 로마니의 시체와 유품에서 영감을 받아 완성된 것이라는 비난을 받았다. 그는 대중이 왜곡한 방법으로 자신에게 관심을 표명했다 여기고 성공을 자축하기 위해 지인들을 아파트로 불러 새벽까지 파티를 즐겼다.

7

공무원의
이야기

유행이 지난 회색 양복을 입은 그는 어느 누구의 주목도 받지 못했다. 일일교사를 교실까지 안내해야 할 담임교사가 교문 앞에서 발을 동동 구르는 동안 그는 대기실의 구석에 앉아 벽에 머리를 기댄 채 졸고 있었다. 수업 시작을 알리는 차임벨이 울리고 모든 일일교사들이 대기실을 빠져나간 뒤에야 비로소 그가 발견됐다. 자신을 흔들어 깨우는 담임교사의 당혹스러운 표정을 확인하고도 그는 마치 그 상황이 자기 잘못은 아니라고 말하는 것처럼 오랫동안 그녀를 뜨악하게 쳐다보았다. 담임교사는 얼떨결에 사과까지 한 뒤 그를 교실로 안내해 주었다.

그가 발소리를 내지 않고 걸었기 때문에 담임교사는 자꾸 뒤를 돌아보았으나 갑자기 오르페우스와 에우리디케의 이야기를 떠올린 뒤로는 앞만 보고 걸었다. 어떤 정권 아래에서라도 신분을 보장받고 기존 업무를 중단 없이 수행해야 하는 공무원이라면 모름지기 그처럼 눈에 거의 띄지 않는 게 유리할 것이라고 담임교사는 속으로 경멸이 섞인 실소를 흘리며 중얼거렸다. 아이들은 지극히 평범한 모습의 일일교사에게 실망했다. 어쩌면 원래의 일일교사가 제시간에 나타나지 않는 바람에 학부모 중 한 명으로 급히 대체됐는지도 모른다고 생각했다. 어색한 침묵을 깨뜨리는 건 보통 담임교사의 역할이었는데 일일교사가 먼저 말을 꺼내는 바람에 담임교사는 또다시 당황하지 않을 수 없었다.

애들아, 안녕. 만나서 반갑구나. 난 21년째 국가를 위해 봉사하고 있는 공무원이란다. 그렇다고 비밀 첩보 요원은 아니고, 관공서들이 시민의 세금을 제대로 사용하고 있는지 감시하는 사람이란다. 그래서 매일 눈코 뜰 새 없이 바쁘지. 사실 오늘도 이 수업을 끝마치자마자 지방으로 출장을 가야 한단다. 어렵게 시간 내서 이곳에 왔으니 나를 환대해 줄 수 있겠지? 우선 담임 선생님부터 빈자리에 앉혀 드리자. 수업이 끝나기 전에는 여기서 도망치지 않을 테니 출입문 앞에 간수처럼 서 계시지 말고 자리에 편히 앉아 계시라고 너희들이 나 대신 말해 주면 좋겠구나.

어디까지 이야기했더라? 그래 난 23년째 공무원으로 일하고 있단다. 그 긴 세월 동안 단 한 순간도 내 업무와 역할에 불평한 적이 없었지.

뭐라고요, 선생님? 그럴 리가요. 21년이 아니라 23년이 맞아요. 제 신상은 선생님보다 제가 더 잘 알고 있지 않을까요? 그렇게 중요한 정보를 혼동할 만큼 제가 정신없이 살고 있는 건 아니에요. 저는 열아홉 살의 나이에 도로 청소를 담당하는 하급 공무원으로 시작해서 오늘의 자리까지 올라왔지요. 그동안 제가 얼마나 헌신적으로 일했는지는 현재의 자리와 역할이 대변해 줄 수 있어요. 상식에 입각하여 추측해도 시민의 세금을 감시하는 일처럼 중요한 업무를 무능하고 게으른 공무원에게 맡길 리 없지 않을까요? 자랑은 아니지만 저와 함께 공무원 생활을 시작했던 100여 명의 동료들 중에서 제가 가장 높고 중요한 자리로 승진했답니다. 그런 사실 때문에 저를 오늘 이곳으로 초대하신 게 아닌가요? 초대장을 받기 위해 수년씩 기다려야 할 만큼 부다페스트에서 가장 유명한 행사에 일일교사로 초대받은 자라면 적어도 자신의 이력을 혼동할 만큼 어수룩하진 않을 것 같군요.

공식 문서에 반영되지 않아서 그렇지, 사실 제가 열여덟 살에 파트타임으로 일한 경험까지 치면 공무 생활을 22년이나 한 셈이에요. 공산 정권의 비밀경찰이 되어 이웃들을 학대하느니 차라리 청소를 담당하는 공무원이 훗날 역사나 후손 앞에서 떳떳할 수 있을 것이라고 생각했죠. 하긴 그땐 국가가 인민에게 세금을 부과하지 않았으니 세금을 감시하는 공무원도 필요 없었겠군요. 아무튼 당장이라도 사무실 동료나 상사에게 전화를 걸어 제 이력을 확인해 드리고 싶지만, 오늘 제가 강의해야 할 대상은 선생님이 아니라 아이들이니까 어른들끼리 해결해야 할 일은 수업 뒤로 미루고 제가 준비해 온 이야기를 할 수 있게 해 주세요. 벌써 수업 시간이 10분이나 흘렀는데 전 아직 시작도 하지 못했단 말이에요.

애들아, 정말 미안하구나. 내가 어디까지 이야기했지? 난 오늘 애국심에 대해 이야기하려고 한다. 사실 내가 준비해 온 화제는 이게 아니었는데 여기 서서 너희들의 진지한 표정을 보니 생각을 바꾸지 않을 수가 없구나. 모든 일일교사들은 오늘 각자의 수업에서 정치나 종교처럼 민감한 내용을 언급하지 말라는 지침을 받았단다. 난 그걸 어길 생각이 추호도 없다. 난 누가 옳고 그른지를 말하려는 게 아니야. 공무원은 정치적 중립을 지켜야 할 의무가 있단다. 게다가 너희들은 모두 다양한 국적의 부모를 따라 이곳으로 왔고 너희들 중 대부분은 이 나라를 떠나서 살 것이기 때문에 내가 너희들에게 헝가리의 역사를 가르쳐 주면서 애국심을 강조할 이유는 없겠지. 나는 오늘 이 수업에서 너희가 어느 나라에서 왔든지 간에 너희를 이곳까지 보내 준 조국을 항상 사랑하라고 말하려 한다. 지금 너희 선생님은 이렇게 대꾸하고 싶어졌을 게 분명하다. 모든 나라가 이웃 나라로부터 존경받는 건 아니라고. 지당한 말씀이다. 특히 무고한 시민들의 희생 위에서 탄생한 독재국가는 시민들의 가열한 투쟁과 국제적 연대를 통해 반드시 붕괴되어야 마땅하다.

내가 지금 말하려는 애국심은 독재자가 시민들에게 강요하는 그것과는 전혀 다르다. 대다수 국민들의 삶과 역사를 존중하고 자랑스러워하는 마음이며 그것을 훼손하려는 시도에 당당히 대항하는 태도다. 너희 가족의 역사가 어떤 독재자의 그것보다 훨씬 오랫동안 이어질 것이며 궁극적으로 너희 가족 모두가 승리할 것이라는 사실을 결코 의심해서는 안 된다. 너희 가족의 미래는 너희들의 언어와 사고방식, 문화, 심지어 피부색에 의해 결정될 것이고 이 숙명에서 아무도 벗어날 순 없단다. 도망칠 수 없다면 적극 수용해야겠지. 그게 내가 말하려는 애국심이다.

따분해하는 너희들의 표정을 보니 내가 겪은 흥미로운 이야기를 들려줘야 할 시간이 된 것 같구나. 한 단락의 주제보다는 한 덩어리의 에피소드를 기억하는 편이 사는 데 늘 도움이 되는 법이지. 『이솝 우화』의 작가는 그 사실을 분명히 알고 있었다. 그래서 동물들을 의인화하는 방법을 선택한 것이라고 나는 배웠다.

　나는 공무원으로서 25년 동안 역할을 성실하게 수행한 업적을 인정받아서 석 달 동안 선진국에 파견된 적이 있단다. 그곳이 어딘지는 말하지 않겠다. 왜냐하면 너희들 중에는 그곳이 모국인 자도 분명히 있을 테니까. 노파심에서 미리 말해 둔다만, 지금부터 할 이야기는 내 개인적인 의견일 뿐이다. 내가 그곳을 선진국이라고 언급했다는 사실을 잊지 말아라. 내가 처음 그렇게 부른 게 아니라 모두가 그렇게 부르는 걸 나도 따른 것이나. 배울 게 없는 곳이라면 행사다 정부가 국민의 세금을 쓰면서까지 나를 그곳에 보냈을 리 없겠지. 다만 지극히 사적인 경험 때문에 그 나라에 대한 이미지가 부정적으로 바뀐 것이다. 그곳 출신인 자의 귀에 내 이야기가 거슬린다면 미리 사과할 테니 주의 깊게 듣지 않아도 무방하다.

　그곳에 석 달 동안 체류하면서 나는 부다페스트와 자매결연을 맺고 있는 도시의 시청 도시환경과에 소속되어 그 나라 공무원들이 도시를 어떻게 관리하는지 배울 수 있었다. 이곳에서 세무를 담당하는 내가 거기서 토목 관련 업무에 배치된 까닭은 그 나라의 세금 대부분이 토목 사업에 집중되어 있기 때문이었지. 다국적기업들의 요구 사항을 충족하기 위해서 그곳 공무원들은 도로와 발전소를 가능한 한 빨리, 그리고 많이 만들어야 했단다. 파트너와 영어로 의사소통하는 게 쉽지 않았지만 서류상의 숫자들만 보고도 그 서류의 내용과 목적을 대강 파악할 수 있었어. 국제적 도시로 자부하는 부다페스트의 1년 예산보다도 더 많은 세금을 그 시청의 도시환경과가 집행하고 관리한다는 사실에 놀라지 않을 수 없었다. 더욱 놀라웠던 건 그렇게 엄청난 규모의 예산이 집행되고 있는데도 정작 담당 공무원들이나 시장에게선 그걸 제대로 집행하고 관리하려는 의지와 능력을 전혀 발견할 수 없다는 사실이었단다. 그들의 일상은 매 순간 방임과 변명으로만 가득 차 있었지. 심지어 수상한 민원인에게서 뇌물을 받으면서도 죄책감을 전혀 느끼지 않는 것 같았단다.

나중에 알고 보니 역할과 직급에 따라 뇌물을 차등적으로, 하지만 수혜자가 누락되는 일 없이 나누기 위해서 함께 모여 있을 때에만 뇌물을 받았지. 그들은 뇌물을 마치 서비스에 대한 정당한 팁 정도로 간주했다. 그 나라의 어디에서든 누군가로부터 서비스를 받은 이상 정해진 금액 이상의 팁을 세금처럼 지불해야 했으니까.

그래도 처음엔 내가 없는 장소에서 그런 거래가 이뤄졌다. 하지만 한 달도 채 지나지 않아 나를 신뢰하게 됐는지 내 앞에서도 거리낌 없이 뇌물을 나누었단다. 자신들이 그 뇌물을 받는 데 내 도움이 컸다는 사실을 인정했기 때문이었어. 내 파트너는 대차대조표조차 제대로 이해하지 못할 만큼 멍청한 데다가 컴퓨터도 제대로 사용할 줄 몰라서 중요한 문서는 손으로 작성하고 마지막에 그것이 원본임을 알리는 도장을 찍었지. 그에겐 적어도 이틀의 시간이 소요될 업무를 내가 한 시간 만에 끝내 주었으니 동료들은 물론이고 민원인까지 기뻐할 수밖에. 나의 파트너는 부끄러운 줄도 모르고 업무를 슬슬 내게 미루더구나. 내가 일을 빨리 끝내 줄수록 더욱 쉽고 빠르게 뇌물을 수금할 수 있을 테니 나를 채근하기까지 했단다.

나는 그때 이미 그 나라에서 파국의 전조를 보았단다. 공무원이 부패하는 순간 국사의 기능은 미비되고 국민은 고통받게 되어 있지. 헝가리를 엄격하게 통제하고 있는 실정법을 들어 나는 그가 내게 나눠 주려는 뇌물을 거부했다. 하지만 늘어 가는 부탁을 차마 거절하진 못했어. 어쨌든 범죄를 방조한 이상 언제든 그들이 자신들의 비리를 내게 덮어씌우고 외교 채널을 통해 그 사실을 헝가리 정부에 통보할 것 같아 두려웠기 때문이지. 그러니 나로선 그저 석 달의 체류 기간이 빨리 끝나기를 기도할 수밖에. 24년의 공무원 생활 동안 나는 단 한 번도 오늘 해야 할 일을 내일로 미루거나 동료에게 떠넘긴 적이 없었는데 그곳에선 평생의 신념과 습관도 무시하고 태업을 하기 시작했다. 한 시간이면 완벽하게 마무리할 일을 하루나 이틀에 걸쳐 처리하는 것으로도 모자라 마지막 자료를 여러 번 수정함으로써 파트너와 그의 동료들을 실망시켰지.

나 역시 괴롭긴 마찬가지였단다. 귀국하기 한 달 전부터는 하루에 두 시간 이상 잘 수가 없을 정도였어. 나의 어리석음 때문에 헝가리 전체 공무원들이 모욕을 당한 셈이었으니까. 우수한 능력과 근면한 태도로 표창을 받은 내가 그 모양이었으니 그들 눈에 헝가리 전체가 얼마나 우습고 한심하게 보였겠니? 내가 어디 있는지 상관하지 않고 그들은 헝가리와 관련된 추악한 농담을 주고받았어. 대부분 근거가 없는 것이었어. 난 짐짓 못 들은 척했지. 정해진 기간을 채우고 무사히 귀국하는 것만이 최선이라고 굳게 믿었으니까. 그들은 나의 태업에도 아랑곳하지 않고 평소처럼 민원인들로부터 뇌물을 받고 업무를 대충 처리했다. 설령 국가가 파산하고 그 고통을 국민들이 모두 떠안게 되더라도 그들은 자리를 여전히 유지하면서 부귀영화를 대물림할 것 같았어. 그래서 나는 헝가리 공무원 전체를 대신하여 복수하기로 결심했단다.

내가 어떻게 했을까? 귀국하기 일주일 전부터 나는 수상한 민원인들이 뇌물을 주고 접수한 서류들을 조작하여 그들의 독점적 권리가 서로 겹치도록 만들어 놓았지. 그러면 처음엔 민원인들끼리 싸우게 되겠지만 나중엔 이 소란을 조장한 공무원들에게 화살을 날릴 것이라고 생각했지. 뇌물을 받은 자는 증거를 남기지 않지만 뇌물을 준 자는 그 사실을 반드시 어딘가에 기록해 두기 때문에 뇌물 사건에 얽힌 공무원들은 어떤 식으로든지 제재를 받을 수밖에 없다. 그러니 그들은 가능하면 많은 공범자들을 동원하고 뇌물을 공정하게 나누어서 비리 고발자를 무력하게 만드는 전략을 구사하는 것이란다. 모두의 책임은 결국 어느 누구의 책임도 아닐 테니까.

계란 프라이처럼 생긴 공한지의 한끝에선 놀이공원을 세우는 공사가 한창인데 반대쪽 끝에선 6차선 도로를 뚫는 공사가 시작됐단다. 두 무리의 노동자들이 멀리 서로의 존재를 알아차릴 때쯤 나는 지옥과 같은 그 나라에서 무사히 빠져나올 수 있었다. 자랑스럽게 선언하건대 나는 두 번 다시 그곳을 개인적 목적으로라도 방문하지 않을 것이고, 내년에 30년 근속상을 받게 되어 또다시 해외 체류의 기회를 얻게 되더라도 동료에게 기꺼이 양보할 작정이란다.

지금도 나는 매일 신문을 통해 그 나라 곳곳에서 나타나는 파국의 증거를 수집하고 있다. 거대한 둑에 손톱보다 작은 구멍이 뚫릴 때까지 시간이 오래 걸릴 따름이지 일단 구멍이 뚫리고 난 뒤부터는 둑 전체가 무너질 때까지 그리 오래 걸리지 않는 법이다. 설령 그 구멍을 최초로 발견한 이가 공무원이라고 할지라도 결과는 달라지지 않을 거야. 그의 노동계약서에는 그걸 신고해야 할 의무가 명기되어 있지 않은 데다가 애국심을 거세할 만한 조항까지 포함되어 있기 때문이란다.

도시의 공한지에 결국 놀이공원이 들어섰는지 아니면 6차선

도로가 들어섰는지 나는 지금껏 확인하지 않았다. 어느 쪽이든 충분한 뇌물을 지불한 뒤 사업을 진행했고, 그 뇌물을 받은 공무원들이 여전히 같은 자리를 굳건히 지키고 있을 터이므로 관련자들의 평화와 안녕을 위해서라도 6차선 도로는 놀이공원 지하를 관통해서 준공됐을지도 모르겠다.

그곳에 비하면 우리는 지금 가히 천국에 살고 있다. 천국을 천국답게 만드는 것도 애국심이지. 최근에 수만 명의 집시들이 폭력으로 이 도시 전체를 장악하려고 했을 때 애국심에 불타는 시민들과 공무원들이 자발적이고도 적극적으로 대처한 덕분에 비극을 신속하고도 완벽하게 막아 낼 수 있었다. 소비에트연방을 무너뜨린 감격스러운 역사가 재현된 것이다. 우리는 후손에게 존경받을 자격이 충분해. 그래도 경계심을 풀어선 안 된단다. 특히 외국에서 밀려들고 있는 불법 이민자들을 똑똑히 주시해야 한다. 나 역시 세계의 평화와 인도주의적 정책을 지지하지만 시민의 세금을 관리해야 하는 공무원인 이상 부당한 방법으로 이 도시의 명성을 이용하려는 자들을 묵과할 수는 없다. 불법 이민자든 집시든, 무정부주의자든 괘념치 않고 난 항상 동등한 기준으로 그들을 대하려고 노력하고 있다. 이는 내 어머니의 이름을 걸고 자신할 수 있다. 내 어머니와 관련된 모든 것이 내가 언제 어디서든 가장 확실하게 말할 수 있는 진실이다.

공무원의 이야기는 여기서 끝났다. 그의 기대와는 달리 대부분의 아이들은 이야기를 끝까지 듣지 않고 자신들의 세계로 돌아갔다. 오직 담임교사만이 이야기에 집중했는데 아이들 앞에서 당한 모욕을 복수하기 위해서였다. 그는 휴대전화로 공무원의 이야기를 몰래 녹음했다. 설령 외국 체류 기간에 어쩔 수 없이 가담하게 된 일탈이라고 할지라도 엄연히 실정법의 적용을 받는 현직 공무원인 이상 처벌을 받을 여지는 충분했다. 조만간 담임교사는 그 공무원을 만나 녹음 파일의 존재를 알리면서 모욕에 대해 정중한 사과를 요구할 작정이었다.

담임교사는 자신의 제자들만큼은 단 한 명도 공무원이 되지 않길 소망했다. 공무원들은 하나같이 정년퇴직 후 받게 될 연금 때문에 시민들에게 애국심을 강조한다는 사실을 아이들에게 주지시켜야겠다고 다짐했다. 담임교사는 또다시 오르페우스와 에우리디케의 이야기를 떠올리고 일일교사 대기실로 돌아가는 내내 뒤를 연신 돌아보았다. 자신을 뒤따르고 있던 공무원이 지옥으로 사라져서 아까운 강의료를 굳이 지불하지 않아도 되길 바랐기 때문이었다.

강의료 봉투를 건넬 때 담임교사는 마치 부패한 공무원에게 개인적인 목적으로 뇌물을 바치고 있다는 찜찜한 기분에 잠시 사로잡혔다. 일일교사와 같이 명예로운 역할을 완수하자마자 강의료를 받는 게 부끄럽다고 여긴 자들은 사전에 계좌를 알려 주며 송금을 요청하거나 학교 발전 기금으로 사용해 달라며 수령을 거부하기도 했는데, 이 공무원은 봉투를 받아 들자마자 그 자리에서 현금을 세기 시작했다. 고요하고 불투명한 표정은 마치 이렇게 말하는 것 같았다. 세금을 너무 많이 뗀 게 아닌가요?

담임교사는 그에게 악수도 건네지 않았다. 그리고 그날 저녁부터 그 공무원과 관련된 뉴스들을 수집하기 시작했다. 인터넷 검색만으로 그의 치적과 사생활에 대한 정보를 충분히 얻을 수 있었다. 내년에 30년 근속상을 받게 된다는 말은 거짓이었으나 20년 넘게 공무원으로 일하면서 작년에 공로상을 받고 해외에 3개월 동안 체류한 건 사실이었다. 담임교사는 공산 정권이 부다페스트 시민들의 자유와 권리를 억압하던 시절에 공무원으로서 근무했던 경력까지 공로를 인정받았다는 사실이 못마땅했다. 그는 민주 정권이 수립된 이후에 두 차례나 부패 혐의로 검찰에 소환됐으나 무죄를 소명하고 지방으로 잠시 좌천됐다가 다시 돌아왔다. 그에게 어떻게 그런 기적이 적기에 일어날 수 있었는지 궁금해하는 동료들이 아주 많았다. 특히 부모로부터 유산을 받을 수 없었던 상황에서 공무원 월급만으로 어떻게 헝가리 남부 지역의 포도밭을 구입할 수 있었는지 끝까지 추적해 볼 필요가 있다. 조강지처와의 이혼을 불러온 불륜 상대가 부다페스트 외곽의 로마니 거주 지역에다 대규모 쇼핑몰을 건축하려는 민원인의 외동딸이라는 사실에도 추악한 내막이 숨어 있을 게 분명했다.

담임교사는 수소문 끝에 경찰서에 근무하는 대학 동기를 찾아내어 도움을 부탁했으나 그가 경찰청 통신망을 통해 개인적인 목적으로 정보를 검색하다가 발각되면서 담임교사 역시 문책을 피할 수가 없었다. 교장은 담임교사를 면책하고 3개월의 감봉을 명령했으며, 피해자를 만나 무난한 합의를 도출하지 못할 경우 전출까지 고려해 보겠다고 으름장을 놓았다. 담임교사는 하는 수 없이 공무원을 만나야 했는데, 다행히 공무원은 약속 장소에 나올 때까지 자신과 관련된 사건의 전모를 모르는 상태였다. 또는 알고 있었으나 모른 척했을 수도 있다. 만약 그렇다면 그에겐 공무원보다도 연극배우의 미래가 더 촉망된다.

그는 담임교사의 이야기를 줄곧 심드렁한 표정으로 듣기만 했다. 담임교사가 자신의 3개월 치 월급이 담긴 현금 봉투를 정신적 피해에 대한 일종의 위자료로 건넸을 때 잠시 표정을 바꾸었을 따름이다. 공무원이 그 봉투를 죄책감 없이 챙겨 넣을 수 있도록 담임교사가 먼저 자리에서 일어났다. 거래는 완벽한 효과를 발휘했다.

하지만 뇌물을 받은 자는 그 사실을 잊어버릴 수 있어도 그것을 건넨 자는 결코 잊지 않는 법이다. 담임교사는 나에게 이 사실을 고백했고 나 역시 고민하지 않을 수 없었다. 신분이 보장되어 있는 공무원의 뇌물죄를 입증하려면 이와 관련된 자들의 실명이 조사 과정에서 자연히 드러나지 않을 수 없으니 나 역시 더 이상 익명성의 비호 아래 이 책을 자유롭게 출간할 수 없게 될 것 같았기 때문이다. 담임교사는 책이 배포되기 전에 세인트버나드 국제 학교를 떠나면서 나의 고민을 단숨에 해결해 주었다. 둑에 난 작은 구멍을 가장 먼저 발견한 자만이 파국을 막을 수 있는 유일한 자라고 나는 그에게서 배웠다. 제보자의 신분을 기어이 밝히려고 애쓰는 자에게 진심으로 경고하노니, 발 아래 지뢰를 조심하라. 당신의 저급한 호기심으로 당신이 사랑하는 자들을 황망히 잃어버리게 될지 누가 알겠는가? 뇌물은 모든 법전에 구멍을 뚫을 수 있으니까.

8

건축가의
이야기

해외 유학은커녕 헝가리 소재의 변변치 않은 대학교조차 다닌 적 없이 오로지 독학으로 건축 설계를 배운 뒤 국제적인 프로젝트에 몇 차례 참여하면서 해외에까지 명성을 떨치게 된 건축가도 직업 체험 수업의 일일교사로 참여했다. 공간과 어울리는 건물의 외관을 그리고 그것을 구현할 재료를 고르며 그 건물 안에서 살아갈 사람들의 일상을 상상하는 일에는 어느 누구 못지않게 열정적이지만 자기 생각을 말이나 글로 표현하는 일에는 전혀 의욕을 느끼지 못하는 그는 학교 측의 제안을 여러 번 거절했으나, 어떻게 그 소식을 듣게 되었는지 은사까지 나서서 설득하는 바람에 그는 마지못해 제안을 받아들여야 했다. 그는 미천한 경력의 자신에게 최초로 빌딩 설계를 맡긴 고객을 평생 은사로 삼고 직접 설계한 건물의 준공식이 있을 때마다 초대장을 발송해 오고 있었다.

그렇다고 애당초 없었던 재능이 갑작스러운 필요에 의해 꽃처럼 발현할 수는 없는 노릇이었다. 그는 수업 시간 내내 마치 세계 유명 미술관들을 유랑하듯, 세계 곳곳에서 직접 촬영한 건축물 사진들을 아이들에게 보여 주면서, 지식이나 논리가 아닌 감성의 차원에서 건축물들을 감상하고 그것들에 반영된 의미와 미학을 이해하도록 유도했다. 사진 속의 건축물들은 유명한 랜드마크가 아니었고 우리의 일상에서 쉽게 만날 수 있는 것들이 대부분이었다. 그는 건축물 전체 외관을 평범하게 조감하는 게 아니라 그 일부분만을 입체적으로 부각시킴으로써 아름다움이란 대상 내부에 존재하지 않고 그것을 들여다보는 자의 마음에서 건너오는 것이며 황금률을 정확히 따랐다고 하더라도 그 건물 안에서 하루 종일 살아가는 사람들의 습관을 방해한다면 아름다움은 결코 칭송받을 수 없다는 사실을 강조하고 싶었다.

물론 피사체들 중에는 이 건축가의 손을 거쳐 그 도시의 중요 명소가 된 건물들도 적지 않았다. 그는 고대 로마 시절에 세워진 건축물에 경의를 지니고 있으며 스스로 그 전통을 잇기 위해 노력한다고 설명했다. 그것은 고대 로마 시절부터 지금까지 인간의 성정과 삶의 조건이 거의 바뀌지 않았다는 믿음에서 비롯됐다. 창조라는 작업은 세상에 아직 존재하지 않는 것들을 실재하도록 만들어 내는 것뿐만 아니라 그렇게 탄생한 것들을 인간의 생활양식에 반영시키는 일까지 포함된다고 그는 생각했다. 그러니 창작물 하나의 가치를 입증하려면 실수투성이인 인간과 무미(無味)의 시간에 대한 인내가 필요하다.

그는 자신이 설계한 건물들 중 일부가 외형의 독창성을 지나치게 과장한 나머지 기능을 거의 상실해서 외국 관광객들을 위한 포토 존 역할밖에 하지 못하고 있다는 비난을 들을 때마다 괴로웠다. 기괴한 건물들에 대한 명성을 이미 가우디와 그 후손들이 독차지하는 상황에서 굳이 헝가리의 젊은 건축가들까지 나서서 아류작을 만드는 것은 돈과 시간 낭비에 불과하다는 조롱도 숱하게 들었다. 정작 가난한 자들을 위한 건물을 만드는 일에는 재능과 명성과 재력을 쏟아부은 적이 없을 뿐만 아니라, 자신이 종이 위에다 그린 건물을 현실로 옮겨 오기 위해 땅 주인들이 가난한 거주민들을 잔인하게 내쫓고 있는데도 강자의 편에 서서 침묵했다는 비난에도 그는 반박할 수 없었다. 그 기괴한 건물을 세우기 위해 얼마나 많은 노동자들이 얼마나 위험한 작업을 했으며 그 대가로 얼마나 비참한 수준의 임금을 받았는지 그가 모두 알고 있어야 했다고 주장하는 사람들도 있었다.

만약 외국이나 헝가리에서 정식 교육을 받으면서 단단한 인맥을 쌓았더라면 그런 폭력적인 몰이해에 조직적이고도 효율적으로 대처할 수 있었을 것이라고 그를 위로해 준 자가 없진 않았으나 그는 자신의 지지자들에게조차 감사를 표현하는데 인색했기 때문에 입지가 더욱 줄어들었다. 그는 건축물만이 자신이 할 수 있는 이야기의 전부라고 생각했다. 그의 생각에 동의하는 고객들의 숫자가 점점 줄어들면서 침묵의 기간은 더욱 길어졌다.

건축가를 둘러싼 부정적 평가를 확인한 보지교사들은 일일교사로 추천하는 걸 반대했으나, 교장은 그가 사비를 털어 도나우 강변에다 세상에서 가장 매력적인 개인 도서관을 건립하려 한다는 소식을 전해 듣고 일방적으로 그를 낙점했다. 불참 의사를 두 번이나 밝힌 그를 학교로 데려올 수 있는 유일한 자를 찾아낸 건 교감이었다.

색다른 강의 자료 덕분에 수업은 무난히 진행됐다. 수업을 마치기 전에 일일교사는 자신이 유람선을 타고 직접 촬영한 야경을 보여 주면서 도나우 강변을 따라 늘어선 건축물들은 도서관에 보관되어 있는 역사책들과 같다고 말했다. 어느 도서관도 독점할 수 없고 모든 도서관이 공평하게 공유해야만 보존이 가능한 공공재로서의 책들. 그러고는 지금 설계 중인 도서관의 평면도를 보여 주었는데, 밖에서 보면 전혀 쓸모를 짐작 못 할 만큼 단순하고 평범하지만 안으로 들어가면 층수를 파악할 수 없을 만큼 복잡한 구조가 이어진다고 귀띔했다. 평면도만으로 그의 이야기를 이해할 수 있는 아이들은 아무도 없었다.

수업을 마친 건축가는 교탁 옆의 의자에 앉아 아이들이 모두 교실을 빠져나가는 걸 지켜보았다. 아이들은 마치 좁은 콘크리트 방에서 밤을 보내고 동물원 개장 시간에 맞춰 방사지로 풀려나는 야생동물들처럼 교실을 뛰어나가면서 일일교사에게는 일말의 존경심도 표시하지 않았다. 담임교사는 안쓰러운 마음에 물을 건넸으나 이미 탈진한 그에겐 그걸 집어 들 힘조차 남아 있지 않았다.

"제가 아이들에게 잘못 설명한 사실이 있어요. 너무 큰 실수를 저지르고 말았네요. 어떻게 그걸 교정할 수 있을까요? 당장 조치하지 않으면 아이들의 미래가 어느 날 갑자기 아무런 징후도 없이 한꺼번에 무너져 내릴지도 몰라요."

건축가의 하소연에 담임교사는 적이 당황하여 곧바로 대답하지 못했는데, 이런 반응이 오히려 정확한 대답이 됐는지 건축가는 입을 다물었다. 어쩌면 아이들에게 필요한 것은 도서관이 아니라 축구 경기장이나 영화관일지도 몰랐다.

예술가와 마찬가지로 건축가 역시 자기 작품에 지나치게

의미를 부여하는 성향이 있다. 문득 그는 자신이 만들어 내는 것은 대중의 영혼과 현실에 영향을 미치는 예술품이 아니라 그들의 육신에 직접 작용하는 음식에 불과하며, 소화되는 즉시 육신을 완전히 빠져나갈 것이기 때문에 영원불변의 가치가 거의 없을 수도 있다는 비관적 생각에 사로잡혔다. 그는 종이나 모래, 물로 만들어진 건물을 상상했다. 살아 있는 나무나 아직 식지 않은 용암으로 만들어져서 언제든 형상과 쓸모가 바뀌는 건물도 가능하지 않을까. 공간뿐만 아니라 시간 위에 노 널브러지 건물을 지을 수 있다. 다만 어떤 재료를 써서 어떤 형상으로 만들어야 하는지는 아직 알아내지 못했다. 곰곰이 생각해 보면 그를 감동시킨 건물들은 현실에서 결코 구현되지 않았어도 미려한 언어나 기괴한 꿈으로 빚어진 것들이어서 어느 누구도 변형시키거나 파괴할 수 없고 정확히 정의 내릴 수도 없지만 모든 형상과 쓸모를 지니고 있었다.

부다페스트 외곽의 로마니 거주지를 자동차로 지나다가 우연히 눈에 들어온 캠핑카에서 그는 이와 같은 인상을 받았다. 그것은 더이상 비바람을 막아 낼 수 없을 것처럼 낡아 있었으나 그 안에 들어찬 사람들은 그것의 상태 따윈 아랑곳하지 않고 마치 천국의 주인이라도 되는 양 투명하고 단순한 방식으로 1분 전의 삶을 1분 뒤의 삶으로 이어 가고 있었으며 10분 이상의 삶을 한꺼번에 살지는 않는 것 같았다. 낙뢰를 맞은 것처럼 진기한 경험이었다. 자동차를 세우고 사진기를 든 채 한 시간 남짓 로마니 거주 지역을 둘러보고 돌아오니 그 자동차는 감쪽같이 사라지고 없었다.

9

영화배우의
이야기

그는 마치 아침 산책에 나선 이웃 주민처럼 단출한 복장을 하고 경호원도 대동하지 않은 채 학교로 걸어 들어왔기 때문에 교문 앞의 교사는 이름을 묻지 않을 수 없었다. 수십 년 동안 수많은 언론 매체와 인터뷰를 했던 경험 때문인지 그의 태도는 무척 여유롭고 부드러웠다. 목소리를 듣는 순간 교사는 그의 정체를 알아차렸고 너무 늦게 알아차린 데 대해 진심으로 사과했다. 영화에는 현실보다 비현실이 훨씬 많이 반영되어 있기 때문에 영화 밖의 자신을 알아보는 게 쉽지 않을 것이라고 그가 웃으며 대답했을 때 교사는 그의 겸손함에 감격했다. 그토록 너그러운 인품을 지닌 자가 할리우드 영화에서 늘 악당으로 등장한다는 사실이 부당하다는 생각이 들었지만 할리우드 영화가 굳이 부다페스트에서 제작되는 이유를 생각해 보면 전혀 이해하지 못할 상황도 아니었다.

미국 본토에서 영화를 찍으려면 제작비가 많이 소요될 뿐만 아니라 사전에 처리해야 할 규제도 너무 많았다. 하지만 헝가리와 같은 개발도상국을 영화 촬영지로 선택한다면 더 적은 제작비로 더 많은 장소와 엑스트라를 섭외할 수 있을 뿐만 아니라 정부로부터 각종 규제를 잠시 마비시키는 초법적 지원까지 받을 수 있다. 영화 제작자들이 마치 대규모의 투자를 끌징하리 온 기업 총수들처럼 환대받는 까닭은 할리우드 영화에 등장한 도시가 즉각 감지하게 될 경제적 파급 효과를 공무원들이 실제보다 훨씬 크게 부풀려 놓기 때문이다. 영화의 배경이 된 도시의 시민들을 대거 유료 관객으로 확보할 수 있으니 영화 제작사로선 손해 볼 게 전혀 없다.

부다페스트에서 영화를 촬영하는 감독들은 하나같이 도나우강 양쪽으로 늘어선 고풍스러운 건물들을 영화 속에서 얼마나 아름답고 처절하게 파괴할 수 있을지 고민한다. 그러려면 얼굴이 잘 알려지지 않았으나 등장과 함께 관객들의 공분을 불러일으킬 만큼 연기력이 탁월한 악당이 필요하다. 악당에 맞서는 영웅의 역할은 완벽한 외모와 신체에 영어를 모국어처럼 유창하게 구사하며 해박한 지식과 유머 감각을 지닌 할리우드 유명 배우에게 할당되는 반면, 악당은 하나같이 기괴한 콤플렉스를 지닌 채 어눌한 영어를 사용하며 소비에트 연방이 남긴 유산을 활용하여 전 세계에 공포를 퍼뜨리길 갈망하는 헝가리 배우가 맡는다. 악당은 부다페스트의 지형지물에 익숙하기 때문에 할리우드에서 건너온 영웅을 주요 명소로 유인한 뒤 매번 절체절명의 위기 속에 가두는 데 성공하지만 늘 마지막 순간에 어처구니 없는 실수를 거듭하는 바람에 목적을 달성하지 못하다가 끝내 사필귀정의 교훈 속으로 사라지고 만다.

할리우드 이외에도 많은 나라의 영화 제작자들이 이곳을 찾아와 다양한 영화를 제작하고 있지만 그들이 준비해 온 시나리오 역시 상투적이긴 마찬가지다. 즉 영화의 주인공은 무기력하거나 우울하거나 불륜을 저지르고 있으며, 부다페스트로 와서 자살을 시도하다가 기묘한 사건들을 겪은 뒤에 결국 삶과 화해한다는 내용이 대부분이다.

일일교사로 초빙된 배우는 할리우드 영화에선 핵무기로 미국 정부를 협박하는 악당 역할을 했고, 프랑스 영화에선 도나우강으로 자살하러 찾아온 프랑스 여자에게 삶의 희망을 전해 주는 노숙자로 출연했으며, 중국 영화에선 불륜 관계인 남녀를 택시에 태우고 부다페스트 곳곳을 다니면서 개인의 욕망이나 부침 따위에 인간의 역사가 결코 훼손될 수 없다는 사실을 어눌한 중국어로 들려주었다.

세인트버나드 국제 학교의 교사들은 그가 어떤 연기로 학생들을 감동시킬지 몹시 궁금했다. 수업이 시작하기 전에 수첩이나 티셔츠에 그의 친필 서명을 받아 두고 싶은 충동에 사로잡혔으나 모든 일일교사들을 편견 없이 공정하게 대해야 한다는 학교의 원칙 때문에 차마 용기를 내지 못했다. 그의 연기를 가까운 곳에서 감상하고 싶은 욕망과 유명 배우의 관찰을 당해야 한다는 부담감 사이에서 교사들은 담임교사 역할을 자청할 수도, 거부할 수도 없었다. 교장이 나서서 가장 나이 어린 후보를 담임교사로 기목하면서 가칫 교사든 사이에 갈등을 일으킬 수 있었던 뇌관이 성공적으로 제거됐다. 일일교사들도 그의 정체를 알아보았지만 경박하게 보이지 않기 위해 서명을 부탁하지는 않았다.

배우는 수업을 알리는 차임벨이 울릴 때까지 잡담할 대상도 없이 따분하게 혼자 앉아 있어야 했다. 그래서 일부러 지인에게 전화를 걸어 주변 사람들이 다 듣도록 영화와 관련된 이야기를 나누었다. 그가 조만간 할리우드 영화에 출연한다는 사실은 부다페스트 시민들 모두 알고 있었다. 수업 중에 그가 짧게나마 새로운 악당 연기를 선보일지도 모른다는 기대감이 대기실 안으로 번졌다. 1교시 수업이 진행되는 동안 보직교사들은 배우가 머물고 있는 교실로 몰려가 수업을 몰래 참관할 수 있기를 내심 바랐다. 담임교사들 역시 같은 기대를 하고 있었다. 수업 시작을 알리는 차임벨이 울리고 배우는 담임교사에게 안내되어 교실로 향했다. 그를 안내하게 된 담임교사는 평상시와 다른 액세서리와 향수를 사용했다.

교실에 들어섰을 때 아이들은 배우의 정체를 곧바로 알아차리지 못했다. 당황한 담임교사가 소개하려고 하자 배우는 다급히 그녀의 행동을 제지한 다음 마치 퀴즈를 내듯 12세 이상의 아이들이 관람할 수 있었던 할리우드 영화의 한 장면을 연기하면서 아이들의 반응을 살폈다. 아이들은 그를 끝내 알아보지 못했다. 결국 담임교사가 나서서 그의 필모그래피를 읊은 뒤에야 아이들의 눈빛이 반짝이기 시작했다.

너희 학교에서는 내게 가장 확실한 진실을 말하면서 이 수업을 시작해 달라고 요구했지만, 나처럼 악당 역할을 많이 한 배우가 진지한 표정으로 진실을 말한다고 한들 그것이 제대로 받아들여질는지 모르겠구나. 차라리 거짓을 말할 때 더욱 환영받을 수 있지 않을까? 영화 속에서 내가 말하고 행동하는 것을 의심하고 부정하다 보면 어느덧 진실에 가까워져 있을 테니까.

이 나이까지 살아 보니 살면서 항상 진실이 필요한 건 아니었다. 거짓일지라도 선한 목적을 지녔다면 그것도 나중엔 진실과 같은 취급을 받았단다. 어린 너희들에겐 너무 어려운 이야기겠지만 언젠가 이해할 수 있는 순간이 올 것이라고 나는 믿는다.

한번은 사지가 꽁꽁 묶인 채 천장에 거꾸로 매달린 숀 코네리 경에게 추잡한 욕설을 하는 장면을 찍은 적이 있지. 세계 정복을 꿈꾸는 테러 조직의 이인자인 나는 토요일 오후 도나우강 위의 선상 호텔에서 젊은 애인과 시가와 코냑을 즐기며 런던 한복판의 백화점에 미사일을 발사하라는 명령을 내릴 만큼 냉혹한 인물이었지만, 대본 속의 욕설이 너무도 상스러워서 차마 노령의 대배우 면전에다 내뱉지 못하고 머뭇거리다가 끝내 촬영을 멈춰 세웠다. 그랬더니 그 노배우가 미소를 산뜩 머금은 얼굴로 조용히 다가와 갑자기 내 멱살을 잡고는 원래의 대사보다도 더 상스러운 욕설을 내게 퍼붓는 게 아니겠니? 그는 제작비를 아끼는 것까진 좋은데 기본 소양도 갖추지 못한 헝가리 삼류 배우들의 실수 때문에 자기 인생이 낭비되는 건 누가 책임질 거냐고 감독에게 따지기까지 했다. 한 번만 더 실수를 하면 그 즉시 계약을 파기하고 아일랜드의 별장으로 돌아가겠다고 엄포를 놓더구나. 그때 어찌나 부끄럽고 화가 나던지. 감독이 신호를 보냈을 때 나는 정말 늙은 인질의 심장을 터뜨릴 작정으로 대본에도 없는 욕설을 퍼부어 댔단다. 너무 심취한 나머지 감독의 컷 신호를 알아차리지 못할 정도였어. 거우 정신을 차린 뒤에야 내가 큰 실수를 했다는 걸 깨달았지. 만약 그 대배우가 당장에 계약을 파기하게 된다면 제작사가 떠안게 될 천문학적 손해의 일부를 내가 배상해야 할지도 몰랐거든.

잔뜩 풀이 죽어 있는데 코네리 경이 다시 다가와 내 어깨를 두드리면서 스코틀랜드 억양의 영어로 무슨 말을 건넸어. 난 그 말을 전혀 알아듣지 못했단다. 나중에 감독이 말해 줘서야 칭찬이었다는 걸 알았지. 악당의 새로운 전형이 태어났다고 말했다던가. 반백 년 남짓 연기를 해 온 고수답게 그는 후배들을 어떻게 자극하고 격려하는지 잘 알고 있었던 거야. 그때의 경험이 아직도 나를 성장시키고 있단다. 잘못을 인정하고 그것을 통해 새롭게 배우려는 마음가짐만 있으면 결코 실패하지 않는 법이지. 진리를 가르쳐 줄 스승들로 세상은 가득 차 있는 데 반해, 진리를 순순히 배우려는 자는 거의 없다는 게 이 시대의 비극인 것 같구나.

한번은 프랑스 여배우와 베드신을 찍은 적이 있지. 그녀는 나보다 서른 살이나 어린 데다가 미혼이었다. 그런 장면을 찍는 일은 전혀 낭만적이거나 즐겁지 않단다. 너희들도 곧 알게 될 거야. 어른들도 아이들만큼이나 일하는 걸 좋아하지 않는다는 사실을. 우린 너희들의 아버지이자 누군가의 아들이니까 어쩔 수 없이 맡아야 하는 일이 있지. 그렇다고 대충 해치워서는 안 되고, 하기 싫어도 내색하지 않고 아주 잘해 내야 겨우 현재 상태를 유지할 수 있단다.

그 여배우와 베드신을 찍을 땐 정말 참담했단다. 정체를 모르는 수백만의 관객들이 벌거벗은 내 몸뚱이를 들여다보면서 나조차 미처 알고 있지 못한 특징을 발견하고 수군거릴 것을 상상하면 상대방의 매혹적인 몸뚱이나 끈적거리는 감정에는 전혀 집중할 수가 없지. 그 장면이 영화 전체 이야기에 중요한 영향을 끼친다고 하니 어찌하겠니, 최선을 다해 완성하는 수밖에.

그때 내가 무슨 상상을 했는지 아니? 둘 다 수영을 할 줄 모르는데 바다 한가운데에 빠졌다고 상상했지. 발은 바닥에 닿지 않고 주위에 붙잡을 것은 아무것도 없어. 하지만 저 멀리 떨어져서 조업하던 어부들이 우리가 물에 빠지는 걸 똑똑히 봤기 때문에 수면 위에서 조금만 버티고 있으면 그들이 구조해 줄 것은 확실했어. 그런 상황엔 어떻게 하는 게 최선일까? 가능한 한 몸에서 힘을 빼야 한단다. 정확히 말하자면 마음속의 공포를 가능한 한 빨리 흩어버려야 해. 그러면 몸은 저절로 수면 위에 떠오르게 되어 있지. 파도의 손길에 몸을 철저히 맡긴 채 사지를 천천히 흔들면서 리듬을 유지하는 게 중요하다. 발밑이나 등 아래의 세상 따윈 결코 궁금해 하지 마라. 자신이 먼저 포기하지 않으려면 상대를 끊임없이 격려해 줘야 해. 그저 옆에서 함께 떠 있는 것만으로도 생의 의지를 유지하는 데 큰 도움을 받을 수 있단다. 그렇게 조금만 버티면 구조될 수 있어. 하지만 방심하는 순간 모든 건 끝이란다. 성공은 시작에 있는 게 아니라 끝에 있으니까.

216

시간이 어떻게 흘렀는지 알 수 없었어. 촬영장의 조명이 갑자기 꺼졌다가 다시 켜졌을 때 여배우는 이미 침대 위에서 모습을 감췄지. 크랭크업 때까지 아무도 그 장면에 대해선 이야기하지 않았다. 영화는 편집의 예술이니까, 배우들조차 영화가 극장에 걸려야 비로소 자신의 연기를 이해할 수 있단다. 감독이 내 연기에 무척 흡족해했다는 후문을 듣고 나서야 아주 음란한 장면이 완성됐다는 사실을 짐작할 수 있었지. 난 그 장면을 일부러 찾아보진 않았단다. 그게 여배우에 대한 최소한의 예의라고 생각했거든.

이제부터 내가 준비해 온 진짜 이야기를 들려줄게. 당연히 헝가리 영화에 대한 이야기란다. 너희들은 대개 헝가리가 아닌 곳에서 태어나 잠시 이곳에 머무는 것일 테니까 너희들에게 헝가리 이야기를 들려주는 게 교육적으로 의미가 있다고 생각했다. 이곳을 떠나게 되더라도 한때 너희들을 환대했던 헝가리와 이곳 사람들을 꼭 기억해 다오.

여기 서 있는 선생님에게 유럽 역사에 대해 배워서 잘 알고 있겠지만, 동유럽의 다른 국가들과 마찬가지로 헝가리 역시 소비에트연방의 위성국가로서 오랫동안 공산주의의 망령에 붙들려 있었다. 진실은 오직 죽은 자들에게만 허락된 산해진미였지. 그때 인간은 없고 인간이라고 알려진 나약한 고깃덩어리와 몇 권의 이론 서적이 전부였다. 그래도 이웃나라에 비해서 우리의 형편이 좀 나았어. 소련 당국의 검열을 받지 않고서도 영화를 만들어 유통할 수 있었으니까. 그럼에도 이웃끼리 서로를 감시하고 고발하는 시스템이 작동하고 있었기 때문에 예술가들이 진심으로 하고 싶은 이야기를 영화에 고스란히 담을 수는 없었지.

그렇다 보니 예술적 완성도가 뛰어난 작품들이 많이 만들어졌단다. 공산당 간부들처럼 우둔한 자들은 영화가 시작된 지 고작 십여 분밖에 지나지 않았는데도 지루함을 견디지 못하여 사리글 낙차고 일어났지만, 공산 정권의 붕괴를 갈망하는 자들은 장면마다 배치되어 있는 고도의 상징과 은유를 이해하기 위해 마치 성경이나 코란의 행간을 읽듯이 집중했어. 함께 영화를 본 자들조차 서로 전혀 다른 줄거리를 이야기할 정도였으니까. 공산 정권이 무너진 이후로 그런 영화는 이 땅에서 더 이상 제작되고 있지 않지만, 그때 헝가리 사람들은 그런 영화를 통해 자신이 고깃덩어리나 이론 서적보다 훨씬 더 가치 있는 존재라고 깨닫고 위안을 받았단다. 그러고는 새로운 영화가 개봉될 때까지 남루한 현실을 버텼지. 현실이 암울해질수록 영화는 더욱 아름다워지는 법이다.

내가 아홉 살 때 처음으로 극장에서 보았던 영화가 아직도 생생하게 기억나는구나. 대사는 거의 기억나지 않지만 장면만큼은 지금이라도 자세하게 설명할 수 있을 것 같아. 당시 외삼

218

촌이 영화감독 지망생이었기 때문에 남들보다 이른 나이에, 그
것도 훨씬 자주 영화관에 갈 수 있었다. 그러면서 자연스럽게
나는 영화배우가 되는 꿈을 꾸게 됐어.

그 외삼촌이 공산 정권 아래서 만든 영화가 있었지. 단 한 편
뿐이었고, 그 뒤로는 없었다. 왜냐하면 영화를 개봉한 지 얼마
지나지 않아서 외삼촌이 도나우강에 투신했기 때문이야. 그는
자신의 영화를 보고 자살한 젊은이들에게 심한 죄책감을 느꼈
대. 그래서 더 이상의 무모한 죽음을 막기 위해서 스스로 죽음
을 선택했다고 들었다. 그 뒤로 그의 영화는 죽음의 미학을 유
포시킨다는 이유로 상영 금지됐고 공산 정권이 붕괴된 이후에
도 상황은 달라지지 않았어. 나도 그 사실을 수십 년 동안 잊고
지내다가 수년 전에 어머니의 유품 속에서 영화의 원본을 발견
한 뒤에야 비로소 기억해 낼 수 있었단다. 어머니는 당신의 외
아들마저 자살하게 될까 봐 두려워서 그걸 꼭꼭 숨겨 놓고 계
셨던 거야.

영화의 내용은 전혀 우울한 게 아니었어. 버디 무비에 로맨
틱 코미디였지. 영화 내내 대학생 남녀 주인공들이 산책을 하
면서 사랑에 대해 농담을 하거나 행인들을 괴롭히는 게 줄거리
의 전부였어. 요즘의 수준 높은 관객들에겐 유치하기 그지없는
영화겠지만 그걸 만들 당시의 관객들은 전혀 다른 반응을 보였
을 수도 있겠다 싶어. 자유가 억압받던 시절에 헝가리 사람들

이 마음 놓고 시도할 수 있는 정치 활동이라곤 연애가 고작이었으니까. 영화 속의 자유분방한 이야기와 분위기는 관객들에게 희망보다는 오히려 우울을 주입했을 거야. 천국은 이 나라 밖에 있고 살아서는 결코 지옥을 빠져나갈 수 없으니 자신의 주검이라도 천국에 보낼 수밖에. 도나우강은 지옥과 천국 사이를 무심하게 흘러가고 있었으니까. 그 시절에 만연했던 폭력을 너희들이 굳이 이해하진 못하더라도, 자유가 때론 목숨보다 더 귀중한 가치를 지닐 수 있다는 사실만큼은 너희들도 언젠가 깨닫게 되실 바란다.

현재 헝가리의 영화감독들과 배우들이 그 시절의 유산을 발전시키기는커녕 지켜 내지도 못한 게 몹시 유감이야. 헝가리 영화 100편에 주인공으로 출연하는 일보다 할리우드 영화 한 편에 조연으로 출연하는 게 더 영광스러워진 현실이 너희들에게는 몹시 부끄럽구나. 그래서 나도 영화 한 편을 준비하고 있단다. 배우가 아니라 감독으로서 말이야. 너희들이 다 자라기 전에, 아니 이 나라를 떠나기 전에 그 영화가 완성됐으면 좋겠구나. 그때도 너희들은 여전히 너무 어려서 그 영화를 합법적으로 볼 수 없겠지만, 영화를 오락이 아닌 혁명의 수단으로 여기는 사람들이 아직 헝가리에 살고 있다는 사실을 기억해 주면 고맙겠구나. 그렇다면 오늘 이 수업은 목적을 달성할 수 있을 것 같아.

난 너희들에게 영화배우나 영화감독이 되라고 부추길 생각은 전혀 없다. 나 같은 어른들이 애써 가르치지 않더라도 너희들은 너희들의 뜻대로 훌륭하게 자라날 것이라고 나는 믿어 의심치 않는다. 그럼에도 불구하고 내가 너희들에게 바라는 게 있다면 가끔씩 영화관을 찾아가 달라는 것이다. 시간을 죽이지 않고 오히려 살리는 영화가 아직도 너희들 주변에서 상영되고 있다. 의식 있고 감식안이 뛰어난 관객들만이 훌륭한 영화가 태어날 환경을 마련해 줄 수 있는데, 유감스럽게도 이곳에는 더 이상 그런 관객들이 남아 있지 않는 것 같구나. 그러니 헝가리 밖에서 찾아온 너희들에게 더욱 기대할 수밖에. 너희들이 헝가리 밖의 현실을 살 만한 곳으로 만들어 준다면 언젠가 헝가리 사람들도 부끄럽지 않은 이웃으로서 너희들의 행동에 동참할 것이다.

실패를 두려워하지 않는 태도야말로 직업 선택의 성패를 결정하는 가장 중요한 요소란다. 영화배우는 누군가의 삶을 흉내내는 데 인생을 소모한다는 점에서 좋은 직업은 아니다. 남의 삶이나 기웃거리다 보면 정작 자신이 누구이며 어떤 생각을 하고 사는지 잊어버릴 때가 많으니까. 여러 사람들이 내 몸을 한꺼번에 사용하고 있다는 착각에 빠질 때도 있다. 그들은 설령 내가 죽더라도 눈 한 번 꿈쩍하지 않은 채 다른 이의 몸으로 재빨리 옮겨 갈 것이다. 그들 때문에 외롭지 않을 때도 있지만 결국 난 죽기 전까지 아무것도 되지 못할 것 같아 두렵다. 그래서 더 늙기 전에 배우가 아닌 직업을 가져야 하겠다고 생각한 거야.

외삼촌이 만들었던 영화를 현재를 배경으로 리메이크하려고 하는데 생각보다 쉽지 않구나. 누벨바그를 이끈 프랑스 감독이 1969년도에 이미 시도해서 큰 성공을 거두었기 때문이다. 저작권 침해를 주장했지만 법정에서 승리할 수는 없었다. 헝가리야 유럽의 변방에 불과하고, 헝가리 출신의 영화감독이 영화 역사의 이정표가 될 만큼 위대한 작품을 공산 시절에 혼자 힘으로 만들었다는 주장을 곧이곧대로 믿게 할 수 없었다. 만약 영화감독이 헝가리가 아닌 프랑스 출신이라면 이야기가 완전히 달라졌겠지.

나는 기필코 세상의 편견을 깨뜨리고 영화를 완성할 것이다. 원작과 달리 주인공을 헝가리 대학생 커플에서 로마니 출신의 열두 살 소년 소녀로 바꾸었고, 로마니의 캐러밴들이 즐비하게 모여 있는 자동차 캠핑장을 주요 배경으로 삼았다. 소수에 대한 사유와 배려야말로 헝가리 영화의 고유한 유산이라고 여전히 믿고 있기 때문이지. 전문 배우들 대신 진짜 로마니들을 채용하고 촬영 장소도 그들의 실제 거주지를 활용할 계획이기 때문에 제작비가 많이 들 것 같진 않다. 하지만 식사와 소품 등을 준비하는 비용을 무시할 순 없어서 나는 할리우드 영화에 계속

출연해 제작비를 벌어야 한단다. 그러니 내가 악당으로 출연한 영화를 보고 실망하더라도 부디 모른 척 해다오.

대신 내가 감독으로서 영화를 완성했을 때, 만약 그때 너희들도 성인이 됐다면 그걸 보러 이곳에 다시 한번 방문해 주지 않겠니? 너희들이 살고 있을 도시의 영화관에 내 영화가 걸릴 수 있다면 더할 나위 없겠지만 유감스럽게도 그럴 확률이 매우 낮다는 사실을 인정해야 할 것 같구나. 영화가 시작된 지 고작 10여 분밖에 지나지 않았는데도 지루함을 견디지 못하여 자리를 박차고 영화관을 나가는 자가 단 한 명도 없기를 기도하는 것은 전적으로 내 몫이다. 1교시 수업은 여기까지만 하자. 나머지 이야기가 궁금한 자들은 2교시 수업을 들은 친구들을 찾아가 물어보기 바란다.

영화배우의 이야기에 아이들은 완전히 매료되어 한 아이가 박수를 치기 시작하자 다른 아이들도 따라서 박수를 치고 휘파람을 불었다. 갑작스러운 상황에 놀란 담임교사는 책상 사이를 급히 오가면서 아이들을 진정시켰다. 영화배우는 여유로운 표정으로 가능한 한 많은 아이들과 일일이 눈을 맞추면서 감사 인사를 건넸다. 그의 서명을 받기 위해 몰려드는 아이들을 제자리에 앉히려고 담임교사는 협박도 하고 호소도 했다. 다행히 영화배우가 양복 안주머니에서 자신의 사진 뭉치를 꺼내어 탁자 위에 올려놓으며 수업이 끝나는 대로 하나씩 가져가라고 말하자 소란은 겨우 잠잠해졌다. 담임교사는 영화배우에게 진심으로 고마웠다. 그의 얼굴에는 할리우드 영화의 전문 악당이라고는 도저히 믿을 수 없을 만큼 자애로운 표정이 번졌다.

하지만 그가 영화배우라는 직업인으로서 그곳에 초빙됐다는 사실을 간과해서는 안 됐다. 영화배우가 본래의 자신으로 돌아와 있을 때는 어두컴컴한 극장에 앉아 자신이 출연한 영화를 감상하는 순간뿐이다. 실내등이 켜지고 관객들 앞에 서게 되면 영화배우는 무의식적으로 자신이 아닌 다른 인물을 흉내 내지 않을 수 없다. 그리고 관객들은 필모그래피에서 그의 진정한 정체를 걸러 낼 능력도 전혀 없다. 그러니 영화배우의 연기에 속아 그 인품이나 성격을 속단해서는 안 된다. 언론과 관객들 앞에서 말을 많이 할수록 영화배우가 실수할 확률은 높아질 수밖에 없으며 그 실수로 인해 잃는 것들은 점점 더 많아진다.

수업 내내 아이들이 알아내지 못한 사실 중에는 이 영화배우가 함께 영화를 찍었던 거의 모든 여배우들과 아슬아슬한 연애를 시도했다는 것이 있다. 그리고 몇 병의 여배우들과는 송사까지 치러야 했는데 폭음에서 시작된 폭행이 주된 이유였다. 예순 살이 넘어서야 그의 여성 편력은 잠잠해졌으나 개과천선의 결과라기보다는 수십 편의 할리우드 영화에 줄곧 악당으로 출연하는 바람에 관객들이 그를 범죄자로 혼동하기 시작했고, 감독들 역시 베드신보다는 자동차 추격 장면에 그를 더욱 자주 등장시키면서 자연히 여배우와 접촉할 기회가 줄어든 탓이다. 그는 자신이 출연한 영화를 혹평했다는 이유로 평론가와 기자를 싸잡아 공산주의자라고 매도했다가 명예훼손으로 고발된 적도 있었다. 판결 직전에 피해자들을 찾아가 공개적으로 사과를 하면서 소동은 일단락됐지만 어느 술자리에서 자신은 영화 평론가들의 글을 전혀 읽지 않는다고 말해서 공분을 샀다.

그는 아프리카로 자원봉사를 떠났다가 반체제 인사 수십 명을 살해한 것으로 알려진 독재자의 개인 휴양지에 머무는 실수를 범하기도 했고, 전쟁중에 살해당한 유대인과 로마니 숫자를 거꾸로 말했다가 설화를 당한 적도 있다. 최근엔 크레타섬에 있는 호화로운 별장이 언론에 공개되면서 낭비벽을 비난받기도 했다. 그가 탈세와 약물중독 혐의로 검찰의 내사를 받았으나 무혐의 처분을 받았다는 사실은 거의 알려지지 않았다. 후배 영화감독들에게 여전히 칭송받을 만큼 뛰어난 영화를 그의 외삼촌이 제작한 것은 사실이지만, 그 영화를 찍기 위해서, 그리고 그 영화를 찍은 뒤에 얻은 안락을 포기하지 않기 위해 공산당 선전 영상을 가명으로 제작했다는 사실도 밝히지 않았다. 자신에게 불리한 사건이 발생할 때마다 그는 적절한 조연을 동원하여 자신을 성공적으로 변호했기 때문에 관객들은 일련의 소란을 새로운 영화의 홍보 수단 정도로 여기고 무시하기에 이르렀다. 시나리오만으로 영화의 흥행을 예측하고 취사선택하는 감식안 덕분에 그는 매번 면죄부를 발급받았다. 국제영화제에서 수상한 트로피 두어 개가 그에겐 메두사의 방패 같았다.

여기저기서 쇄도하는 출연 제안을 검토하느라 바쁜 그가 세인드비니드 국세 힉교의 일일교사 역할을 조금도 망설임 없이 승낙했던 진짜 이유 역시 어딘가에 숨겨져 있을 게 분명하다. 가령 최근 로마니의 시위와 관련해서 인종 차별적 언행을 저질렀다는 뉴스를 무마하기 위해 요즈음 부쩍 대중 친화적인 이미지를 앞세우고 있는지도 모른다. 그가 공산 정권 시절 비밀경찰로 활약했다는 소문을 확실하게 입증할 증거는 아직까지 발견되지 않았다. 독자들의 제보를 기다린다. 스모킹 건이 발견되는 대로 이 책의 개정본에 실을 예정이다.

10

첼리스트의
이야기

작년 인터내셔널 데이에 일일교사로 참석한 자들 중에서 올해에도 초대받은 자는 첼리스트가 유일했다. 또한 그는 일일교사로서 반드시 참가해야 하는 두 차례의 소양 교육에서도 유일하게 면제됐다. 어릴 적 앓은 열병으로 말을 할 수 없게 됐으나 억척스러운 어머니의 헌신 덕분에 장애를 극복하고 세계적인 명성의 첼리스트로 성공했다는 이야기는 부다페스트 시민들에게 늘 감동과 영감을 주었다. 병마와 싸우면서도 위대한 예술혼을 잃지 않은 여성 첼리스트로 자클린 뒤 프레가 있다면 이와 대비되는 남성 첼리스트로서 그의 이름이 회자됐다. 그의 신산했을 인생을 잠시 상상하는 것만으로도 삶에 대한 자신의 태만함을 자책하게 될 정도였다. 그를 2년

연속 일일교사로 선정하는 데 교사들의 반대는 전혀 없었다.

그를 초빙하는 역할은 교장이 직접 맡았다. 자신의 운명이 어떤 쓸모를 지녔는지 잘 아는 첼리스트가 언론과 인터뷰할 때마다 아이들에게 희망을 증명하는 메신저로서 일조하고 싶다는 의지를 밝혀 왔기 때문에 세인트버너드 국제 학교장의 제안을 거절할 수 없었다. 게다가 그는 유년기 음악 교육의 중요성을 오랫동안 설파해 오고 있었다. 일일교사로서 요구되는 역할은 첼로와 수화 통역사의 도움을 받아야만 가능했다.

그가 자신의 요신, 또는 무신(巫神)처럼 들고 다니는 첼로는 16세기 이탈리아 장인이 만든 것으로 현재 전 세계에 고작 스무 개 남짓 남아 있을 만큼 희귀했다. 그는 젊고 아름다운 여자를 비서이자 수화 통역사로 데리고 다녔다. 그의 이야기를 통역하려면 당연히 첼로와 클래식 음악에 대한 조예가 깊어야 했기 때문에 제자들이 그 역할을 맡았는데, 대개는 채 2년을 버티지 못하고 다른 이로 교체됐다. 예민한 예술가의 비위를 맞추기가 쉽지 않다는 뜻으로 이해하는 자들만큼이나 그의 화려한 여성 편력을 비난하는 자들도 많았다. 호사가들은 그가 항상 두 개의 첼로를 들고 다닌다고 쑥덕였다. 만 레이의 유명한 사진 「앵그르의 바이올린」을 떠올리면서 그의 역대 비서들 중에서 누가 가장 그 작품의 모델과 닮았는지 숙덕거리곤 했다. 새로운 비서의 등장을 기대하면서 매년 그의 크리스마스 연주회 티켓을 예매하는 남자 관객들도 적지 않았다.

수업이 시작하기 10분 전에 겨우 학교에 도착한 첼리스트에게 교장은 간단한 수화로 환영의 인사를 건넸다. 첼리스트는 교장에게 눈길 한 번 주지 않고 비서를 통해 수업이 진행될 교실의 위치를 물었다. 겨우 스무 살이 넘었을 법한 그녀는 첼리스트의 아내나 딸보다는 어머니처럼 행동했는데 아들에게 상처를 입힐 수 있는 계단이나 선반, 사람들을 미리 파악하려는 듯 교장과 대화하는 동안에도 줄곧 주위를 두리번거렸다. 그녀는 사전 동의 없이 누구든 첼리스트의 수업을 녹화하거나 녹음할 경우 법적인 조치를 취하겠다고 명토 박았다. 학교 측에서 매년 발간하는 책에 그의 이야기를 실으려면 미리 원고를 보내어 반드시 검토를 받아야 한다는 사실도 상기시켰다. 작년에도 첼리스트의 비서는 똑같은 사항을 요구했고 학교 측은 충분한 설명을 건넨 바 있지만, 유감스럽게도 1년 사이에 비서가 바뀌었기 때문에 교장은 다시 한번 최선을 다해 그녀를 안심시켜야 했다.

첼리스트는 마치 자신의 의사와는 상관없이 성사된 공연 때문에 침대에서 강제로 끌려 나온 것처럼 불편한 심정을 감추려 하지 않았다. 그가 즐겨 마신다는 블루마운틴 커피를 직접 준비한 교감은 뜨거운 커피 잔을 건네야 할 적절한 때를 엿보며 교장의 등 뒤에서 머뭇거렸다. 첼리스트는 오로지 비서의 등에 위태롭게 매달려 있는 첼로에만 신경을 쓰느라 주위에서 누가 무엇을 하고 있는지 전혀 알아차리지 못했다. 멀리서나마 사진을 찍으려고 몇 명의 교사들이 휴대전화 카메라를 들이밀었다가 교장의 호통을 듣고 급히 뒤로 물러나야 했다. 그가 사진 찍히는 걸 극도로 싫어한다는 사실 또한 모든 부다페스트 시민들에게 알려져 있기 때문에, 학교의 명예를 실추시킬 행동을 교장은 용납할 수 없었던 것이다. 다행히 등 뒤의 소동을 알아차리지 못한 첼리스트는 담임교사와 비서, 첼로를 뒤따라 그럽스럽게 계단을 올랐다. 그들이 사라지자 교감은 차갑게 식은 블루마운틴 커피를 한 모금 들이켰다.

차임벨이 울리고 수업이 시작됐는데도 여전히 삼삼오오 모여서 떠들고 있는 아이들을 보고 담임교사는 크게 당황했다. 일일교사가 얼마나 유명하고 예민한지, 그리고 그를 얼마나 어렵게 초빙했는지 거듭 설명하고, 그를 실망시키거나 학교의 명예를 훼손하지 않기 위해서 어떻게 행동해야 하는지 수업이 시작하기 10분 전에 아이들에게 신신당부를 했건만 헛심만 쓰고 말았다. 유명 연주자의 클래식 공연은커녕 대화를 나누기에도 너무 소란스러운 분위기였다.

담임교사는 아이들을 급히 자리에 앉히고 조용히 시키려다가 첼리스트의 제지를 받았다. 첼리스트는 의자 하나를 교탁 앞에 가져다 놓고 앉았다. 비서가 첼로를 건네자 그는 잠깐 튜

닝을 한 뒤 연주를 시작했다. 장난에 정신이 팔려 있던 아이들도 웅성거림을 멈추고 교탁 쪽을 쳐다보았다. 어느 누구도 그것이 헝가리 출신의 작곡가인 코다이의 「무반주 첼로 소나타」라는 것과 그 첼리스트가 작년에도 이곳에서 똑같은 곡을 연주했다는 사실을 알아차리지 못했다. 10여 분 동안의 연주를 마치고 나서 첼리스트가 비서를 통해 아무리 위대한 음악이라도 인간이 저지른 죄악까지 용서해 줄 수는 없지만 적어도 그것이 무엇인지 규정해 줄 수는 있다고 말했을 때, 그 말이 작년에 발간된 『부다페스트 이야기』 속에도 고스란히 기록되어 있다는 사실을 담임교사는 어렴풋이 기억해 냈다.

첼리스트는 아이들 중에서 첼로를 연주할 수 있는 자가 있는지 물었다. 학교에 악기를 가르치는 정규 수업 과정이 개설되어 있었기 때문에 첼로를 연주할 줄 아는 아이들이 여럿 있었지만 대가 앞에서 연주하는 게 부끄럽고 부담스러웠는지 아무도 손을 들지 않았다. 첼리스트는 어색하지만 온화한 미소를 지어 보이면서 자원자가 나타나길 기다렸다. 자원자가 나타나지 않는다면 그가 수업을 시작하지 않을 것 같아 담임교사는 불안했다. 그래서 몇몇 아이들과 눈을 마주치면서 용기를 북돋아 보았지만 그들은 애써 시선을 피하며 더욱 움츠러들 따름이었다. 어색한 침묵을 견디다 못한 비서가 나서서 얼마나 많은 영재들이 이 첼리스트에게 사사하여 국제적인 콩쿠르에서 입상했으며 그의 앞에서 단 1분이라도 연주해 보려고 얼마나 애타게 순서를 기다리고 있는지, 그렇지만 부모의 권력이나 유명세 따위에 휘둘리지 않고 재능 있는 아이들에게 공평한 기회를 주기 위해 그가 얼마나 세심한 주의를 기울이는지, 자신에게 고작 몇 분을 배운 학생일지라도 제자로 여기고 어떻게 지원했는지 아이들에게 설명했다. 그리고 방금 그가 연주에 사용한 첼로가 얼마나 희귀하고 비싼 것인지 덧붙였다.

그러자 누어 명의 아이들이 삐죽거리면서 손을 들었고 담임 교사의 얼굴에 화색이 돌기 시작했다. 첼리스트는 그들을 무시하고 첼로를 비서에게 넘겼다. 자신의 명성보다는 첼로의 가격과 비서의 매력이 그들을 자극했다는 사실을 깨닫고 더 이상 연주하고 싶은 열정을 잃어버린 것이다. 그는 냉정한 표정과 자세로 고쳐 잡은 뒤 장애를 지닌 자신이 유년 시절에 어떻게 음악을 통해 인생을 긍정하고 세상과 교류하게 됐는지 수화로 비서에게 설명했다. 그녀는 이미 그 이야기를 너무 많이 들어서 처음부터 끝까지 완벽하게 기억하고 있는 듯 첼리스트의 손동작을 건성으로 쳐다보면서 마치 기계에서 흘러나오는 것 같은 밋밋한 어조로 아이들에게 이야기를 진달했다.

첼리스트, 또는 그의 비서에 따르면 자아와 세계에 대한 인식이 정립되어 가고 있는 청소년들에게 절실한 것은 체육 활동이 아니라 예술 활동이며, 세상을 이해하고 적응하는 도구로서 음악보다 더 나은 발명품은 세상에 없었다. 일생에서 음악을 배울 수 있는 기간이 딱히 정해진 것은 아니지만 언어처럼 어릴 때 배울수록 음악을 통해 표현할 수 있는 세계의 볼륨이 늘어난다고 말했다.

하나의 이야기가 두 사람을 거쳐서 전달됐기 때문에 수업 시간에 다룰 수 있는 내용은 다른 반의 수업에 비해 적을 수밖에 없었다. 게다가 첼리스트의 수화에 비해 비서의 언어는 너무 짧았다. 담임교사는 차라리 첼리스트가 수업 내내 연주만 했더라면 오히려 아이들이 그의 삶과 메시지를 더 잘 이해할 수 있었을 것이라고 생각했다.

첼리스트 역시 말을 할수록 더욱 비참해지는 기분을 느꼈다. 그는 이제 제자이자 비서이자 애인을 바꾸어야 할 시기가 가까워졌다고 생각했다. 서로를 너무 잘 안다고 자만하는 순간 틈이 생기고 갈등이 자란다. 인력과 척력이 균형을 유지하는 공간에서만 인간은 자아와 타자로 동시에 존재할 수 있기 때문이다. 스승과 헤어진 다음부터 제자들은 훨씬 빠르고 튼튼하게 자라날 것이기 때문에 굳이 이별에 죄책감을 느낄 필요는 없다. 그의 속마음을 꿰뚫어 보고 있는지 비서의 표정에도 불안이 가득 들어찼다.

어색하게 이어지던 침묵을 깨뜨리기 위해 비서는 첼리스트의 수화를 기다리지 않고 최근 그의 업적에 대해 선전하기 시작했다. 그가 전쟁고아들의 갱생을 돕는 국제 구호단체의 후원금을 모금하기 위해 월드 투어를 강행하면서도 틈틈이 헝가리의 가난한 아이들에게 무료로 음악을 가르쳐 줄 학교를 건립하고 있다고 장황하게 설명했다. 부다페스트에서 추방당한 로마니들을 위로하는 자선 공연에 참여하고 수익금 전액을 기부했다는 말도 잊지 않았다.

챌리스트는 이야기를 중지시키기 위해 짧고도 단호한 동작을 어디 빈 쥐했으나 아무 소용이 없자 비서에게서 첼로를 빼앗더니 조율의 과정도 건너뛰고 격렬한 곡을 연주하기 시작했다. 멀리서 보면 마치 말 위에 앉은 기마 장교가 장검으로 복부를 자해하는 것처럼 보였다. 얼굴이 검붉게 타오르던 비서는 입을 다물었고, 때마침 수업 종료를 알리는 차임벨이 울려 첼리스트의 연주를 멈춰 세웠다. 하지만 연주자와 청중의 격정이 뒤엉켜 여전히 경주마처럼 교실 안을 질주했기 때문에 아무도 꼼짝할 수 없었다. 교실 밖에서 서성이던 교감이 안으로 들어와 마치 관객들에게 커튼콜을 강요하는 극장주처럼 요란하게 박수를 치자 비로소 담임교사와 학생들이 교감의 행동을 따라 했다. 첼리스트는 그저 고개를 숙인 채 첼로만을 만지작거릴 따름이었고,「앵그르의 바이올린」은 이미 교실에서 빠져나가고 없었다.

첼리스트는 최근 언론과의 인터뷰에서 자신에게 예술가로서의 태도와 마음가짐을 가르쳐 준 스승이 파블로 카살스라고 밝혔다. 그는 스승이 프랑코 정부에 반대하여 오랫동안 첼로를 연주하지 않았다는 사실은 잊은 것인지, 다이아몬드 광산을 독차지하기 위해 수십만 명의 원주민들을 학살한 아프리카 독재자의 생일 파티에 참석하여 카살스의 영혼과도 같은 「무반주 첼로 조곡」을 연주하고 후원금을 받았다. 애인이자 비서였던 여자가 언론에 이 사실을 폭로했을 때 그는 대중에게 용서를 구하는 대신 끝까지 침묵했다.

그를 향한 비난이 잦아들자 충직한 제자들은 위대한 스승을 모함한 배신자를 법정에 세웠고 사적 정의를 실현했다. 아프리카의 독재자가 부하들에 의해 살해되고 선거를 통해 민주 정부가 들어서자 비로소 첼리스트는 다시 부다페스트의 공연장에 나타났다. 연주를 마친 뒤 기자들 앞에서 자신의 첼로가 평화를 가르치는 경전으로 세계 곳곳에서 활용됐으면 좋겠다고 말했다. 경전을 만들고 유포하는 자는 그것을 읽고 해석하는 자가 저지른 죄악에 아무런 책임도 지지 않는다고 해석될 수 있는 발언이었다. 적어도 그는 자신이 약속한 대로 행동하려고 노력했다. 그래서 최근 전쟁이 끝났거나 중요한 정치적 합의가 일어난 곳이라면 어김없이 방문하여 연주했다. 전쟁고아들의 갱생을 지원할 국제 구호단체의 후원금을 모금하기 위해 월드 투어에 나섰다가 현지 프로모터에게 사기를 당하는 바람에 아시아 두어 나라의 공연을 취소하고 티켓 비용 전부를 환불해 준 일도 있었다. 그가 가난한 아이들의 음악 교육을 위해 건립하고 있다는 학교도 역사나 윤리 의식이 의심되는 기업들의 후원에 전적으로 의지하고 있다.

그는 부다페스트에서 추방당한 로마니들을 위해 자선 공연을 벌였다는 건 진실이 아니었다. 파리의 음악 대학원이 주최한 워크숍에 강사로 초청된 그가 자신의 가르침을 제대로 소화해 내지 못하는 학생들의 수둔함을 비난하면서 "너희들을 제자로 삼느니 차라리 부다페스트의 로마니들에게 예의를 가르치는 게 훨씬 낫겠다."라고 말한 것이 이 소문의 발단이 됐다. 모욕감을 느낀 학생들의 반발이 거세지자 첼리스트는 음악 대학원장과 학생 대표에게 자신의 경솔함을 사과하고 강의료의 일부를 장학금으로 내놓았는데, 학생들이 그 돈을 부다페스트에서 추방당한 로마니를 돕는 자선단체에 송금했던 것이다. 누군가 악의적인 목적으로 이 첼리스트의 자선 공연 소문을 만들어 낸 것이 분명했다.

최근에 첼리스트는 정부 행사에 참석했다가 헝가리에 살고 있는 모든 사람들은 권리를 요구하기 전에 의무부터 완수해야 한다는 정치인의 주장에 동조하는 발언을 했다. 그 뒤로 그의 연주회는 우익 성향의 정치인들과 지지자들이 대거 참석했고, 그는 신문의 문화 섹션보단 정치 섹션에 더 자주 등장했다. 최근 공개적인 자리에 거의 모습을 드러내지 않는 그를 두고 다섯 번째 아이의 아빠가 됐기 때문이라고도 하고, 내년 헝가리 독립 기념일에 맞춰 코다이의 명성을 뛰어넘을 만한 첼로곡을 작곡하고 있기 때문이라고도 했다.

11 지워졌다가 복원된 이야기:

종군기자의 이야기

종군기자는 학교로 들어설 때부터 수업을 끝내고 학교를 나설 때까지 주위 사람들의 주목을 거의 끌지 못했다. 그가 입고 있던 카키색의 점퍼와 바지는 흐린 날씨에 더욱 잘 어울렸는데, 일기 예보를 미리 확인하고 그런 복장을 일부러 선택한 것 같진 않고 그저 그에겐 다른 옷차림이 불가능한 것처럼 보였다. 그는 몸을 잔뜩 웅크려서 주변의 사물과 사람들 사이로 자신을 거의 감추고 수시로 자세와 위치를 바꾸었기 때문에 정체를 간파하는 건 쉽지 않았다. 머리 위로 총알이 날아가거나 발자국 사이로 폭탄이 터지지 않는 곳에서 그는 유령과 다름 없었다. 수많은 사람들이 무력하게 죽어 가는 모습을 매일 목격하면서 그 또한 언제부턴가 주변 사람들을 유령으로 취급하게 됐다. 그가 믿을 수 있는 것이라곤 카메라와 수첩뿐이었고, 대도시의 뒷골목에서 살인자나 마약 중독자를 취재하던 자신에게 전쟁의 비열함과 종군기자라는 직업의 매력을 가르쳐 준 로버트 카파처럼 자신 역시 갑작스럽게 시작되어 순식간에 완성될 죽음에 대비하여 매일 유언장의 뒷부분을 고쳤다.

그가 가방 속에 항상 넣고 다니던 카파의 자서전이 그를 두 번 살렸다. 한 번은 버스 정류장에 앉아서 그 책을 읽느라 놓친 시외버스가 자살 폭탄 테러범에 의해 폭발했을 때, 또 한 번은 유엔군을 따라 후퇴하는 도중 반군이 쏜 유탄이 카파의 자서전을 관통하지 못했을 때. 그처럼 카파도 두 번 총에 맞았다. 한 번은 살아서 머리에, 또 한 번은 죽어서 카메라에.

두 번의 생환은 그를 삶에 감사하도록 만들었다기보다 죽음에 불만을 갖게 만들었다. 그가 죽음에 다가가기 위해 삶을 소진하고 있는 것은 결코 아니었지만, 모두에게 목숨처럼 부여될 죽음이라면 살면서 너무 많은 죽음을 목도한 자신에게는 좀 더 극적인 방법으로 찾아오길 바랐다. 예컨대 삶과 통째로 바꿀 수 있을 만큼 만족스러운 기사를 완성한 직후에 죽음과 맞닥뜨린다면 더할 나위 없겠다는 생각이었다. 그는 자신의 죽음을 완성해 줄 총알이나 폭탄은 적이 아닌 동료들에게서 날아올 것이라고 예견했다. 그들 역시 적을 증오하지만 이미 적을 너무 많이 닮아 있기 때문에 결코 적을 없앨 수 없다고 그는 굳게 믿었다. 그래서 어떤 전쟁도 그 전쟁에 참여한 세력들이 선전하는 것만큼 정당하고 논리적일 수 없는 것이다.

전쟁이 감추고 있는 위선과 위악을 고발하는 게 그의 목적이자 열정이었다. 그는 자신의 유서처럼 작성한 기사를 유수의 신문사에 판매하지 않고 블로그에 직접 올렸다. 적어도 일주일에 한 번씩 소식을 알릴 텐데 만약 그 약속이 지켜지지 않았을 경우 신변에 문제가 있는 것으로 간주해 달라는 메시지를 블로그의 첫 페이지에 올려놓았다. 인질이 되더라도 구출하려 하지 말고, 시체를 수습하지 말라는 경고와 함께. 그의 기사에 공감한 독자들이 자발적으로 입금해 준 구독료로 전쟁터에서 최소한의 의식주를 해결했다.

팔레스타인에서 우크라이나로 이동하는 도중에 잠시 부다페스트에 들렀다는 소식을 그의 블로그에서 확인하자마자 세인트버나드 국제 학교의 역사 교사가 그를 직업 체험 수업의 일일교사로 추천했다. 몇 년 동안 세계 유수의 저널리즘상을 수상한 사실을 확인한 교장은 그를 초대하기로 결정했다. 역사 교사가 블로그에 남긴 메시지에 그가 화답하면서 방문이 성사됐다.

그에게는 휴대전화가 없었기 때문에 역사 교사는 행사 당일 새벽부터 학교 정문에 서서 그를 초조하게 기다려야 했다. 수업이 시작되기 10분 전까지도 그가 나타나지 않자 공황 상태에 빠진 역사 교사는 궁여지책을 찾아내기 위해 교장실로 뛰어가다가 일일교사 대기실 구석에 조용히 앉아 있던 종군 기자를 발견했다. 그는 여느 일일교사들보다도 먼저 그곳에 도착했지만 누군가 정체를 묻기 전까지는 기척을 내지 않았던 것이다. 약속 시간보다 항상 한 시간 일찍 약속 장소에 도착하여 주변을 세심하게 확인하고 기사의 첫 문장을 궁리하는 습관 역시 전쟁터에서 터득한 것이었다.

교실로 안내된 그는 수업을 시작하는 격식을 따르지도 않고 곧바로 아이들 앞에서 자신이 팔레스타인과 이스라엘에서 직접 경험한 현실에 대해 설명하기 시작했다. 팔레스타인과 이스라엘은 일란성 쌍둥이와 같아서 자신은 둘 사이의 차이를 전혀 구별할 수 없지만 정작 당사자들은 100가지도 넘는 차이점을 들이대며 적의를 표현하고 있다고, 그래서 그저 두 가지 언어로 번역된 한 가지 이야기를 마치 각각에게서 처음 들은 양 관심을 표명해 주는 것만으로도 쉽게 그들과 친구가 될 수 있었다고 말했다. 단 한쪽에게 다른 쪽과의 친분을 자랑해서 질투를 유발하는 행동은 금물이었고, 모두의 과거와 미래를 한꺼번에 섞어서 이야기하는 것도 제한됐다. 그들을 한자리에 불러 모으고 성급한 화해를 채근하기보다는 멀리 떨어뜨려 놓고 독자적인 생존을 돕는 것이 평화를 안착시키는 방법이며, 이를 위해서는 역사책이나 성서는 제발 그만 읽게

하고 텔레비전과 성인용품을 더 많이 보급해야 한다고 그는
주장했다.

　뒤이어 그는 세계 유수의 저널리즘상을 수상한 자신의 특
종 기사에 대해서도 설명했다. 이스라엘과 팔레스타인 사이에
일어난 전투를 한 번은 팔레스타인의 관점에서 시간순으로,
다른 한 번은 이스라엘 관점에서 시간의 역순으로 기술한 기
사였는데, 처음엔 대체로 명확한 원인에서 시작된 사건이 시
간이 지나면서 누가 피해자이고 누가 가해자인지 구분할 수
없게 됐고 나중엔 결과가 동기와 같아져서 결국 그 전투에서
죽거나 다친 자들은 처음부터 존재한 적 없는 유령이 되고 말
았다는 게 그 기사의 결론이었다. 그 전투를 이스라엘 측은 소
요라고 폄훼했고 팔레스타인 측은 봉기라고 과장했다. 그는
국제연합 본부가 공식으로 승인한 두 국가 사이의 무력 충돌
인 만큼 전투로 불러야 한다고 기사에 적었다. 고르디우스의
매듭을 잘라 내는 묘안을 국제사회가 함께 궁리하지 않는다
면 불의 고리는 영원히 순환하면서 인류 역사를 파괴할 것이
라는 그의 신념 앞에 독자들과 심사 위원들은 숙연해졌을 것
을 것이다.

　종군기자는 자신이 수상자로서 얻게 된 영광은 전적으로
자신이 소속된 조직의 주장에 반대하고 양심에 따라 진실을
말할 수 있었던 내부 고발자의 용기 덕분에 가능했다고 고백

했다. 진실을 밝히는 일만큼이나 그것을 끝까지 진실로 유지하는 노력 또한 중요하며 독자들이 환영하는 기사란 한 가지 진실만을 말하는 게 아니라 두 가지의 상반된 진실을 균형 있게 담은 것이라고 그가 말했을 때 담임교사는 어떻게 그 이야기를 헝가리어로, 그것도 아이들의 이해력 수준에 맞춰 통역해야 하는지 알 수 없어 당황했다. 이를 눈치챈 기자는 웃으면서, 능숙하지 않은 헝가리어로, 진실은 말해지는 순간 더 이상 진실이 될 수 없다고 말함으로써 어색한 상황을 수습했다.

기자는 군인이나 정치가가 아니고 역사가나 사업가는 더욱 아니며 그저 자신의 직업윤리에 충실한 노동자에 불과하다. 그가 실패할 확률은 성공할 그것보다 훨씬 높은데 이는 질 나쁜 권력자들이 진실을 다루는 기자를 배신자로 매도하도록 국민들을 선동하고 있기 때문이다. 그는 자신이 팔레스타인 자살 폭탄 테러 정보를 미리 입수하고도 사건을 저지하지 못했다는 사실과 종군기자가 된 직후에 이혼한 아내에게 유태인 보석상이 만든 다이아몬드 반지를 선물한 사실은 크나큰 실수였다고 덤덤하게 시인했다.

아이들은 기자의 이야기를 거의 이해하지 못했기 때문에 심드렁한 반응을 보였고 졸거나 잡담하거나 낙서를 하면서 지루한 시간을 견뎠다. 교탁 앞에서 수류탄이라도 터져야 아이들의 주의를 돌릴 수 있을 것 같았다. 결국 수업 종료를 알리는 차임벨이 울리기도 전에 종군기자는 인사도 제대로 건네지 않은 채 교실을 빠져나갔고 아이들은 적군의 자발적인 후퇴에 환호를 질렀다.

담임교사는 그의 위대한 수업이 아이들이나 교사들에게 이해받지 못하는 상황을 걱정했다. 팔레스타인과 이스라엘처럼 민감한 소재를 다룬 이야기는 학교의 교육적 성과를 홍보하는 책에 실리지 않을 것이라고 그녀는 직감했던 것이다. 담임교사는 수업 내용을 교무 회의 시간에 자세하게 설명하지 않고 아이들의 긍정적인 반응만을 간략히 소개했다. 하지만 수업에 참석한 학생들로부터 여러 가지 정보를 이미 수집한 교감과 교장에게서 진실을 추궁받지 않을 수 없었다. 담임교사는 진실을 밝히는 일만큼이나 그것을 끝까지 진실로 유지하는 노력이 중요하다는 기자의 이야기를 상기하고 그 박해를 견뎠다.

종군기자의 이야기를 책에 싣지 않겠다는 교장의 결정에는 부다페스트에서 경제적 세력을 늘려 가고 있는 유태인 부호들의 그림자가 어른거렸다. 종군기자를 일일교사로 추천했던 역사 교사는 교장의 결정에 공개적으로 반발하며 회의실을 나갔으나 담임교사는 회의가 끝날 때까지 자리에서 침묵을 지켰다. 담임교사 역시 교장의 결정에 동의하지 않았기 때문에 종군기자의 수업 내용을 녹음한 파일을 역사 교사에게 전달했고, 역사 교사는 그 파일을 정리하여 내게 은밀히 보내 왔다. 나는 다른 수업 내용과의 일관성을 유지하기 위해 원고의 서술 방식을 조금 수정했을 뿐 내용을 가감하지는 않았다. 역사 교사는 최종 원고를 종군기자에게 이메일로 보냈다. 이틀 뒤에 종군기자는 그 원고의 일부를 발췌하여 자신의 블로그에 게재함으로써 출간을 승인한다는 뜻을 밝혔고 역사 교사는 감사의 표시로 구독료를 송금했다. 그는 우크라이나와 러시아의 전쟁터에서도 전쟁의 부당함과 무의미함을 고발하는 임무를 변함없이 수행했다.

한 달 뒤 어느 날 집에서 뜨거운 뱅쇼를 마시다가 와인 잔을 바닥에 힘없이 떨어뜨린 역사 교사는 죽음이 종군기자를 실망시키기 위해 목전까지 다가와 있으며 더 이상 카파의 자서전으로는 막아 낼 수 없을 것 같은 예감에 사로잡혀 비명을 질렀다. 이웃의 신고를 받고 찾아온 경찰에게 궁색한 변명을 늘어놓고 있을 때 그녀는 동료 교사에게서 전화를 받고서 종군기자의 죽음을 애도하는 댓글이 그의 블로그에 올라오고 있다는 사실을 알게 됐다.

나는 이 책이 출간되는 즉시 한 부를 유족에게 보내어 그의 영원한 안식을 기도해 줄 예정이다. 그가 전쟁이 없는 곳에 이미 도착했기를.

12

축구 감독의
이야기

일일교사 대기실로 들어서는 남자의 정체를 단숨에 알아차린 보직교사는 아무도 없었다. 일일교사들은 그를 학교 시설을 관리하는 직원 정도로 여겼다. 그는 운동복 차림에 슬리퍼를 신었고 수염은 덥수룩했으며 머리엔 까치집이 내려앉아 있었다. 주위 사람들의 뜨악한 표정 따윈 아랑곳하지 않고 그는 대기실 한곳에 마련되어 있던 커피와 쿠키를 허겁지겁 집어삼켰다. 보직교사 한 명이 다가와 정체를 확인하려 하자 체육복 바지 주머니 속에서 초대장을 꺼내어 보여 주었다. 초대장이 구겨지고 더럽혀져 있던 탓에 보직교사는 한참 동안 진위를 파악한 다음 결례를 사과했지만, 일일교사에게 요구되는 최소한의 복장 예절을 상기시켜 주지 않을 수 없었다.

허기를 해결한 뒤 그는 겸연쩍은 표정으로 보직교사에게 사과했다. 원래의 계획대로라면 오늘 아침 축구 수업을 평소보다 30여 분 일찍 마치고 집에 돌아가서 샤워를 하고 정장을 갖춰 입었을 것인데, 수업 도중에 무릎을 크게 다친 아이를 응급실에 데려다주느라 집에 들르지도 못한 채 곧장 등교해야 했다고 말했다. 그는 수업 시간에 좀 늦더라도 집에 들러 옷을 바꿔 입고 올 수도 있었으나, 어떤 약속이든 간에 일단 아이들과 한 것이라면 반드시 지켜야 하는 게 교육자의 사명이기 때문에 수치심은 무릅쓰고 운동복 차림으로 학교에 달려왔다고 변명했다. 운동선수 출신인 자신은 이렇게 편한 차림을 하고 있어야 수업에 더욱 집중할 수 있으며 아이들도 부담없이 수업을 들을 것이라고 보직교사를 안심시켰다. 그의 맨발을 보다 못한 보직교사 하나가 사물함에서 운동화와 양말을 꺼내어 건넸고 그는 멋쩍어하면서 그걸 받아 신었다. 담임교사를 뒤따라 계단을 오르던 축구 감독은 일부러 리듬에 맞춰 발소리를 크게 내며 다른 일일교사들의 긴장감을 잠시 풀어 주었다.

FC 바르셀로나의 공격수인 알렉시스 산체스는 바야돌리드와의 원정 경기에서 0대 1로 패배한 뒤 로커 룸으로 들어오면서 기자들에게 이렇게 말했다.

"우리가 경기에서 지면 마치 누군가 죽은 것처럼 분위기가 험악해지고 모든 게 엉망이 된다."

영국 도박사들에게 바야돌리드가 이길 확률은 고작 23퍼센트에 불과했다. 땀과 침으로 흠뻑 젖은 유니폼은 더 이상 명예로운 자들의 표지가 아니다. 콜로세움을 가득 메운 관중은 패배의 책임을 누군가의 피와 목숨으로 받아 내지 않고선 결코 그곳을 벗어나지 않을 태세다. 그들의 서슬 퍼런 야유를 뚫고 로커로 무사히 돌아온 축구 선수라면 산체스의 고백을 충분히 이해할 수 있을 것이다. 하지만 한 시즌이 이어지는 동안 숱한 패배가 예정되어 있는 이상, 프로 선수라면 모름지기 한 번의 죽음이 또 다른 죽음으로 이어지지 않도록 마른 옷으로 갈아입고 영안실에서 빠져나오는 순간 열패감 따위 깨끗이 잊어버려야 한다. 불운의 인과를 증명하려고 애쓸 필요는 없다. 오히려 팀의 승패보다는 개인의 성적에 더 집중해야 한다. 시체가 생명을 키우듯 팀의 패배 속에서도 어떤 개인의 헌신은 칭송을 받을 것이기 때문이다.

경기에서 승리하고 싶지 않은 선수가 어디 있겠는가. 그러나 그들이 더욱 간절하게 원하는 것은, 오늘 경기의 승패와 상관없이, 다음 경기에도 출전하는 것이다. 그래야 경기 수당을 받을 수 있고 승리자들의 팀으로 이적할 수도 있다. 물론 자신이 응원하는 팀의 패배를 지켜보느라고 재산과 인생을 낭비하고 싶은 관중 또한 단 한 명도 존재하지 않기 때문에 그들은 패배한 선수나 감독에게 두 번째 기회를 주고 싶어 하지 않는다. 그러니 이어지는 패배가 선수들에게 더욱 공평한 기회를 제공할 수도 있다. 자신의 차례를 묵묵히 기다리되 일단 기회를 잡으면 결코 뒤로 물러나서는 안 된다. 축구는 전쟁을 대신하여 발명됐다는 사실을 항상 명심하기 바란다. 선수들의 체력이 점점 강해지고 각종 첨단 기계 덕분에 전술은 더욱 세밀해졌으며 심판의 판단은 더욱 정확해졌지만, 그렇다고 축구 경기가 발전했다고는 단정할 수 없다. 끊임없이 새로운 스타가 등장하여 라이벌 관계를 만들고 축구를 전쟁의 수준까지 끌어올리지 않는다면 관중은 축구 경기 관람을 멈추고 직접 무기를 들게 될 것이다. 관중이 없는 스포츠는 존재할 이유가 없다.

나는 소금기로 반들거리는 어린 축구 선수들을 땡볕 아래 세워 두고 가끔 이렇게 일장 연설을 한다. 그렇다고 그들이 내 말을 정확히 이해할 것이라고 기대하진 않는다. 땀은 결코 거짓말을 하지 않는다고 배워 온 그들은 승리의 희열을 타인에게 헌납하고 패배의 고통은 자신에게 채우는 습관을 익혔다. 그들을 실망시키고 싶지 않지만, 전쟁에서 그러한 것처럼 스포츠의 세계에서도 거창한 신념이나 사명감 따윈 전혀 쓸모가 없다. 살아남은 자, 승리한 자들이 목적과 과정을 얼마든지 조작할 수 있기 때문이다. 물론 어려서 운동을 처음 시작할 무렵이나 심각한 부상을 입고 지겨운 재활 훈련에 참여해야 하는 초기에는 잠시 진지해질 필요가 있다. 인간의 몸은 기능을 익히고 능력을 향상시키는 데 시간이 많이 걸리기 때문에 지레 겁을 먹고 포기하지 않으려면 뭔가 그럴듯한 자기 최면의 경구가 필요하다. 그렇게 특수한 상황에 빠져 있는 게 아니라면 그저 다른 직업에서도 두루 통용되는 태도와 마음가짐을 지니는 것만으로도 충분하다.

스포츠는 더 이상 인간의 한계를 확인하고 확장하는 도구가 아니다. 그것은 권태를 잠시 무력하게 만드는 오락거리에 불과하다. 그리고 경기의 승패를 결정하는 것은 선수의 역량이 아니라 구단을 운영하는 자들의 자금과 전략이다. 전체의 패배를 개인의 의지와 능력 탓으로 돌리는 교육 때문에 아이들은 무엇인가를 시작하기도 전에 실패자가 된다. 실패를 알지 못하는 자는 결코 성공할 수 없다는 논리는 완전히 틀렸다. 차라리 성공을 알지 못하는 자는 결코 성공할 수 없다고 가르쳐야 한다.

나 역시 어릴 적 축구를 시작하면서 패배의 공포부터 배웠다. 내가 좋아하는 축구가 내 가족 전체의 인생을 성공시키는 유일한 수단이라는 사실을 나는 너무 일찍 알았다. 나는 다른 형제보다 늘 좋은 음식과 옷을 차지했을 뿐만 아니라 부모에게 거의 혼나지도 않았다. 그 대가로 부모와 형제는 번갈아 가며 나의 일거수일투족을 감시하고 제지했다. 심지어 아버지는 감옥의 간수처럼 일기까지 썼다. 내가 오늘 뭘 먹었고 어떤 훈련을 얼마 동안 진행했으며 경기 중에 어떤 실수를 했는지, 그리고 경쟁자들로 여겨지는 선수들의 장단점은 무엇인지, 내일은 내가 뭘 먹어야 하고 어떤 훈련을 얼마 동안 진행해야 하는지, 그는 내가 은퇴하기 전까지 17년 동안 단 하루도 빠뜨리지 않고 잠자리에 들기 전에 꼼꼼히 기록했다. 나와 관련된 신문 기사를 스크랩해서 일기장에 붙이기도 했다. 나는 아버지의 유일한 유산이 될 수십 권의 일기장을 그가 살아 있는 동안엔 결코 읽어 보지 않을 작정이다. 살아 있는 벌레의 몸속에나 균을 퍼뜨린 뒤 천천히 생명을 빼앗아 가는 버섯처럼, 아버지의 인생이 아들의 인생으로 가득 차 있다는 사실과 대면할 용기가 아직은 없기 때문이다.

프로 구단의 감독이나 스카우터에게도 나는 대체 불가능한 수준의 상품은 결코 아니었다. 나의 가족은 내가 유명 프로 축구 구단과 대형 계약을 성사시킨 뒤 계약금과 연봉을 골고루 나눠 줄 것이라고 믿었으나 그런 기회는 요원했고, 설령 상품성을 주목받게 되더라도 나의 신체적 결함 때문에 계약 조건을 충족시킬 자신도 없었다. 하지만 가족을 실망시키지 않으려면 그들에게 끊임없이 거짓 희망을 주입하면서 거들먹거려야 했다.

그들은 집안의 금고를 책임지고 있는 나를 위해 자신들의 인생을 허투루 사용했다. 그들은 선수 생활에 부정적인 영향을 미칠 수 있는 어떤 물질과 욕망도 내게 허락하지 않았으나, 자신들이 완벽하게 통제할 수 있는 상황에서는 그것을 잠시 허락하기도 했다. 그 대표적인 대상이 여자였는데, 시즌 중에는 경기력을 훼손한다는 이유로 외출을 엄격히 통제하다가도 슬럼프를 극복하거나 재활하는 데에는 도움이 된다는 이유로 권장했다.

나는 벤치에 앉아 있거나 연장전을 대비해 몸을 풀면서 전성기를 보냈으므로 감시자들은 큰 손해를 입고 하나둘 나를 떠났다. 상품성이 없는 외모에다 내성적인 성격, 그리고 눌변은 언론이나 여자들의 환심을 사기에도 역부족이었다. 단 1분도 그라운드를 밟지 못하고 로커룸으로 돌아오는 날이면, 설령 팀이 승리했다고 하더라도 나의 기분은 마치 누군가에게 린치를 당한 것처럼 엉망이 됐다. 그런 날에는 영안실을 홀로 빠져나와 펍에서 시원한 맥주를 마시고 싶었지만 이마저도 여의치 않았다. 만약 그런 소소한 일탈이라도 허락됐더라면 나는 설령 유능한 선수가 되진 못했을지라도 유연한 성격의 선수 정도로는 알려졌을지도 모르겠다. 은퇴를 하고 나서 마시는 맥주의 맛은 최악이었다. 그라운드 안의 패배자에게 그라운드 밖의 세상은 결코 천국이 될 수 없었다.

은퇴 후 한동안 나는 이탈리아에 살면서 정상급에서 한참 뒤

처진, 그래도 전성기의 나보다는 월등한 실력을 지닌 축구 선수들을 아시아의 프로 구단에 큰 차액을 남기고 팔아넘기는 일을 호구지책으로 삼았다. 그런 직업을 가진 자들은 세상에 아주 많다. 그들은 아직 발굴되지 않은 유망주에 대한 풍문을 좇아 유목민처럼 세상을 떠돈다. 가장 최신 정보를 들을 수 있는 곳이 경기장 주변에 산포된 펍이라는 사실도 그들은 잘 알고 있다. 맥주에 취한 축구광들은 자신이 어제 발견해 낸 원석의 가치를 자랑하길 좋아하기 때문에 맥주 한 잔 시켜 놓고 테이블에 조용히 앉아 있으면 어떤 선수가 그 지역에서 치근 촉망받고 있는지 저절로 알 수 있다. 아직도 영국인들은 펍에서 맥주를 마시기 위해서는 자신이 응원하는 프로 축구팀을 반드시 밝혀야 한다고 믿는다.

그러다가 운 좋게 나는 헝가리의 유명 유소년 축구팀의 코치 직을 맡게 됐다. 거기서 나는 아이들에게 이기는 방법만을 가르쳤다. 패배로부터 아무것도 배울 수 없도록 몰아세웠다. 스포츠는 선수가 아니라 관중을 위해 존재한다는 사실을 반복해서 주입했다. 관중보다는 소비자라고 말하는 것이 진실에 더욱 가까울지 모르겠다. 경기장 안팎의 관중을 열광시킬 수만 있다면 구단주나 광고주에게 경기의 승패는 크게 중요하지 않다는 사실을 어린 선수들에게 정확히 이해시킬 수는 없었다. 이 또한 어른들의 잘못이었다. 그래서 오로지 축구 대표 팀에 합류할 수 있을 때만 축구 선수로서 몸값이 책정된다는 사실까지 굳이 아이들에게 말해 주지는 않았다. 그러나 헝가리 프로 축구 경기마다 텅 비어 있는 관중석이 진실을 말해 주었으니 아이들도 자신이 성공할 확률을 스스로 계산할 수 있었을 것이다. 기업들이 매년 막대한 적자를 감수하면서까지 프로 축구단을 운영하는 까닭을 만약 아이들이 내게 물어 왔다면 이렇게 대답해 줄 준비가 되어 있었다.

"세금을 내는 것보다 적자를 보는 게 더 경제적이기 때문이란다."

진실을 에둘러 말하지 않은 덕분에 아이들은 원래의 나이보다 훨씬 더 성숙한 영혼을 지니게 됐고 그 결과로 승리와 명예가 뒤따랐다.

그러던 어느 날 나는 훗날 내게 불운의 씨앗이 될 유망주를 발견했다. 그는 나를 대부로 여기며 따랐고, 나는 그가 그해 최고의 몸값을 받고 이탈리아 프로 구단에 입단하도록 도와주었다. 그를 차지하기 위해 경쟁했다가 실패한 자들은 내게 복수할 기회를 노렸다. 감당할 수 없는 관심과 연봉 때문에 그는 프로 데뷔 경기를 치르자마자 슬럼프에 빠졌다. 누구보다도 그의 성공을 기원했던 나는 그의 고통을 외면할 수 없었다. 관중이 없는 곳에서는 선수도 있을 수 없지만 경기 내내 선수는 관중의 반응을 철저히 무시해야 한다고 가르쳤는데, 그 가르침이 투명한 유리 조각처럼 그의 머릿속에 박혀 종종 발작을 일으킨 것 같았다. 심지어 나는 내 아버지가 내게 했던 것처럼 제자의 일거수일투족을 관찰하고 일기에 기록했다.

실패에서 배우는 법을 배우지 못했기 때문에 그의 슬럼프는 오래 지속됐다. 결국 불법 도박까지 손대고 말았다. 그는 자신이 출전한 경기에서 패배하는 데 크게 배팅했고 그의 팀이 승리하는 바람에 전 재산을 잃었다. 경찰은 내가 그의 범죄를 사주했다고 판단하고 이틀에 걸쳐 취조했으나 확실한 증거를 찾아내지 못했다. 내가 가장 사랑하는 제자가 다급한 목소리로 돈을 급히 변통해 달라고 전화해 왔기에 내 돈을 빌려준 게 아니라 그가 내게 맡긴 돈을 돌려주었던 것일 뿐, 그의 비밀 사업에 투자한 건 결코 아니라고 나는 항변했다. 무죄를 선고받았지만 추문에 연관됐다는 이유만으로 나는 더 이상 코치직을 유지할 수 없었다. 나의 성공을 원하지 않는 관중 앞에서 나는 소명할 기회조차 얻지 못했다.

제자의 일탈로 파국을 맞이하기 1년 전 순전히 제자의 후광 덕분에 우수 지도자로 선정되어 사흘간 라스베이거스에서 열린 세미나에 참석한 적이 있다. 우리 일행을 안내했던 관광 가이드의 설명에 따르면 라스베이거스는 관광객들을 도박장으로 끌어내기 위해 다음과 같은 정책을 쓴다고 한다.

호텔 숙박비는 고객의 예상보다 항상 싸다. 방 안에 설치된 텔레비전은 고장 나 있거나 채널이 대여섯 개로 한정되어 있으며 하나같이 재미없는 뉴스만 흘러나온다. 방에는 욕조와 소파가 없다. 방 안으로 산소를 끊임없이 쏟아부어서 고객이 피로를 느끼지 못하게 만든다. 고객이 엘리베이터에서 내려 식당이나 세미나장까지 이동하는 모든 통로에 슬롯머신을 배치한다. 의자는 오직 슬롯머신 앞에만 놓는다. 의자에 앉아 있는 손님에게는 음료수와 캔디를 공짜로 무제한 제공한다. 실내의 조명과 온도와 습도를 적정 수준으로 유지하고 신나는 음악을 들려주어 여행자의 감성을 자극하지 않는다. 시계를 없애고 유리창을 암막 커튼으로 가린다. 아예 벽과 천장 전체에 한낮의 풍경을 그려 넣은 카지노도 있다. 화장실 옆에 환전소를 설치한다. 콜걸들의 입장을 제한하는 대신 스트립 댄서들을 곳곳에 배치한다. 인종 차별과 관련된 어떠한 언행도 금지한다. 노인에게 최대한의 편의를 제공한다. 이상의 이야기를 들려준 관광 가이드는 자조 섞인 표정으로 이렇게 중얼거렸다.

"수중에 동전을 하나라도 지닌 자들은 결코 이 지옥을 빠져나갈 수 없어요."

무서운 건 이런 철두철미한 전략을 미리 알고 있었는데도 욕망을 제어할 수 없다는 사실이다. 나는 그곳에 머무는 사흘 동안 단 한 시간도 제대로 잠들지 못했다. 그리고 3만 달러를 모두 날렸다. 본전을 찾으려고 할수록 상황은 더욱 나빠졌다. 만약 급전을 변통할 수 있는 일행이 있었다면 거기서 멈추지 않았을 것이다. 완전히 빈털터리가 된 뒤에야 비로소 내가 본전이라고 생각하는 상태가 그다지 나쁘지 않았다는 사실을 깨달았다. 이 경험으로 두 가지 사실이 분명해졌다. 내가 도박의 유혹에 취약하다는 것과 도박 산업은 내가 상상했던 것보다 훨씬 전략적이고 거대하고 견고하고 치밀하다는 것이다.

마치 정찰 위성을 통해 전 세계 주요 분쟁 지역과 위험인물을 감시하는 펜타곤의 고위 장군들처럼 수십 개의 모니터 앞에 모여 앉아 세계 곳곳에서 벌어지는 스포츠 경기를 관람하고 있는 도박사들을 나는 거기서 처음 보았다. 축구나 야구 같은 구기 스포츠는 물론이거니와, 유도와 레슬링 같은 투기 스포츠와 리듬체조까지도 도박의 대상이 되고 있었다. 그들은 노벨 평화상이나 노벨 문학상 후보들의 이름에도 배팅을 한다. 그들은 경기를 관람하는 게 아니라 수시로 변하는 배팅 금액과 배당금을 확인하고 있을 따름이었다. 한 경기 안에서 거래되는 천문학적 금액은 그 경기와 관련되어 있는 모두를 조종하여 언제든지 승패를 바꿀 수도 있을 것 같았다.

내가 소속되어 있는 축구팀이 패배하는 이유가 그들이 매번 나의 상대 팀에 고액을 배팅하기 때문인 것 같아 섬뜩했다. 생각 같아서는 그들의 멱살을 잡고 따귀라도 때리고 싶었다. 스포츠 정신 따위를 운운해 봤자 그저 카지노에서 돈을 모두 잃고 화풀이하는 것으로 여길 듯해 참아야 했다. 어쩌면 그들은 자신들이야말로 스포츠 산업을 유지하고 발전시키는 공로자로 자부하고 있을지도 모르겠다. 그리고 실제로 그들이 투자한 돈이 어느 나라, 어느 프로 구단, 어느 선수에게 흘러들어 가는지 추적할 방법은 전혀 없다. 잠시나마 내가 그들 사이에 끼어들 수 없다는 사실이 안타까웠다.

라스베이거스에서 귀국한 뒤로 지금까지 나는 어떤 형태의 도박에도 참여하지 않는다. 지인들과 킬링 타임용 카드 게임도 하지 않고 복권도 구입하지 않는다. 복권은 자신의 불운을 확인하는 가장 빠르고 확실한 방법이라고 들었다. 복권을 구입하지 않아도 내가 겪고 있는 불운을 언제 어디서든 확인할 수 있으니 잔돈이라도 아끼자는 심산이었다.

유소년 축구팀의 코치직을 박탈당한 뒤에도 나는 여전히 아이들에게 축구를 가르치는 일에 흥미와 열정을 조금도 잃지 않았다. 그래서 요즘엔 불법 이민자 출신의 아이들에게 축구를 가르치고 있다. 그들은 하나같이 유니폼이나 축구화를 갖출 형편이 안 되지만 축구를 배우는 태도만큼은 어느 누구 못지않게 진지하다. 정확히 말하자면 그들은 축구 선수가 되기 위해 모여드는 게 아니다. 범죄자나 부랑아가 되지 않기 위해 그곳에 온다. 누구의 것도 아닌 축구공 하나를 잠시나마 차지하기 위해서는 지켜야 할 규칙이 많다는 사실을 배운다. 그리고 누군가와 협동하면 자신과 사회를 바꿀 수 있다는 자신감을 채워 가고 있다. 그래 봤자 대부분은 끝내 범죄자나 부랑자로 전락하겠지만 적어도 그중 몇 명의 아이들은 사춘기에 들어서기 직전까지 자신의 삶과 세계를 그럭저럭 견뎌 낼 수도 있을 것이라고 나는 기대한다. 만약 그들이 자신만의 축구공을 하나씩 가질 수만 있어도 몰락의 속도를 조금 늦출 수 있으련만. 그건 헝가리 사람들에게도 긍정적인 영향을 미칠 것이다.

유감스럽게도 이 축구팀을 지원하는 데 선뜻 나서는 기업이나 독지가가 없다. 아신 그 아이들과 부모들은 훌륭한 소비자나 합법적인 시민이 아니기 때문에 그들의 주머니 사정을 궁금해할 리 만무하다. 게다가 그들이 헝가리 사회에 불만을 품고 폭력적인 정치집단을 만들어 세력을 확대해 가고 있으며 최근 부다페스트 외곽에서 일어난 로마니의 폭동을 배후에서 계획했다는 소문이 퍼지면서 헝가리 사람들의 적대감이 한껏 고조되어 있다. 그러니 그 아이들이 보호받을 수 있는 세계는 더욱 좁아질 수밖에 없고, 심신이 잔뜩 위축된 아이들은 축구 경기에서 잦은 부상을 당하고 있는 것이다.

그래도 나는 죄 없는 어린이들마저 속수무책으로 패배하는 걸 덤덤히 지켜보고 있지만은 않을 작정이다. 그래서 축구팀 유지에 필요한 자금을 마련하기 위해 닥치는 대로 돈벌이를 하고 있다. 오늘 행사에 참여한 진짜 이유 역시 강의료 때문이었

266

다고 고백하겠다. 그 금액이면 축구공을 열 개 정도 살 수 있으니까 내가 주저할 이유는 없었다. 그렇다고 너희 부모님에게 내 이야기를 전달할 필요는 없다. 값싼 동정이나 요란한 모금은 정중히 사절한다. 나는 적어도 부다페스트 안에서 평화보다 더 중요한 명분을 지지하지 않는다.

그의 이야기는 여기서 끝난다. 수업 종료를 알리는 차임벨이 울리자 그는 선한 표정으로 출입문 앞에 서서 마지막으로 교실을 빠져나가는 아이의 머리까지 쓰다듬어 주었다. 추악한 과거를 숨기는 데 그의 기름기 없는 얼굴과 몸매는 확실히 유리했다. 담임교사는 그의 덤덤한 고백에 거짓이 포함됐으리라고는 조금도 의심하지 않았다.

그는 아시아나 아프리카에서 건너온 어린 선수들의 신분을 세탁하여 유럽 각국의 유소년 클럽에 팔고 부당한 중개 수수료를 챙겼을 뿐만 아니라 부모들한테서도 고액의 성공 수당을 받아 냈다. 도박으로 재산의 대부분을 모조리 탕진하기 전까지만 하더라도 그는 한때 파리의 고급 호텔 지배인들이 직접 관리하는 단골이었다.

탈세 혐의를 벗기 위해 최고급 변호사를 선임한 탓에 그는 범죄자 대신 빈털터리가 됐다. 한동안 아시아에서 축구를 가르친 까닭도 빚쟁이들의 독촉을 피하기 위해서였다. 그는 그리스 프로 축구팀 소속의 유망주와 스폰서십을 맺기 위해 그 선수가 지지하는 북키프로스 축구 대표팀에 축구용품을 보냈는데, 이 사실이 알려지면서 북키프로스를 국가로 인정하지 않는 헝가리 축구 협회로부터 축구 지도자 공인 2급 자격을 박탈당했다. 역사에 대한 자신의 무지와 탐욕을 반성한 뒤 선처를 요청했지만 끝내 자격을 회복하진 못했다. 끝없이 추락하면서 그는 참치잡이, 불법 난민 수송, 건설 현장 날품팔이, 지하철 청소 등으로 생계를 꾸렸다.

자신보다 서른 살이나 많은 부호와 불륜을 저지른 아내에게서 위자료를 받아 간신히 빚을 청산한 뒤에 비로소 부다페스트로 돌아왔다. 그가 아내에게 그 부호를 소개시켜 주고 직접 자동차를 운전해서 아내를 약속 장소로 데려다주었다는 기괴한 소문도 들려왔다.

그가 불법 이민자 출신의 아이들에게 축구를 가르치게 된 것은 그의 신념과 무관하며 그저 언론과 지인들에게 주목받을 만한 사건이 필요했을 뿐이다. 심사는 오로지 원래의 자리, 즉 헝가리 유소년 축구팀의 코치로 돌아가는 것뿐이다. 그는 세인트버나드 국제 학교의 직업 체험 수업에 일일교사로 선정됐다는 소식을 전해 듣자마자 지인들과 유수의 언론에 적극적으로 알렸는데, 행사 당일에 단 한 명의 기자나 축구 협회 관계자도 만나지 못해 크게 실망했다.

13

보험
판매원의
이야기

그녀는 헝가리에서 한 세기 전에 사라진 여왕처럼 등장했다. 일일교사로서 지켜야 할 지침 따위를 준수할 의무가 자신에게는 없다는 듯이 옷차림에는 현재 그녀가 누리고 있는 풍요와 안락의 휘장이 고스란히 반영되어 있었다. 교사들은 마치 가장무도회에 초대받은 자의 행색을 하고 나타난 그녀에게 주의를 주고 상황을 수습해 보려고 했지만 어디서부터 어떻게 시작해야 할지 난감하여 머뭇거렸다. 대기실의 일일교사들도 그녀를 힐끔힐끔 쳐다보면서 직업을 가늠할 따름이었다. 부동산 중개사라고 짐작하는 자들이 가장 많았고 화장품을 판매하는 회사의 임원이거나 모델 출신의 사업가라고 상상한 자도 있었다. 여자는 그들의 시선을 짐짓 모른 척하면서도 주목받는 자의 긴장감을 한껏 즐겼다.

여자는 수업을 알리는 차임벨이 울리기 직전에 일일교사 몇 명에게 명함을 나누어 주었다. 그제야 사람들은 그녀의 외모와 복장이 보험 판매원이라는 직업과 얼마나 잘 어울리는지 이해할 수 있었다. 물론 이 행동 또한 엄격히 금지되어 있었다. 학교 측은 그녀를 초빙한 것을 후회했고, 내년에 초대해야 할 일일교사의 명단에서 그녀를 즉시 지웠다.

평범한 보험 판매원을 일일교사로 불렀을 리는 없었으므로 그녀가 부다페스트에서 작년 한 해 가장 많은 계약을 체결한 자이거나 유명인만을 상대로 최고급 조항의 계약을 성사시키고 있는 자일지도 모르겠다는 생각이 일일교사들의 머릿속을 드나들었다. 그녀는 대기실에 모여 있는 교사들과 일일교사들을 상대로 자신이 판매하는 상품의 장점을 간략하게 설명했다. 학교의 지침을 거스르는 행동이야말로 일일교사로서 갖춰야 할 소양이라고 생각하는 것 같았다.

영국에 본사를 두고 있는 보험 회사는 가입 대상자를 선정하고 그 자격을 유지시키는 절차가 매우 까다롭기로 유명한데, 일단 보험증서를 지니는 동안에는 세계 최고 수준의 의료 지원과 금전적 보상을 받을 수 있단다. 평상시엔 전문가들에게서 건강이나 재산 관리에 대한 조언을 받지만 전쟁이나 범죄, 자연재해로 피해를 입을 경우에는 아예 특별 관리 대상으로 지정되어 임시 거주지부터 생활 필수품 전체를 제공받을 수도 있다. 적군이나 범죄자에게 인질로 붙잡힐 경우에는 상한 없이 몸값이 지불되고 민병대에게 구조 임무가 맡겨진다. 핵전쟁이 일어나면 가장 가까운 곳에 위치한 지하 벙커에 수용되어 반년 동안 머물 수 있으며, 장기 이식 수술이 시급한 환자는 국경의 제약 없이 가장 빨리 장기를 확보할 수 있는 곳까지 전용 헬기로 이동한다. 민병대 숫자나 지하 벙커의 공간, 수술 시설 등에 제약이 있기 때문에 보험 회사는 전 세계 가입자들의 숫자를 만여 명 남짓으로 제한하고 있으며 사망이나 계약 파기 등으로 결손이 생길 때에만 부정기적으로 가입자를 모집한다고 여자는 설명했다.

매달 납입 금액이 어마어마하게 높기 때문에 이 보험에 가입한 자가 부다페스트 안에는 채 열 명도 되지 않을 것이라는 모두의 예상을 비웃기라도 하려는 듯 그녀는 자신이 관리하는 고객이 30여 명에 이르며 올해만 벌써 세 명이 신규로 가입했다고 자랑했다. 미래에 대한 정보가 많아질수록 불안감도 커지는 만큼 합리적 의심이 가능한 고객들에 의해 보험 사업은 나날이 번창할 수밖에 없다고 그녀는 확신했다.

차임벨이 울리자 그녀는 담임교사를 따라 교실로 향했는데 마치 귀부인이 하녀를 앞장세우고 산책을 나서는 것처럼 보였다. 담임교사는 그녀가 교실에서 아이들에게 할 이야기를 이미 들었다고 판단했다. 그녀는 담임교사의 예상을 보기 좋게 깨뜨렸다.

부잔스키 씨가 중역으로 승진한다는 소문은 2년 전부터 모든 직원들에게 공공연한 사실로 받아들여졌어요. 그는 마치 메이저리그 진출을 꿈꾸고 있는 야구 선수의 신세와 같았어요. 그의 상품성을 확인하기 위해 메이저리그의 스카우터들이 끊임없이 야구장으로 찾아와 그의 일거수일투족을 기록했지만 정작 어느 누구 하나 나서서 계약을 추진하지 않는 거예요. 자세한 내막을 알지 못하는 주변 사람들은 이 선수가 이미 몇 개의 구단들과 계약 조건을 저울질하고 있는 것으로 간주하고 그에 대한 소문을 끊임없이 만들어 내죠. 기대감과 부담감 사이에 몸이 끼어 초조해진 야구 선수는 스카우터들 앞에서 더 잘하려고 애쓰다가 어처구니없는 실수를 연발하게 되면서 끝내 기회를 스스로 망치고 말아요. 부잔스키 씨 역시 소문 때문에 짊어지게 된 부담감을 덜어 내고 싶었어요. 20여 년 동안 오직 회사의 발전을 위해 헌신하면서 중역으로 승진하는 미래를 기대하지 않았다고 말한다면 거짓말이겠지만, 출처를 전혀 알 수 없는 소문 때문에 본의 아니게 동료들을 혼란스럽게 만들고 있어서 부끄럽고 미안했죠.

그가 오랜 직장 생활을 통해 터득한 진리 중 하나는 단 한 번이라도 직원들의 입에 오르내린 적이 있는 소문은 결코 몇 사람들의 술 취한 혓바닥에서만 태어나지 않는다는 거예요. 대개 소문은 철저하게 비밀로 취급되어야 하는 문서를 작성하는 과정에서 태어나죠. 대부분은 부화 직전에 폐사하고 말아요. 그렇다고 처음부터 진실을 내포하지 않은 무정란은 아니었고, 그것을 품은 자들의 노력과 능력에 따라 얼마든지 진실로 완성될 수 있었던 유정란이었답니다. 미래에 대한 전망이 그 달걀의 운명을 최종 결정하는 것이죠.

이 사실을 깨닫게 된 건 부잔스키 씨가 부서장으로 승진한 지 얼마 되지 않을 때였는데, 그와 오랫동안 함께 일한 중역이 스스로 회사를 그만두기에 앞서 그를 술자리로 따로 불러내더니 그동안 그의 신상을 두고 벌어진 갖가지 논란들을 이야기해 주었대요. 놀라운 건 부잔스키 씨가 듣고 있던 소문과 그 중역이 실제로 겪었던 사건 사이에는 간극이 거의 존재하지 않는다는 것이었죠. 그 뒤로 부잔스키 씨는 단 하나의 소문도 허투루 듣지 않았어요. 그는 다양한 채널을 통해 소문의 출처와 쓸모를 진지하게 파악한 뒤 그것이 진실로 부화될 때를 대비했죠. 그런 태도가 그에게 많은 기회를 가져다주었고 경쟁자들 사이에서 이름을 부각시킬 수 있었던 것 같아요. 게다가 아무도 수년 동안 제대로 챙기지 않았던 업무를 도맡아 성공적으로 처리하면서 그의 입지는 더욱 굳건해졌죠.

그 스스로도 2년 전부터는 중역으로 승진할 수도 있겠다고 예감했지만 결코 내색하지는 않았는데, 자신의 급부상에 위협을 느낀 동료들과 불필요한 긴장 관계를 맺고 싶지는 않았기 때문이죠. 적은 친구가 될 수 없지만 적의 적은 친구가 될 수 있고, 공동의 적이 생길 때 증오와 질투는 초인적인 수준의 창의력을 발휘하는 법이니까요. 자신과 관련된 소문이 혹시 적이 은밀하게 흘려보낸 독약이거나 술 취한 자신이 인사불성 상태에서 쏟아 낸 토사물일 수 있다고 부잔스키 씨는 의심했답니다. 불편한 자리를 가능한 한 멀리하려고 노력했지만 영업 부서를 맡고 있는 부서장이 대인 관계를 기피한다는 소문은 가히 치명적인 상처를 입힐 수밖에 없어서 그는 어떤 약속도 단번에 거절하는 법이 없었어요. 누군가 자신의 승진 이야기를 할 때마다 오로지 실적만이 무기이자 방패라는 대답으로 겸연쩍은 상황을 피해 가고는 했지요.

하지만 이번만큼은 다르게 대응해야 했죠. 자신의 승진과 관련된 소문을 직접 들려준 자가 부사장이었기 때문이에요. 부사장이라는 직위는 소문을 전달하는 자리가 아니라 세상에 아직 존재하지 않는 전략을 기획하고 중요한 결정을 내리면서 소문을 진실로 만드는 자리니까요. 부사장은 술에 취해 있었지만 전화로 자신의 의견을 전달할 수 없을 만큼 의식이 흐려진 상태는 아니어서 부잔스키 씨는 부사장의 의중을 정확히 간파

할 수 있었지요. 자정이 넘어 집으로 돌아가는 자동차 안에서 부사장이 직접 전화를 걸어온 목적을 달리 설명할 수는 없었어요. 회사에는 회장의 측근으로 분류되는 부사장의 의견에 반대할 수 있는 자들이 많지 않았죠. 소문을 만들어 낸 사람이 절대 권력까지 지니고 있었으니 그 소문을 진실로 취급하고 적극적으로 대응하는 게 부잔스키 씨가 해야 할 일이었답니다.

그는 실적만으로 실력을 증명하겠다는 식상한 답변으로 부사장을 만족시켰고, 회장과의 저녁 식사 자리에 입고 갈 양복 한 벌을 미리 맞춰 놓는 게 좋을 것 같다는 부사장의 귀띔에 감격했죠. 부잔스키 씨는 전화를 끊은 뒤에도 좀처럼 소파에서 일어나지 못했어요. 텔레비전 전원을 끄고 남편의 이야기를 소파에서 조용히 듣고 있던 아내는 통화가 끝나자마자 남편을 두 팔로 힘껏 안으며 큰 소리로 축하 인사를 건넸어요. 갑작스러운 소란에 놀라 거실로 달려 내려온 아이들도 그 기쁜 소식에 환호했지요.

그리하여 부잔스키 씨는 자정이 넘은 시간에 와인과 치즈가 놓인 식탁 앞에서 중역으로 승진하는 예식을 연습했답니다. 부사장의 지시대로 부잔스키 씨는 가족들에게 정식 발령이 날 때까지 함구해야 한다고 신신당부했지만 어느 누구도 주의 깊게 듣지 않았죠. 3개월 뒤부터 극적으로 바뀔 미래를 상상하느라 그와 그의 가족은 새벽까지 잠들 수가 없었죠. 20년 동안 자신이 입고 있는 옷에 대해서 단 한 번도 불평한 적이 없는 부잔스키 씨가 침대에 누워서 고급 수제 양복 가격을 물었을 때 아내는 용케 참고 있던 눈물을 기어이 쏟아 내고 말았는데, 남편에 대한 측은지심이 발동했기 때문이기도 하거니와 그동안 가사와 육아는 등한시한 채 오로지 회사 일에만 몰두해 온 남편에게 서운함을 느꼈기 때문이기도 했지요. 물론 자신의 노력이 보상받게 됐다는 안도감도 섞여 있었겠죠.

부잔스키 씨는 아내의 손을 잡고 중역이 되면 더욱 바빠질 뿐만 아니라 더 불안해질 것이라고 말해 아내의 기분을 기어이 망쳐 놓았어요. 중역으로 승진했다가 1년도 채 버티지 못하고 해고된 상사들의 비극이 떠올랐기 때문이죠. 그래도 중역이 됐다는 사실은 자기 업무에서 최고의 능력을 인정받았다는 뜻으로 해석할 수 있었으니까 설령 임기를 1년도 채우지 못하고 해고되더라도 자신의 이력과 경험을 선뜻 구매해 줄 회사는 세상에 얼마든지 있을 것 같았죠. 그는 아내에게 진심을 다해 사과했죠.

토요일 저녁 부잔스키 씨는 가족을 데리고 저녁 식사를 하러 가는 길에 수제 양복점에 들러 몸 곳곳의 치수를 쟀답니다. 계산서를 받았을 때 크게 놀랐지만 중역은 직원들의 미래이자 회사의 수준을 드러내는 바로미터이기 때문에 언행뿐만 아니라 복장도 신경 써야 한다는 아내의 논리에 수긍하지 않을 수 없었죠. 회장에게 긍정적인 첫인상을 심어 주기 위해서라도 부자들이 가치를 금방 알아차릴 수 있는 브랜드를 선택해야 했어요. 2주일 뒤 집으로 배달된 양복이 침실 벽에 걸렸고 아내는 남편이 중역으로서 처음 출근하는 날 직원들에게 커피 한 잔과 도넛 하나씩을 사서 나눠 줄 수 있도록 양복 안주머니에 현금 500유로를 넣어 두었답니다.

부사장으로부터 전화를 받은 지 한 달쯤 지나서 부잔스키 씨는 부서 직원들로부터 자신의 진급과 관련된 소문을 다시 듣게 됐죠. 그들은 그 이야기를 부사장에게 직접 들었다고 말했어요. 2년 전에 태어났다가 폐사하기 직전에 이른 유정란을 부화시키기 위해 부사장이 일부러 주위 사람들에게 흘리고 있는 게 분명했어요. 부잔스키 씨는 극구 부인했지만 듣는 이들에 따라서는 그의 완고한 부정이 완곡한 긍정으로 해석될 수 있을 정도의 모호한 태도를 취하긴 했죠. 분명 한 달 전과는 상반된 대응이었어요.

부잔스키 씨는 좀 더 뻔뻔한 방법을 선택하여 자신을 중역으로 승진시켜 줄 의지가 있다면 다음 달의 실적을 현재보다 두 배 정도는 올려야 한다고 직원들에게 엉너리를 쳤지요. 그렇게 되면 설령 중역으로 승진하지 못하더라도 모두가 연말에 두둑한 보너스를 받고 집에서 왕 노릇을 하게 될 것이라는 농담까지 했고요. 직원들은 부잔스키 씨가 예전보다 더 부드럽고 여유로워졌다는 사실을 확실하게 감지했답니다. 이는 회사가 중역에게 요구하는 리더십의 덕목이었기 때문에 소문은 거의 진실처럼 취급됐어요.

부잔스키 씨는 직원들 몰래 부화의 순간을 대비하느라 주말에도 쉴 수가 없었어요. 평범한 직원들의 세계와는 완전히 다른 중역들의 세계에 안착하려면 업무 이외의 소양을 갖추어야 했는데, 유감스럽게도 부잔스키 씨에겐 회사 업무 이외의 경험과 지식은 미천했기 때문이죠. 그래서 그는 영어 과외와 골프 수업에 등록하고 와인과 세계사를 쉽게 정리해 놓은 책들을 구입했으며 미식가들에게 소문난 이탈리아 음식점들을 섭렵하기 시작했답니다.

어느 날 술에 취해 귀가한 부잔스키 씨는 아내가 설거지를 하고 있는 틈을 타서 안방 옷걸이에 걸린 양복저고리를 입어 보았지요. 세상의 명성에는 반드시 그에 걸맞은 이유가 있다고 하던가요? 옷은 자신을 공중으로 끌어 올리는 힘을 느낄 정도로 그의 몸에 꼭 맞았어요. 그것을 입고 있는 동안 만큼은 세상이 그를 쓰러뜨리거나 상처 입힐 수 없을 것 같았어요. 그에게 재력과 권력이 주어졌다는 사실이 알려지기만 하면 주변 사람들은 대가를 바라고 그를 대신하여 기꺼이 세상과 싸워 줄 테니까요. 모델이라도 된 듯 거울 앞에서 기웃거리고 있다가 부잔스키 씨는 아내에게 등짝을 맞고 술기운에서 깨어났죠. 그를 공중으로 들어 올리고 있던 힘도 순식간에 사라졌어요. 큰일을 앞두고 매사에 겸손하고 조심하지 않으면 사람들의 행운을 질투하는 정령들에게 해코지를 당할 수 있다고 아내는 지분거렸죠. 차라리 양복을 옷장 안에 넣어 두는 게 낫겠다는 아내에 맞서 부잔스키 씨는 출퇴근 시간에 그 양복을 볼 때마다 오늘 해야 할 일과 내일 해야 할 일들이 저절로 생각나기 때문에 그 자리에 그대로 걸어 두는 게 좋겠다고 설득한 뒤 양복을 조심스럽게 벗었답니다.

회사를 흘러 다니는 소문은 예상할 수 없을 만큼 다양하고 비논리적이에요. 부잔스키 씨가 중역으로 승진된다는 소문과 함께 새로운 사장이 외부에서 영입될 것이라는 소문도 들려왔는데, 외부 인사의 긴박한 혁신이 필요 없을 만큼 회사의 실적은 최근 3년 동안 꾸준히 상승했기 때문에 후자를 믿는 직원은 거의 없었어요. 그래서 새로운 사장이 연말에 취임한다는 소식이 신문 기사로 발표됐을 때 직원들은 부사장을 사장으로 승진시킬 수 없을 만큼 회사가 위기에 처했다고 판단하고 크게 동요했지요.

부사장은 직원들을 한곳에 불러 모아서 자초지종을 설명해야 했어요. 시간이 지날수록 세계는 더욱 잔혹한 전쟁과 범죄에 위협받을 것이기 때문에 불확실성을 최소화기 위해서라도 더욱 공격적인 경영이 필요하다는 회장의 지시에 따라 전직 나토 부사령관을 사장으로 스카우트하게 됐대요. 그러면서 새로운 사장이 내년 봄에 부임하여 사업과 조직의 현황을 보고받기 전까지 인사이동 발표가 연기될 것이라고 말했어요. 부잔스키 씨는 이내 허탈해졌습니다. 올해의 영업 목표를 달성하는 건 문제없지만 시장 상황이 점점 나빠지고 있어서 현재의 추세를 감안한다면 자신이 승진하게 될 내년 봄에는 실적이 목표에 크게 미달할 것이고, 그렇게 되면 새로운 사장이 자신을 신임할 이유가 없을 것 같았으니까요. 부잔스키 씨는 회사와 자신을 위해서라도 가능한 모든 방법을 동원해서 내년 봄까지 현재의 실적을 유지하거나 적어도 악화되는 속도를 줄여야 했고, 그는 유럽 전역의 영업 직원들과 고객들을 번갈아 만나는 일을 거의 하루도 쉬지 않고 두 달 동안이나 강행했죠.

그의 초인적인 노력에도 불구하고 상황은 조금도 나아지지 않았어요. 그는 새벽에 자동차를 몰고 사무실에서 호텔로 돌아가다가 가로등을 들이받고 그 자리에서 즉사했지요. 부검 결과 음주 운전이라는 의심은 벗을 수 있었죠. 졸음운전을 한 것 같아요. 그 사고 이후로 부잔스키 씨에 대한 소문은 회사에서 완전히 사라졌어요. 안주머니에 현금 500유로가 들어 있는 고급 양복은 그의 수의가 됐지요. 그의 아내는 자식들에게 가끔씩 이렇게 말했답니다.

"악마의 아가리 같은 소문에 물리지 않도록 항상 조심해야 한단다."

부잔스키 씨는 바로 제 아버지고, 저는 지금도 그를 너무 그리워하고 있어요. 이게 제가 여기서 말할 수 있는 유일한 진실일 것 같네요.

아버지의 죽음으로부터 일정한 거리를 줄곧 유지하느라 주변 상황과 인물들에 대한 설명까지 과감히 생략했기 때문에 그녀의 이야기는 극적인 반전에도 불구하고 아이들을 감동시키지 못했다. 담임교사의 복장과는 확연히 비교되는 그녀의 의복이 음란한 상상을 끊임없이 유발하는 바람에 아이들은 눈과 코를 열고 귀와 입을 닫았다.

그녀는 차라리 자신이 가입한 보험 상품의 보장 조건을 맹신했다가 낭패를 본 고객들의 이야기를 들려주면서 현재의 가치가 내일의 그것보다 더 뛰어날 수 없다는 사실을 강조했더라면 훨씬 환영받았을 것이다. 어려서부터 『이솝우화』같은 동화책을 읽고 자란 아이들은 세상이 사악한 어른들의 불공정한 원칙과 거짓에 의해 운영된다고 믿고 있기 때문에 부자나 권력자들의 실패를 통해서만 웃음과 교훈을 얻는다는 사실을 그녀는 미처 알지 못했다.

직업 체험 수업은 직업 자체를 홍보하는 자리가 아니라 직업에 종사하고 있는 사람을 이해하기 위해 마련된 것이고, 모두에게 존경받는 직업을 아이들이 동경하도록 만들려는 목적과 함께 아무도 존중해서는 안 되는 직업을 아이들에게 명확히 알려 주려는 목적도 수행해야 했다. 담임교사는 일일교사 선정이 잘못됐다는 사실을 인정하지 않을 수 없었다. 그러자 자신이 추천했다가 탈락한 후보들에게 미안해졌다. 일일교사의 일부를 여성으로 급히 채워야 했던 상황이 아니었다면 이 보험 판매원이 그들보다 더 높은 평가를 받았을 리 없다. 남성에게 절대적으로 유리한 시스템 안에서 눈에 보이지 않는 갖가지 장애물을 뛰어넘어 자신의 권위와 명성을 확보한 여성들의 이야기는 교육적 목적으로 얼마든지 활용될 수 있다. 그러나 남성 위에 군림하게 된 여성의 이야기를 발굴하려는 시도 자체가 역설적이게도 남성에게 유리한 시스템을 더욱 공고하게 만들 위험이 다분하다. 남성과 여성의 상투적인 대결 구도에서 벗어나는 순간 여성이 영원한 승자로 등극하리라는 전망에는 이견이 없다. 그러니 아이들이 살아야 할 미래를 숙고하고 그 시대에 여성이 맡게 될 역할을 진지하게 고민한 뒤 오늘의 일일교사를 선정했더라면 더 매력적인 여성 일일교사들을 초빙할 수 있었을 것인데 그러지 못한 게 담임교사는 너무 안타까웠다.

더욱이 이 보험 판매원이 일하고 있는 회사의 악행에 대해서 좀 더 주의 깊게 조사했더라면 교장 역시 자신의 결정을 부끄러워했을 것이다. 그 보험 회사의 최고급 서비스를 제공받는 고객들 중에는 파렴치한 자들도 대거 포함되어 있다. 회사는 독재자들이 정권을 유지하도록 정치와 경제, 국방에 대한 컨설팅까지 하고 있다. 해적들에게 컨테이너 선박들의 운항 정보를 팔기도 하고, 괴멸 직전의 반군에게 은신처를 제공하기도 한다. 수상한 정치집단과 무기 회사 사이의 거래를 중재하고 막대한 수수료를 챙기고 있으며 직접 무기 회사에 투자하기도 한다. 범죄 집단에 인질로 붙잡힌 외국인들의 몸값을 전달하는 은행 계좌가 그 보험 회사와 연관이 있다는 소문도 파다하다.

그 회사가 투자한 다이아몬드 광산이나 커피 농장이 막대한 이익을 내고 있는 한 아동이나 부녀자들, 전쟁 포로나 죄수의 노동력으로 그곳이 운영된다는 사실은 철저하게 비밀에 부쳐지거나 사소한 실수로 취급되었다. 비밀 문서를 작성하는 과정에서 태어난 소문 중에는 부다페스트의 로마니를 제압하는 데 동원된 정체불명의 군인들이 그 보험 회사의 용역을 받은 민병대라는 것도 포함되어 있는 게 분명했다.

14

초대받지
못한 자들의
이야기

목사의 이야기

종교와 윤리의 안내 없이 동물처럼 살고 있는 로마니들을 선교하기 위해 미국의 대형 교회에서 파견된 개신교 목사는 일일교사로서 초대받지 못했다. 그는 세인트버나드 국제 학교에 세 명의 자식들을 보내고 있는 학부모이기도 했다. 그는 기회가 있을 때마다 종교학과 윤리학을 교육과정에 추가해야 한다고 부단히 주장했다. 그리스도를 믿지 않는 자들은 결코 유럽연합의 일원이 될 자격이 없다고 굳게 믿었다. 도나우 강변에 길게 늘어서서 부다페스트의 명성에 기여하는 건축물들이 모두 그리스도와 관련되어 있다는 사실을 상기시키면서,

지식과 함께 종교적 신념과 윤리적 태도를 가르치는 것이야 말로 학교의 신성한 의무라고 주장했다.

학교는 어른들조차 해결하지 못하는 문제 때문에 아이들이 차별받는 상황을 피하기 위해서라도 만인이 모두 동의할 수 있을 만큼 공정한 교과서가 등장하기 전까지 종교와 정치에 관련된 일체의 언행을 금지했다. 목사는 학교의 결정에 수긍하지 않았다. 그는 성경이 취사선택이 가능한 사실이 아니라 절대적 진리만을 기록하고 있는 이상 이교도에게조차 전혀 문제 되지 않을 것이라고 반박하면서도, 성경이 절대적 진리라면 코란이나 불경 또한 그런 것일 수 있다는 주장에는 진리는 오직 하나만 존재한다는 궤변으로 맞섰다. 대부분의 학부모들이 기독교도나 무슬림이 아닌 무신론자라는 사실을 깨달은 뒤에는 무신론자보다 어떤 종교든 진심으로 믿고 따르는 자들이 사회의 안녕과 발전에 훨씬 유익한 역할을 하기 때문에 다양한 경전들에 공통적으로 포함된 내용만큼은 가르쳐야 한다고 이전보다 훨씬 현실적인 타협안을 제시하기도 했다.

그는 학부모 자격으로 학교 운영 위원회에 참여하면서 학교의 모든 정책에 대해 사사건건 시비를 걸고 정당한 설명과 적절한 수정을 요구했다. 참다못한 동료 학부모들이 그의 월권행위와 독단적인 성향을 회의 중에 공개적으로 성토했으나 태도가 전혀 바뀌지 않자, 결국 투표를 통해 그의 위원 자격을 박탈했다. 명예훼손을 이유로 법적 소송까지 불사하겠다며 극렬히 반발하다가 미국의 대형 교회로부터 엄중 경고를 받게 되자 비로소 이성을 회복한 그는 학교 운영에 대한 관심을 거두고 원래의 임무인 로마니 전도에 집중했다.

고슴도치 같은 로마니에게 종교와 윤리를 가르치는 일은 예상보다 훨씬 어렵고 더뎌서 허탈하고 퍽퍽한 일상이 이어졌다. 설상가상으로 헝가리 군인들에 의해 무자비하게 진압당한 이후에 외부인에 대한 로마니의 적대감은 하늘을 찌를 정도여서 그들과 접촉하는 것조차 쉽지 않았다. 머지않아 불명예스럽게 본국으로 소환될 것을 걱정한 그는 그 전에 자녀들과 국제 학교 교사들에게 자신의 권위를 깊이 각인시키고 싶었기 때문에, 게다가 대중 앞에서 연설하는 일을 자신보다 더잘할 자는 없다고 확신했기 때문에, 인터내셔널 데이의 일일 교사로 선정되지 못했다는 사실을 확인하자마자 학교로 달려가 성경이나 그리스도에 대한 이야기를 일체 발설하지 않고 그저 과학적으로 입증된 사실에만 전적으로 입각하여 다윈과 윌버포스 주교가 벌였던 진화론 논쟁을 아이들에게 들려줄 기회를 달라고 애걸했다. 유럽의 근대를 출발시켰던 이 논쟁은 유럽의 모든 학교에서 합법적으로 다뤄지고 있기 때문에 이곳 교사들도 자신의 제안을 거절하지 않을 것이라고 판단했다. 그는 인간이 조물주에 의해 한꺼번에 창조되지 않았다면 그토록 짧은 시간 안에 원숭이가 만물의 영장으로 진화하는 것은 불가능했을 뿐만 아니라 그 이후 그토록 많은 기아와 전쟁 속에서도 살아남을 수 없었다고 확신했지만, 교회의 전성기인 중세 시대에 인류의 지성과 감각이 크게 퇴화했다는 주장을 마치 자신이 최초로 제기한 사람처럼 행동했다.

학교 측은 목사가 어린 학생들 앞에서 다윈 이후의 인류가 100여 년 동안 이룩해 놓은 역사를 완전히 부정할 것이라고 확신하여 그의 제안을 완곡하게 거절했다. 목사는 당장 자녀들을 자퇴시키겠으며, 적그리스도의 온상인 이 학교의 타락을 만천하에 고발하고 자신과 뜻을 같이 하는 자들을 규합하여 십자군 전쟁을 시작하겠노라고 선언했다. 하지만 학교 측의 신고를 받고 나타난 경찰들을 보자마자 자신을 파견한 미국 대형 교회의 경고를 다시 떠올리고 한쪽 신발이 벗겨지는지도 모른 채 급히 도망쳤다.

외교관의 이야기

유엔으로부터 세계의 평화를 심각하게 위협하고 있다고 낙인찍힌 국가의 고위 외교관은 일일교사 후보에서 제외되었다. 처음에 교장은 그의 초청을 승인했을 뿐만 아니라 자신이 직접 상대해야 할 VIP로 분류했고, 참여를 머뭇거리는 그를 설득하기 위해 평소 그의 아내를 잘 알고 지내던 학부모들까지 동원하여 겨우 참가 약속을 받아 냈다. 그러나 그를 파견한 본국 정부가 내전 중에 수만 명의 민간인들에게 저지른 혐오 범죄에 대해서 잘 알고 있던 학부모들과 교사들의 반발로 끝내 초대장을 발송할 수 없게 되자 그의 아내와 친분이 있는 학부모들을 통해 대속의 메시지를 비공식으로 전달했다.

자신의 의지와 상관없이 졸지에 가십거리가 된 외교관은 인종과 국적과 종교와 성별에 따른 차별을 금지하는 유럽연합의 헌법을 모두에게 상기시켰다. 인종과 국적과 성별처럼 자신의 의지가 전혀 개입할 수 없는 조건 때문에 비난받아야 할 정당한 이유는 전혀 없었다. 차마 말로 표현할 수 없을 정도로 잔혹한 범죄가 내전 중에 군인들에 의해 벌어졌다는 사실이 국제 인권단체에 의해 명백히 밝혀진 뒤에도 여전히 외교관 신분을 유지한 채 범죄를 미화하고 축소하는 데 앞장서고 있다는 비난은 개인의 양심을 국가의 이익보다 더 중요하게 여기는 사회에서나 통용될 편견일 따름이었다. 표현과 여행의 자유가 허락되지 않는 국가의 시민이 자신의 의지를 거스르는 비극과 아이러니로부터 가장 멀리 달아날 수 있는 방법 중 하나가 외교관이 되는 것이라는 사실을 한때 소비에트 연방의 꼭두각시로 살아야 했던 헝가리 사람들마저 이미 말

끔히 잊어버렸다는 사실이 그는 너무 안타까웠다.

부다페스트의 로마니를 무력으로 진압하는 일에 이 외교관이 본국을 대신하여 찬성했다는 소문은 결코 사실이 아니다. 그는 기회가 닿을 때마다 외교관이 아닌 개인으로서 자선 행사에 참여하여 최소한의 인류애를 증명했다. 직업 체험 수업에 일일교사로 참여하여 국가의 이익과 개인의 양심이 충돌했을 때 직업인으로서 견지해야 할 무사 공평한 태도를 아이들에게 가르칠 수 있게 됐다고 내심 기뻐했는데, 학교 측의 일방적인 취소 결정은 통보받고 심히 수치심을 느끼지 않을 수 없었다, 그래서 설령 명예를 스스로 훼손하는 일이 될지라도 오만한 유럽인들에게 분명한 교훈을 가르쳐야겠다고 다짐했다.

하지만 그는 본국에서 쿠데타 음모가 발각됐다는 소식을 듣고 급히 귀국해야 했다. 자신의 무죄를 소명하는 일을 대수롭지 않게 생각했던 그는 가족을 그대로 놔둔 채 슈트 케이스 하나만 챙겼다. 이로써 법적 다툼은 무기한 연기됐고, 그사이 학교는 인터내셔널 데이 행사를 무사히 마칠 수 있었다. 교장은 신의를 저버린 미안함 때문이었는지, 아니면 본국으로 소환된 그의 비극적 운명을 예감한 탓이었는지 외교관의 아내와 친분이 있는 학부모들을 통해 수시로 그의 안부를 확인하고 응원의 메시지를 전달했다.

통역사의 이야기

외국에서 귀빈이 방문할 때마다 프랑스어 통역사로 발탁되는 여자는 직업 체험 수업의 끝을 알리는 차임벨이 울릴 때까지도 끝내 학교에 모습을 드러내지 않았다. 아이가 새벽부터 고열과 오한에 시달리다가 응급실로 실려 가 사경을 헤매는 바람에 학교 측에 연락할 겨를조차 없었다는 게 닷새 뒤 월요일 아침에 아이를 데리고 학교에 나타난 그녀의 변명이었으나 교사들은 단 한 명도 그걸 곧이곧대로 믿으려 하지 않았다. 아이가 친구들에게 부당한 대우를 받는데도 학교 측이 고의적으로 방치하고 있다는 그녀의 불평에 교사들 모두 어지간히 시달리고 있었기 때문이다. 통역사는 자신의 아이가 세상에서 가장 비싼 학비를 내는 천덕꾸러기라고 주장하면서 아이를 괴롭힌 친구들과 그들의 부모가 흡족할 수준의 사과를 하지 않는다면 실정법의 힘을 빌려서라도 학교를 폐쇄하는 조치까지 취하겠다고 엄포를 놓았다.

아이들을 전수 조사한 학교 측은 그녀의 아이를 학교 폭력 가해자로 분류할 수 있을 만한 명백한 근거를 다수 발견했지만 더 이상의 분란을 원하지 않았기 때문에 수차례 그녀에게 화해와 용서를 권고했다가 거절당했다. 그녀는 확실한 처벌만이 최선의 교육이라고 목청을 높였으나 유감스럽게도 아이의 진면목에 대해선 학교의 수위보다도 더 모르고 있었다.

교장은 화해를 위해서, 엄밀히 말하자면 여성 일일교사의 숫자를 늘리기 위해서 그녀를 선정한 것인데, 그녀는 행사의 성공을 방해할 의도로 행사 전날까지 참석 의사를 분명하게 밝혔다가 정작 당일에는 연락을 완전히 끊었던 것이 분명했다. 그녀의 호의적인 태도를 수상하게 여긴 학교 측이 만약의 경우에 대비하여 예비 일일교사를 마련해 둔 덕분에 그녀의 복수는 실패로 끝났다. 그동안 그녀 때문에 마음고생을 톡톡히 한 교사들은 옆 사람에게 들릴 정도로 쾌재를 불렀다. 학교 측의 예상과 달리 만약 통역사가 제시간에 학교에 나타났다면 예비 일일교사는 보직교사들을 대상으로 수업을 진행했을 것이다. 그녀를 대체했던 일일교사가 누구였는지는 밝히지 않겠다.

일주일 뒤에 모습을 드러낸 통역사 앞에서 교감은 행사 당일 1교시가 끝날 때까지 그녀를 기다렸다고 거짓으로 둘러대면서 그녀의 죄책감이 그동안 학교 측에 품고 있었던 불만을 상쇄해 주길 기대했다. 그녀의 반응이 심드렁하자 교감은 두 달 뒤 학교에 방문할 예정인 프랑스 국회의장의 통역을 맡아 달라고 제안했다. 재학생의 출신 국가를 따졌을 때 프랑스는 세 번째로 많은 고객을 송출하고 있었기 때문에, 더욱이 최근 로마니를 강제로 쫓아낸 부다페스트의 외곽에 소문대로 프랑스 기업이 대규모의 가전제품 공장을 건설하게 된다면 더욱 많은 프랑스 학생들이 세인트버나드 국제 학교에 지원할 것이기 때문에 학교는 프랑스 언론에 긍정적인 인상을 심어 줄 필요가 있었다. 그때도 이 통역사가 사적 복수심에 불타 마지막 순간에 모습을 드러내지 않을 위험이 있었으므로 학교 측은 프랑스어 교사들을 동원하여 귀빈을 환대함으로써 반세기가깝게 인터내셔널 데이 행사를 성공적으로 진행하고 있는 학교로서의 자긍심을 프랑스 국민들에게 직접 자랑할 계획까지 마련해 두었다.

사업가의 이야기

도나우강을 오르내리는 선상 호텔을 두 척이나 소유하고 있는 사업가 역시 인터내셔널 데이 아침까지 학교로부터 일일교사 제안을 기다렸다. 중학교가 최종 학력인 자신을 일일교사로 선정하는 데 학교 안팎의 반대가 예상보다 훨씬 거셌던 게 분명하다고 그는 생각했다. 굴욕감에 크게 동요하지 않으려고 노력했으나 왜 아빠는 오늘 일일교사로 참석하지 않느냐는 딸의 진지한 질문 때문에 평상심을 잃고 말았다. 사업상 중요한 약속 때문에 어쩔 수 없이 학교의 제안을 거절했다고 둘러대긴 했으나, 딸이 학교 친구들에게 제 아빠의 이야기를 고스란히 전달했다가 거짓말이 탄로 난다면 안 그래도 자기보다 돈을 더 사랑한다고 불만이 많은 딸을 더욱 실망시킬 게 불 보듯 뻔했다.

이런 불편한 상황을 만든 학교의 결정이 그는 너무 못마땅했다. 장사꾼들은 하나같이 동전 몇 개를 벌기 위해 제 영혼까지 기꺼이 팔아넘기는 자들이기 때문에 그들에게선 아무것도 배울 수 없다고 판단했는지도 모르겠다. 이는 편협하고 고루한 선입견에 지나지 않으며, 적어도 학교 안에서는 이미 오래전에 추방됐어야 할 전근대적 유산이다. 다양한 문화와 습관을 지닌 고객들을 상대로 사업을 하려면 적어도 현 시대를 구성하는 인간과 그들의 역사에 대해 충분히 이해하고 있어야 한다. 아무도 모르는 정답을 찾아내기 위해서가 아니라 오히려 누구나 아는 정답을 지켜 내기 위해서라도 그래야 한다. 그러니 갖가지 위험에 무방비로 노출되어 있는 아이들에게 미래를 준비할 방법을 가르치기엔 장사꾼보다 더 훌륭한 교사도 없을 것이라고 그는 자신했다. 장사꾼은 교과서에는 기록될 수 없는 진실들을 많이 알고 있으며, 성공보다는 실패를 통해 자신의 능력을 끊임없이 검증받고 있기 때문이다.

어쩌면 학교는 아이들이 너무 일찍 세상의 진실을 배우는 것이 두려워서 자신을 초대하지 않은 것인지도 몰랐다. 하긴 살면서 진실이 요구되는 사건은 그리 자주 발생하지 않고, 잠시나마 진실에 매혹당했다가 끝내 무균실에서 적응하지 못한 사람들의 탄식을 그는 너무 많이 들었다. 사업은 진실을 파는 게 아니라 거짓을 사지 않는 것이라고 그는 하마터면 딸에게 말할 뻔했다. 등교할 준비가 끝나 갈수록 더욱 우울해지는 딸을 독려해 주려고 평소보다 훨씬 많은 용돈을 쥐여 주었지만 딸은 그것을 받아 식탁 위에 그대로 올려 놓더니 그를 기다리지도 않고 먼저 현관을 나섰다.

장의차에 앉아 있는 것처럼 둘은 학교에 도착할 때까지 아무 말도 하지 않았다. 일일교사로 초대받지 못한 아빠가 부끄러웠는지 딸은 학교에서 100여 미터는 족히 떨어진 길가에 자동차를 세우게 하고는 혼자서 걸어갔다. 잔뜩 처진 어깨와 힘없이 내딛는 발걸음을 멀리서 지켜보면서 금지옥엽으로 키우고 있던 딸을 어느 날 갑자기 패배자로 전락시킨 학교를 괴롭히고 싶은 충동에 휩싸였다. 이와 동시에 모순적으로 내년에라도 일일교사로 선발되려면 어떻게 해야 하는지 너무 궁금해졌다.

그는 값비싼 자동차를 학교 정문 가까이에 세우고 일일교사로 추정되는 자들의 신분을 파악하려고 시도했다. 대부분은 자신과 일면식이 없었으나 두어 명은 자신의 선상 호텔을 이용한 고객들이 분명했다. 호텔 직원들에게 특별 지시를 내려

최상의 서비스를 제공했으나 상식 이하의 푼돈을 팁으로 지불하여 직원들뿐만 아니라 사장인 자신까지도 능멸했던 자들이었다. 그토록 천박하고 위선적인 자들이 일일교사로 선정됐다면 자신 역시 일일교사로서 자격이 없는 건 아닐 테니 학교가 수상한 의도로 자신을 배제했다는 결론에 이르지 않을 수 없었다. 하마터면 자동차를 몰고 정문을 향해 돌진할 뻔했으나 번성하고 있는 사업과 고객들 사이의 명성 때문이라도 그렇게 행동하진 않았다. 대신 그는 자신의 호텔에 이 학교 교사들이 투숙하길 기다렸다가 간인하게 복수를 해야겠다고 다짐했다. 그들이 학교 밖에서는 결코 누군가를 가르치거나 모욕을 줄 수 없을 만큼 형편없는 존재라는 사실을 투숙 기간 내내 직접 가르쳐줄 작정이었다. 최근 청소원으로 고용한 로마니를 동원한다면 아주 민망하고 우스꽝스러운 상황들을 자연스레 연출할 수 있을 것 같았다. 그제야 그는 자동차 앞을 지나가는 아이들에게 마치 서커스단의 어릿광대처럼 과장되게 웃어 보일 수 있었다.

농부의 이야기

부다페스트 외곽에서 대규모의 포도밭을 운영하면서 헝가

리 최고의 와인 브랜드를 만드는 꿈을 착실하게 실현해 가고 있는 농부는 자신이야말로 일일교사로서 손색이 없는 자격을 갖췄다고 자부했다. 일생을 오로지 포도의 탄생과 죽음, 부활의 과정에 쏟아붓고 있는 만큼 그는 포도를 재배하는 일과 아이를 양육하는 일을 서로 비교해 가면서 이야기할 수 있었다. 게다가 헝가리 정부는 와인 산업을 이탈리아 수준까지 육성하겠다는 장기 계획을 추진 중이므로 그의 이야기는 헝가리의 미래와도 밀접하게 연관되어 있었다.

학교는 그의 제안을 처음에는 긍정적으로 받아들였다. 하지만 그의 이력을 인터넷으로 검색하다가 공산당 하위 간부였던 아버지가 공산 정권이 무너진 이후에도 공산주의 복원을 지향하는 정치집단에 수십 년간 후원금을 납부했다는 사실을 알게 됐다.

농부의 아버지는 민주주의 이념과 반대되는 발언으로 송사를 여러 번 치른 유명인이었다. 지금의 포도밭도 공산 정권 시절에는 국가의 재산이었다가 공산 정권이 붕괴되기 직전 그의 아버지가 소유권을 불하받았다. 그는 20년 동안 불법 이민자들의 값싼 노동력을 착취하여 현재 규모의 포도밭을 일구었다. 공산 정권 시절에 자신이 저지른 죄악이 민주주의의 포용 원칙에 희석되어 공소시효가 소멸됐다 판단했고, 3기의 간암 세포 때문에 생명이 조만간 끊어질 것이라는 조급증까지

더해져서 그의 아버지는 다시 세상으로 걸어 나와 국가와 민족을 위해 자신이 지금 열중하고 있는 임무에 대해 선전하기 시작했다. 최고의 와인이 헝가리의 파란만장했던 근대사를 모두 위무해 줄 것이라는 광고는 공산주의에 향수를 지닌 자들만 열광시켰을 뿐 젊은이들의 주목을 전혀 이끌어 내지 못했다. 젊은이들에게 민주주의는 맥주와 맥도널드로 대변됐다. 낙심한 공산주의자는 아들을 사업의 전방에 내세우고 역사의 이전 페이지로 숨어들었다. 그리고 거대한 죽음을 쓸쓸히 받아들였다. 그의 아들은 아버지 세대의 절연을 선언하면서도 정작 아버지의 유산을 거부하진 않았다. 자신의 성공은 곧 아버지의 사면을 의미한다고 아들은 생각했다.

학교 측은 그런 생각에 동의하지 않았다. 그래서 그를 일일 교사로 지목하지 않았던 것이다. 자신이 딛고 서 있는 아버지의 죄악에 아무런 책임도 느끼지 못하던 농부는 정작 학교의 냉정한 결정에는 심한 모욕감을 느꼈다. 그래서 자신과 뜻을 같이 하는 사람들을 데리고 학교로 몰려와 매국의 행사를 기어이 중지시키겠다고 소리쳤다. 학교 측은 행사 당일 경찰들을 학교 주위에 배치하여 불의의 사태에 대비했다. 분노한 농부의 호언장담과 달리 행사는 너무나 평화롭게 진행되었다.

경찰들조차 방심하고 있었는데 가장행렬을 끝낸 학부모들이 삼삼오오 모여 음식을 나누어 먹고 있을 무렵 트럭 한 대가 학교 정문 앞에 멈춰 서더니 포도를 바닥에 쏟아붓고 트럭 바퀴로 짓이기기 시작했다. 정문 주변은 마치 대량 학살이 일어난 자리처럼 붉게 변했다. 경찰서로 붙들려 간 농부는 자신의 불순한 의도를 철저하게 부인했다. 부다페스트가 최고급 와인을 생산하기에 천혜의 환경을 지녔다는 사실을 전 세계에 홍보하기 위해 부다페스트에서 가장 유명한 행사의 참석자들에게 자신이 직접 재배한 포도를 무상으로 제공하려 했던 것인데 운전석의 레버를 잘못 조작하는 바람에 포도를 바닥에 쏟고 짓이기게 된 것이라고 해명했다. 그는 구치소에서 하룻밤을 보낸 뒤에 훈방됐다. 그의 아버지에 대해 잘 알고 있던 고위 경찰의 전화 덕분에 고초를 피할 수 있었다. 세인트 버나드 국제 학교의 보직교사들은 그가 부다페스트를 여전히 장악하고 있는 이상 직업 체험의 일일교사로 발탁되는 것은 시간문제일 뿐이라는 우울한 전망을 내놓았다.

시인의 이야기

독일의 중요 문학상 후보까지 오른 적이 있는 시인 역시 일일교사로 초대받지 못했다. 그는 애당초 부다페스트에 국제학교가 있다는 사실이나 이곳에서 매년 열리고 있는 행사에 대해서 전혀 알지 못했다. 하지만 누군가가 자신을 조롱할 목적으로 이 행사의 일일교사로 추천하고 탈락시켰을 뿐만 아니라 이 사실을 언론에 흘렸다고 생각하니 몹시 불쾌했다.

몇 년 전부터 자신은 명망 높은 시인이라기보단 유명 문학상의 만년 후보자이자 만년 탈락자로서 살고 있는 것 같았다. 20여 년 동안 시를 쓰면서 단 한 번도 어떤 상이나 자리를 탐하지 않고 오로지 자연의 경이와 인간의 유한성에 대해 노래했건만 세계 유수의 문학상을 심사하는 종신 위원들은 최종 수상자의 영광은 과장하기 위한 들러리로서 그를 불러낸 뒤에 언론과 독자들의 관심이 최고조에 이르는 순간 슬그머니 절벽 아래로 떠밀었다. 탈락자들이 연옥의 입구까지 굴러떨어지는 소리를 들으면서 승리자들은 시상대 위로 올라가 심사위원들에게 감사를 전했다. 잠시나마 아폴론의 월계관에 손을 대어 볼 영광을 누렸다는 자부심은 그를 전혀 행복하게 만들지 않았다. 더 이상 자신을 어떤 상이나 자리의 후보로도 언급하지 말라는 성명서라도 언론에 발표하고 싶은 생각이 간절했으나, 자신의 시와 시인으로서의 인생을 완성시켜 줄 단 하나의 문학상이 아직 그에게 찾아오지 않았다는 생각에 차마 그럴 수 없었다. 그는 자신이 또 어떤 후보에서 탈락했는지 궁금했다. 그리고 왜 탈락했는지도 알고 싶었다.

그는 세인트버나드 국제 학교에 편지를 썼다. 그 편지는 훗날 부다페스트의 유력 신문에 실렸는데 시인은 사적인 감정이나 개인 정보는 가급적 배제한 채 정중하지만 냉정한 어조로 신의 없는 세태를 비판했다. 역사적으로 헝가리가 유럽과 아시아 사이에서 어떤 역할을 했는지 설명하는 것으로 편지를 시작하여 부다페스트의 현재에서 경험할 수 있는 문화야말로 동서양의 문명이 융합하여 만들어 낼 수 있는 최상의 것이라고 찬미했다. 이런 배경에서 세인트버나드 국제 학교에서 반세기 동안 단 한 해도 거르지 않고 열리는 인터내셔널 데이 행사야말로 국경이 사라진 시대의 모범적 교육 방법이라고 썼다. 더욱이 부다페스트 시민들을 일일교사로 초빙하여 외국 학생들에게 강의하도록 만든 아이디어는 이슈트반왕의 지혜를 빌려 온 것 같다고 상찬했다.

그러면서 문학의, 특히 시의 교육적 효용성에 대해 장황하게 늘어놓았다. 시는 다른 이에게 배울 수 있는 게 아니라 스스로 읽고 쓰는 법을 터득하는 것이지만, 인간과 세계를 정확히 이해하지 못하고서는 한 줄의 문장도 독자들을 감동시킬 수 없기 때문에 시를 써서 밥벌이를 하는 자의 이야기를 듣는 것도 인간과 세계를 이해하는 데 큰 도움이 될 것이라고, 자신을 일일교사로 초빙하지 않은 학교 측의 결정을 우회적으로 비난했다. 헝가리 사람들이 극도로 혐오하는 히틀러와 파시스트까지 들먹이면서, 인간을 학살하면 과거와 현재가 사라지지만 책을 파괴하는 행위는 미래를 거세하는 것이며, 수천 년 전부터 지금까지 인류에게 중요한 진리를 가르치는 책들은 하나같이 시의 형식을 갖추고 있다는 사실을 기억하라고 요구했다. 그는 인터내셔널 데이 행사가 헝가리 모든 예술가들의 축제로 승화되길 희망한다는 문장으로 편지를 마무리 지었다.

공개적인 비난을 접수한 이상 학교 측 역시 공개 답변을 하지 않을 수 없었다. 하지만 이 시인을 선정하지 않은 진짜 이유는 끝내 공개하지 않았다. 이 시인은 젊었을 때 공산당 지도자들을 구세주로 칭송하는 시 몇 편은 썼다. 당시 대부분의 시인들이 정권 홍보에 동원됐기 때문에 굳이 그에게만 문제 삼을 수는 없었다. 더욱이 그는 다른 시인들과는 달리 자신의 실수를 인정하고 공개적으로 사과했으며 공산 정권이 무너진 이후로 중요한 사회적 문제가 발생할 때마다 약자의 입장에 서서 자신의 의사를 적극적으로 표명했다. 로마니가 반세기 남짓 거주해 오던 터전에서 강제적으로 추방당할 때 그는 시위대의 선두에 서서 구호를 외치고 단식을 진행했다. 대중은 그의 진심에 대체로 수긍했다.

하지만 작품이 뛰어난 미적 장점을 지녔음에도 불구하고 국외의 유수 문학상을 수상하지 못하는 까닭이 그의 영혼에 달라붙어 있는 주홍글씨와 관련 있다는 추측은 결코 근거 없는 게 아니었다. 공산 정권 시절 의문의 죽음을 당하거나 행방

불명된 자의 유족들이 국가를 상대로 진행하는 천문학적 금액의 손해 배상 소송도 그에게 악몽을 일으키고 있는 게 분명하다. 학교 측도 이 소송에 주목하여 그를 탈락시켰으나 공식적으로는 세계적으로 망명 높은 시인의 바쁜 일정과 건강 상태를 고려한 결정이었을 뿐이며 그가 승낙한다면 언제든지 별도의 특강을 준비하겠다고 응대했다. 인터내셔널 데이 행사는 매년 열리기 때문에 내년에라도 시인을 일일교사로 꼭 초빙하겠다는 약속을 할 수도 있었지만 학교 측은 끝까지 그렇게 하지 않았다.

회사 법인장의 이야기

브라질에 본사를 둔 맥주 회사의 부다페스트 법인장 역시 일일교사로 초대를 받지 못하자 크게 실망했다. 전 세계 33개의 공장과 118개의 해외 법인을 운영하는 회사의 중역인 그가 부다페스트에서 주로 하는 일이라곤 본사의 투자를 유치하려는 공무원들이나 사업자들을 만나 서류를 검토하고 식사를 하는 것이 전부였다. 그는 주말만큼은 가족과 온전히 보내기 위해 휴대전화의 전원을 꺼 놓고 이메일을 확인하지 않는다는 원칙을 세운 채 이를 지키기 위해 노력했으나 차일피

일 약속을 미루는 그를 만나기 위해 집 앞까지 찾아온 사람들에게 번번이 방해를 받았다. 사생활 침해를 이유로 경찰을 부르거나 계약서에 불리한 조항을 집어넣겠다고 을러대도 아무 소용이 없었다. 불청객들은 대개 상사와 조직의 명령에 따라 움직였고 자신에게 맡겨진 임무를 완수하지 못할 경우 고용 상태가 위태로워지기 때문에 내일 따위는 고민하지 않고 그에게 필사적으로 매달렸다. 주위에서 하루 종일 득실거리면서 일거수일투족을 촬영하는 파파라치들에게 침과 욕설을 내뱉는 것으로도 모자라 총까지 쐈다는 유명 영화배우들의 심정을 잠시 이해하는 순간도 있었다.

1년에 두 차례나 이사를 했지만 그의 거처는 쉽게 발견됐다. 그래서 그는 자의 반 타의 반으로 주말마다 가족을 데리고 집을 떠나 있어야 했고, 자신의 처지가 난민의 그것과 크게 다르지 않다는 생각이 들 때마다 몹시 우울해졌다. 어린 자녀들 역시 그런 상황을 전혀 반기지 않았다. 자기 방에서 장난감을 가지고 부모와 함께 노는 게 가장 즐겁다고 여러 번 말했는데도 부모는 주말마다 기계적으로 짐을 싸고 자동차에 태웠기 때문이다. 아내 역시 주말에는 아이들을 남편에게 맡기고 낮잠을 자거나 운동을 하면서 온전히 자신만을 위해 살고 싶었다. 가장은 가족 모두에게 몹시 미안했고 이를 만회할 방법을 끊임없이 모색했다. 그러다가 인터내셔널 데이 행사에 일일교사로 참여한다면 아이들을 조금이나마 위로할 수 있을 것이라고 생각했다. 그는 공무원들이나 사업가들이 자신을 고통스럽게 만드는 방법을 활용하여 국제 학교의 중요 보직교사들을 괴롭히기 시작했다. 물론 자신이 직접 범죄 현장에 나서지는 않았고 비서를 앞세웠다.

회사가 신뢰하는 통계에 따르면 전 세계 성인의 30퍼센트이상이 그의 회사에서 생산하는 맥주를 하루에 한 병 이상 마신다고 한다. 이 학교의 아이들 역시 성인이 되면 합법적으로 맥주를 마시게 될 테지만 아직까지 맥주의 미덕을 알지 못하는 아이들 앞에 맥주 회사 임원을 일일교사로 세우고 싶지 않은 학교 측의 입장을 전혀 이해 못 하는 것은 아니었다. 그는 수업 시간에 자기 회사가 후원하는 비영리사업에 대해서만 설명하겠다고 비서를 통해 약속했다. 그리고 국제 학교의 학생들을 내년 여름 도나우강변에서 열리는 장애인 수영 대회에 자원봉사자로 초청하고 싶다는 제안도 전달했다. 장학금을 지원하겠다는 의사도 밝혔다. 몇 명의 교사들이 자신을 일일교사로 추천했다는 이야기를 비서에게 전해 들었을 때만 하더라도 그는 모처럼 가족들을 기쁘게 해 줄 수 있게 됐다고 기뻐했다. 하지만 교장이 최종 명단에서 이름을 지웠다는 소식을 전해 듣자 자신도 모르게 추잡한 욕지거리를 쏟아내고 말았다. 그의 회사가 체코 공장에서 생산한 맥주를 헝가리의 대형 마트에 납품하게 된 사실을 두고 야당과 노동단체가 뇌물과 특혜를 주장하고 있는 상황에서 교육자로서 정치적으로 중립을 지켜야 하는 교장이 어쩔 수 없이 그를 정치적 희생양으로 삼은 것 같다고 비서는 해석했다.

간신히 이성을 회복한 그는 비서에게 내년부터는 도나우강변 대신 오스트리아의 스키장으로 장애인들을 불러 모으라고 지시했다. 그리고 최근 생활 터전을 잃고 임시 막사에 분산 수용된 로마니에게 지원하기로 약속했던 생필품 규모도 절반으로 줄였다. 그는 슬로바키아도 세 번째 이사를 했고, 아이들을 브라티슬라바의 국제 학교로 전학시켰다. 그는 매주 월요일 아침에 비행기를 타고 부다페스트로 건너와서 목요일 저녁까지 호텔에서 머물다가 금요일 오후에 비행기로 귀가하는 방법으로 업무와 사생활의 균형을 유지했다.

15

변호사의
이야기

일일교사로 초대된 변호사가 난민들에 대해 언급할 때 그는 몸짓을 지나치게 과장했고 높은 톤의 목소리를 길게 유지했다.

제가 여기서 말할 수 있는 가장 확실한 진실은 어른들이 쓰다 버린 현실이 아이들의 미래가 된다는 것이죠. 어른인 저도 이걸 인정하는 게 너무 괴롭지만 잘못을 인정하지 않고서는 개선이 있을 수 없으니까, 제가 어른들의 대표는 아니지만 저와 같은 생각을 가지고 있는 소수의 어른들만이라도 대표해서 여러분들에게 사과하고 용서를 구하고 싶네요. 그런 목적의 연장선에서 지금부터 제가 아는 가장 슬픈 이야기를 여러분에게 들려 드릴까 해요. 제 이야기를 듣지 않아도 좋아요. 대신 제 이야기를 듣고 싶어 하는 친구를 방해하지만 말아 주세요. 그 정도는 해 줄 수 있겠죠?

저는 페드로라는 소년을 난민 캠프에서 자원봉사 활동을 하다가 알게 됐지요. 소년의 부모님은 고향에서 서너 마리의 소를 키웠어요. 그게 그 가족의 과거이자 미래의 전부였지요. 하지만 전쟁과 가뭄으로 인해 땅과 가축을 모두 잃고 타지를 떠돌게 됐지요. 그러다가 안착한 곳이 광산이었어요. 그곳에서는 누구나 광부가 될 수 있었지요. 곡괭이와 삽, 안전모, 랜턴, 다이너마이트 등을 살 수 있는 돈을 수중에 지녔다면 아무도 광부가 되지 않았을 거예요. 그의 아버지는 5년 동안 하루도 쉬지 않고 땅속을 뒤졌지만 가족에게 두 끼를 먹일 수 있는 날조차 손가락으로 꼽을 정도였지요.

그때 페드로가 태어났어요. 설상가상으로 아버지는 수은과 코카인에 중독되어 더 이상 일을 할 수 없게 되어서 어머니가 광부들에게 담배와 술을 파는 일로 가족의 생계를 책임져야 했어요. 다섯 살이 되자 소년은 몸에 밧줄을 감고 수직으로 뚫린 구멍 속으로 들어가야 했지요. 손에는 아버지가 직접 만든 호미가 쥐어져 있었지요. 소년은 구멍의 끝에 처음으로 도달했던 순간을 기억하지 못했지요. 어둠이 너무 무서워서 필사적으로 빠져나오려 하다가 혼절하고 말았으니까. 하지만 곧 그 어둠에 익숙해져야 했어요. 적어도 가족 앞에서만큼은 그런 척이라도 하지 않으면 안 됐어요. 울음이 나올 때마다 그는 정수리 위의 어둠을 향해 호미질을 했지요. 그러면 지상에서 밧줄의 한쪽을 쥐고 있는 아버지의 존재를 확인할 수 있었어요. 반응이 잠잠할 때마다 아버지는 밧줄을 당겨 소년의 작업을 채근했죠. 그때마다 소년은 주변의 흙을 광주리에 담아 구멍 위로 올려 보내야 했어요. 아버지는 그 흙을 물로 개고 채로 쳐서 돌 조각 몇 개를 남겼지요.

퍼 올린 흙덩이에 희망처럼 반짝이는 건 없었고 가족의 입 안에서 뽑아낸 생니 같은 자갈뿐이었어요. 땀과 흙으로 범벅이 된 아버지는 몇 분씩 연거푸 기침을 해 대느라 한참 동안 밧줄을 당길 수 없었죠. 소년은 아버지가 뭘 찾고 있는지 정확히 알지 못했지만 구멍에서 끌려 나온 자신을 거꾸로 들고 흔들어 줄 때마다 너무 재미있었대요. 그때 느꼈던 행복감을 소년은 생생하게 기억하고 있더라고요. 그래서 그는 점점 더 많은 흙을 주머니에 담고 구멍을 올라갔지요.

일곱 살이 되기도 전에 소년은 자신 같은 아이의 운명은 이미 태어나기도 전에 결정된다는 사실을 알게 됐답니다. 그리고 일단 결정된 운명은 결코 바뀌지 않는다는 사실도 이해했죠. 설령 그가 여태껏 발견된 적이 없을 만큼 거대한 금덩어리나 다이아몬드를 캐낸다고 하더라도 말이에요.

실제로 그는 금이 반쯤 섞여 있는 광석을 캐낸 적이 있었어요. 그런데 함께 일하던 할아버지가 우물 속에 던져 버렸지요. 그게 불러올 재앙이 두려웠기 때문이에요. 그는 소년에게 그 사실을 아무에게도 알려서는 안 된다고 신신당부를 했는데 소년은 약속을 지킬 수가 없었어요. 그는 가족의 비극으로부터 자신의 운명을 당장이라도 분리해 내고 싶었거든요. 그 정도 크기의 금덩어리라면 더 이상 구멍 속으로 들어가지 않아도 될 것 같았어요.

아버지는 믿을 만한 동료 두 명과 함께 은밀하게 우물 근처에 구멍을 팠죠. 수맥이 흐르는 땅이었기 때문에 작업은 쉽지 않았어요. 구멍 속으로 내려가는 걸 꺼리는 동료들을 대신하여 아버지가 직접 구멍 아래로 내려가 다이너마이트를 설치했지요. 도화선을 따라 불길이 천천히 달려가는 순간에도 탐욕에 눈이 먼 아버지는 그 우물이 마을 사람들의 생명과도 같다는 생각을 전혀 할 수 없었어요. 폭탄이 터졌고 물길이 치솟으면서 우물이 텅 비었지요. 하지만 우물 바닥에선 아무것도 발견되지 않았어요. 당연히 금덩어리를 우물 안에 던졌던 할아버지가 의심을 받았고 결국 정체를 알 수 없는 자에 의해 처참하게 살해당했죠.

살인 사건이 일어난 밤에 소년의 가족은 급히 마을을 떠나야 했지요. 우물이 사라져서 더 이상 식수를 구할 수 없기 때문이기도 했거니와 금맥이 발견됐다는 소문을 듣고 몰려든 외지인들이 그곳을 차지하기 위해 피비린내 나는 싸움을 벌였기 때문이었죠. 결국 중무장한 정부군까지 나선 뒤에야 비로소 비극의 연쇄반응이 멈추었어요. 죽음이 희생자들 모두에게 평화를 허락했기를.

소년의 가족은 초원으로 숨어들었지요. 그리고 다시 땅속으로 구멍을 파기 시작했어요. 척박한 초원일지라도 이미 주인이 정해져 있었기 때문에 갱도의 존재를 들키지 않으려면 입구를 갱도에서 먼 쪽에 가능한 한 작게 파야 했죠. 그러니 아이들만이 광부가 될 수 있었어요. 소년은 하루 종일 땅속에서 지냈지요. 밤낮이 어떻게 바뀌고 자신이 어떻게 나이 들어 가는지 알 수 없었어요. 지상의 아버지가 산소 튜브를 통해 가끔씩 들려주는 이야기로 시간과 세계를 짐작할 따름이었지요.

산소를 구멍 아래로 내려보내려면 풀무에 연결된 페달을 두 명이 번갈아 발로 눌러야 했어요. 처음엔 아버지와 어머니가 그 역할을 담당했는데 아버지의 건강이 나빠지면서 소년의 어린 동생이 그 일을 맡았어요. 잠시라도 발을 느리게 놀린다면 땅속의 형을 죽이게 될 거라고 아버지는 동생에게 겁을 잔뜩 주었대요. 동생은 페달을 밟는 동안 혀를 깨물면서 늘 울고 있었죠.

동생의 걱정과는 달리 소년은 어두운 갱도 안에서 작업하는 동안 전혀 무섭거나 외롭지 않았어요. 자신의 삶이 가족과 단단하게 연결되어 있다는 사실을 매 순간 확인할 수 있었으니까요. 지상에서 산소가 제대로 내려오지 않거나 흙을 담은 광주리가 지상으로 올라가지 않으면 위급한 사건이 벌어졌다고 누구든 단숨에 알아차릴 수 있었대요. 산소를 공급받아야 하는 소년이 훨씬 더 불리한 처지였겠지만 지상에 머물고 있는 가족 역시 안전한 것은 아니었어요. 지상에는 숨을 곳이 전혀 없었으니까요.

소년은 갱도에 내려가서 하루 종일 흙을 파내고 올리기를 반복했지요. 식사와 기도와 배변도 땅속에서 해결해야 했어요. 그는 갱도 한쪽에 제 몸이 겨우 들어갈 만큼 구멍을 팠어요. 인간으로서 최소한의 생활양식을 갖추고 싶었기 때문이기도 했거니와 틈나는 대로 자신의 운명을 고대 이집트의 파라오처럼 땅속에다라도 기록하고 싶었대요. 자신처럼 배운 것 없는 자가 자신의 운명을 기록할 방법은 제 몸속에서 나온 것들을 순차적으로 늘어놓는 것뿐이라고 생각했다는군요. 혹시 알아요, 소년인 남긴 배설물이 수만 년 뒤엔 희귀한 광물로 변해 있을지?

딱딱한 빵 한 조각과 물 한 병으로 허기를 해결하는 동안에도 지상의 조력자는 풀무 페달을 계속해서 밟으며 이런저런 이야기를 내려보내 주었지요. 그 이야기를 듣는 시간이 소년의 인생에서 가장 행복한 시간이었죠. 소년은 아직까지도 자신이 시력을 잃은 까닭이 그 이야기 때문이라 믿고 있어요. 자신의 행복을 방해할 수 있는 것들을 스스로 거부하는 것이죠. 그에 겐 지상이나 갱도 안이 별반 다를 게 없었어요. 나중에 아버지 와 어머니가 돌아가시고 어린 동생들마저 소년병으로 반군들 에게 끌려갔지만 소년은 지상의 비극을 전혀 알아차리지 못했 죠. 지상에서 산소가 제대로 내려오지 않고 흙을 담은 광주리 가 지상으로 올라가지 않는데도 그에겐 아무런 일도 일어나지 않았어요.

그러다가 수십 년 만에 찾아온 폭우로 갱도에 물이 차오르면 서 그는 자연스럽게 지상으로 떠올랐고 성난 물길을 따라 국경 을 넘어 난민촌까지 흘러오게 됐죠. 그는 제가 건넨 빵을 씹으 면서 자신은 금을 찾기 위해 땅을 판 게 아니라 자기 운명에서 탈출하기 위해 그랬다고 제법 어른처럼 말하더군요. 파 내려가 다 보면 다른 세계로 들어가는 입구가 있을 것이라고 확신했는 데 자신의 믿음이 기적을 일으켰다고 감격했어요.

나중에 자원봉사 동료에게서 들은 이야기인데, 그곳의 지하 에는 두더지 굴처럼 복잡하게 뻗은 갱도들이 아주 많고 갱도마 다 어린아이들이 한 명씩 갇혀 있다고 하더군요. 그렇게 많은 갱도들이 어떻게 서로 겹치지 않고 비켜 갈 수 있는지 여전히 제겐 수수께끼예요. 아마도 갱도의 아이들끼리 반드시 지켜야 하는 규칙이 있는 건지도 모르겠어요. 하지만 단 한 명의 아이가 실수하는 순간 그곳에 있는 모든 아이들의 생명이 위험해진 다는 사실만큼은 분명해요. 게다가 아이들이 갱도 밖으로 나온 사이에 코요테나 여우 같은 맹수가 제 보금자리로 삼으려고 구멍 안으로 들어가 있다가 아이들을 침입자로 오인하고 공격하는 경우도 많다고 들었어요. 그래서 아이들은 매일 아침 갱도에 들어가기 전에 쥐의 몸에 줄을 묶고 먼저 집어넣어 갱도 안의 상황을 살핀다네요. 이 사실을 알게 된 이상 자원봉사자사자들은 난민촌 안에만 머물 수 없었어요. 우리는 아이들이 숨어 있는 초원을 인산이나 폭격기가 접근할 수 없는 곳으로 지정해 달라고 유엔에 요청했지요. 그리고 자원봉사자들끼리 갹출해서 고성능 금속 탐지기와 음파 탐지기를 한 대씩 구입했지요. 좀처럼 구멍 밖으로 나오려 하지 않는 아이들을 어떻게 꺼내야 할지 막막하긴 마찬가지였어요.

그런 아이들에 비하면 여러분들은 정말 운이 좋은 것 같네요. 수업 종료를 알리는 차임벨은 시간이 되면 어김없이 울릴 것이고, 그러면 여러분들은 이 지옥 같은 곳을 빠져나가 마음껏 떠들고 달리고 먹고 마실 수 있을 테니까요. 음침한 곳에 삼삼오오 모여서 어른들 흉내를 내겠죠. 너무 심심한 나머지 전쟁이라도 일어나기를 기대하려나요?

여러분의 현재는 결코 여러분의 노력으로 얻은 게 아니라는 사실을 명심하세요. 오늘 집에 돌아가거든 한 사람도 빠짐없이 꼭 부모님을 안아 드리면서 감사하다고 말하세요. 말하고 행동하지 않으면 결코 아무것도 저절로 나아지지 않아요. 말하고 행동했는데도 나아지지 않거든 언제든 저를 찾아와 도움을 요청하세요. 여러분에게 부족한 힘과 지혜가 어른들에겐 있으니까요.

이야기는 여기서 마칩시다. 여러분을 보고 있자니 갱도 안을 기어 다니고 있을 아이들이 생각나서 제대로 서 있기조차 힘드네요. 어른이 되어서 어떤 직업을 갖든지 여러분의 자유지만, 여러분이 향유하는 자유가 누군가에게 고통을 전가하고 있다면, 유감스럽게도, 저와 저의 동료들은 여러분의 성공을 방해하기 위해 최선을 다할 겁니다. 이 사실만큼은 꼭 기억해 주세요.

법은 약자를 보호하기 위해 만들어지는 게 아니라 강자의 권한을 제약하기 위해 만들어지기 때문에 약자가 자신의 권리를 보장받기 위해 적극적으로 노력하지 않는다면 결코 법이 먼저 나서서 그것을 보호해 주지 않을 것이라고 변호사는 강조했다. 심지어 법은 다분히 미궁의 속성을 지니고 있어서 한 문장, 한 단어를 더욱 자세하게 해석하려고 하면 할수록 더욱 의미가 모호해지기 때문에 법전을 너무 많이 읽은 나머지 선악을 구분하지 못하게 된 법조인들이 너무 많다고 고백하기도 했다. 최고의 승률이나 역사상 최초로 승소한 사건들을 자랑하며 고객을 모집하는 변호사는 대개 악당일 가능성이 높지만 법정에서 진실이 어떻게 만들어지고 강화되는지 한 번이라도 목도한 자라면 하나같이 그런 악당에게 법적 대리인의 역할을 맡기는 편이 승리에 훨씬 유리하다는 사실에 동의할 것이라고 자신하면서, 자신은 아무리 큰 수당과 명예가 보장된 사건이라고 할지라도 파렴치한 범죄자를 변호하지 않고 무고한 피해자들을 위해 무료 변론에 더 집중하고 있다고 아이들이 전혀 이해할 수 없는 이야기를 늘어놓았다.

하지만 그가 난민촌에서 맡은 역할이라고는 외국 기자들이 신문 기사 작성을 위해 요구한 정보를 제공하는 게 고작이었다. 그는 국회의원의 꿈을 이루어 줄 열성 지지자들에게 스크랩 기사를 전송하는 데 너무 많은 시간과 노력을 투자했다. 부다페스트 시내 한복판에 위치한 그의 사무실을 운영하는 비용이 화학 폐기물을 부다페스트 외곽의 로마니 거주지에 무단으로 매립했다는 이유로 환경 단체에게 고발당했다가 그의 도움으로 무죄판결을 받은 화장품 업체에서 조달되고 있다는 사실은 거의 알려지지 않았다. 그는 국제 난민들의 인권을 대표하는 변호사로서 명예를 유지하기 위해 인터내셔널 데이 행사 당일 아침 자신의 독일제 스포츠카를 사무실 앞에 세워 두고 직원의 체코산 경차를 빌려 타고 학교로 왔다.

그는 일일교사들이 도착하기를 기다리는 동안 교무실 이곳

저곳을 기웃거리면서 교사들에게 간단한 법률 상담을 해 주기도 했다. 위선적인 친근함과 겸손함은 그의 인기를 배가시켰다. 그가 수업 시간에 다룰 예정인 법률 용어나 내용이 너무 어려워서 아이들의 관심을 이끌어 낼 수 없을 것이라고 모두 걱정했지만 수업 시간이 가까워지는데도 정작 그는 전혀 긴장하지 않았고, 오히려 긴장한 일일교사들에게 농담을 건네기까지 했다. 수업 도중에 흠잡힐 언행을 삼간다면 그는 내년에도 일일교사로 초대받을 게 분명했다. 그는 부다페스트에서 가장 오래됐다는 농담으로 수업을 마무리했다.

"아랍어를 말할 수 없는 자는 아랍어를 말해서는 안 된단다."

그가 수업 시간에 아이들에게 들려준 내용이 가난한 광부의 아들로 태어났다가 대법원장의 자리까지 오른 나이지리아 대법원장의 자서전에 쓰여 있다는 사실을 밝혀내는 건 어렵지 않았다. 변호사는 기회가 있을 때마다 자기 인생의 롤 모델로서 그를 지목했기 때문이다. 하지만 그들이 추구하는 운명의 종착점은 서로 정반대 쪽에 놓여 있는 게 분명했다.

16

부자의
이야기

일일교사로 초대받은 부자에게는 직업이 없었다. 물론 그는 지인의 사업에 투자하거나 부동산을 거래한 경험이 많았고, 설령 그가 마지막으로 배당금을 받고 건물을 처분한 게 수년 전의 일이라고 할지라도 여전히 부자인 이상 언제든지 돈벌이를 시작할 수 있기 때문에 그의 직업을 투자자나 부동산 중개업자라고 간주한다면 그에게도 일일교사의 자격이 전혀 없는 것은 아니었다. 그럼에도 다른 일일교사들과 비교해서 직업에 대한 전문성과 열정이 가장 떨어진다는 사실은 결코 부정할 수 없었다.

그는 자신이 평범한 학부모들을 대표해서 수업에 참여했다고 강조했다. 학부모도 일종의 선량한 직업이라고 여기는 것 같았다. 하지만 평범한 학부모로서는 결코 기대할 수 없을 수준의 환대와 편의를 학교 측으로부터 제공받았으므로, 아무리 그가 부정하려 하더라도 후원회장으로서 특혜를 받았다는 의혹은 조금도 줄어들지 않았다.

교감이나 교장도 이런 지적을 애써 부인하지 않았다. 학교에서 가장 중요한 행사인 만큼 학교 운영에 가장 큰 도움을 주고 있는 자에게 예외적인 조항을 적용하는 것은 마치 월드컵을 주최하는 국가의 축구팀에게 예선 없이 본선에 나갈 수 있도록 규정한 상식과 같은 맥락이라고 판단했다. 행사를 주최한 당사자들의 관심과 열정을 끌어내지 못한다면 행사는 결코 성공할 수 없다는 강변과도 연결되는 선택이었다.

부자는 자신의 참여를 탐탁지 않게 여기는 자들이 학교 안팎에 많다는 사실을 잘 알고 있었기 때문에 그들의 주목을 끌지 않기 위해 행사 당일의 옷차림과 액세서리를 세심하게 선택했고, 강의 원고를 변호사와 함께 검토했으며, 고급 승용차를 지하철역에 세운 뒤 학교까지 걸어왔다.

각별한 주의에도 교문 앞에서 교장이 그를 직접 맞이하는 바람에 그는 어쩔 수 없이 주목을 받았다. 교장실로 안내되는 것을 거부하고 일일교사 대기실로 곧바로 들어오긴 했으나 그를 알아본 교감이 급히 건넨 방석과 물수건, 커피를 무심결에 받아 들면서 모든 노력은 수포로 돌아갔다. 교감은 다른 일일교사들에게는 물수건과 커피, 다과가 준비되어 있는 곳을 알리는 벽보를 손가락으로 가리켰다.

하는 수 없이 그는 후원회장의 권위를 회복하고 그곳의 교사들과 일일교사들에게 일일이 악수를 청하면서 행사의 성공을 위해 함께 노력해 줄 것을 부탁했다. 그리고 자신은 수업 시간 대부분을 학교의 역사와 행사의 취지를 설명하는 데 할애할 것이라고 공표했는데, 이는 그가 미리 준비해 온 원고와는 전혀 연관이 없는 내용이었다. 학교에 처음으로 방문한 일일교사들에게 그는 마치 이사장이나 고위 공무원처럼 보였다.

차임벨이 울리고 일일교사들이 담임교사들을 따라 교실로 모두 올라갔는데도 부자는 대기실에 남았다. 그리고 교장의 안내를 받으며 자신에게 배정된 교실로 들어갔다. 학교에서 가장 성적이 우수하고 생활 태도가 바른 것으로 평가된 학급에 그가 배정된 것도 교장의 의지가 반영된 결과였다.

담임교사는 차임벨이 울리기도 전에 교실에 도착하여 실내를 정돈하고 아이들의 주의를 환기시켰다. 부자는 앞문으로 입장해 칠판을 등진 채 섰고 교장은 뒷문을 통해 들어서서 아이들처럼 일일교사를 쳐다보는 위치에 섰다. 아이들은 교장의 등장을 곧바로 인지하지 못하다가 이런 귀한 자리를 마련해 준 교장에게 진심으로 감사한다고 말하면서 부자가 손가락을 가리켰을 때야 비로소 뒤를 돌아다보았다. 아이들은 교장이 어떤 반응을 기대하는지 잘 알고 있었으므로 자세를 고쳐 잡고 짐짓 생기 어린 표정을 지어 보이며 일일교사를 뜨거운 박수로 맞이했다. 부자는 자신이 공표한 대로 학교의 역사와 행사의 취지를 설명하면서 강의를 시작했으나 교장이 교실을 빠져나가자마자 원래 준비해 온 원고의 내용을 읽기 시작했다.

그는 루마니아에서 이주해 온 할아버지가 부다페스트의 노점에서 잡화를 팔다가 어떻게 해서 큰돈을 벌게 됐는지, 그리고 아버지가 열다섯 살에 세체니 다리에서 우연히 만난 열두 살짜리 소녀를 10년 뒤 아내로 맞아들이기 위해 어떤 노력을 했는지도 설명했다. 자신의 집안이 그동안 벌인 자선사업과 기부 활동에 대해 이야기할 때는 마치 자신이 세상의 절반, 그것도 현재뿐만 아니라 과거와 미래를 포함한 영역까지 소유하고 있는 듯 역겨우리만큼 거만한 표정을 드러냈다. 호의를 받는 자는 그것을 베푸는 자 앞에서 더 많은 것을 차지하려는 목적으로 비굴해질 수밖에 없는데도 이 부자는 가난한 자들이 조물주가 인간을 창조할 때 부여했던 신성한 목적을 전혀 깨닫지 못한 채 인생을 낭비하고 있다며 침이 튈 정도로 지분거렸다. 가난은 부끄러운 게 아니라 불편한 것에 불과하다는 주장은 태어나자마자 계급과 직업이 결정되던 중세 시대에서나 유효하며 현재와 같은 민주주의 시대에 가난하다는 사실을 자랑할 수 있는 자는 오로지 성직자들밖에 없다고 단정했다. 부단한 노력과 약간의 행운은 어느 누구도 부자로 만들어 줄 수 있지만 부자로서 살아남는 일은 부자가 되는 것보다 100배는 어렵다고 그는 엄살을 부렸다. 경쟁에서 승리한 자는 패자의 불행 위에 군림할 수밖에 없고, 승자와 패자는 언제든 자리를 바꿀 수 있기 때문에, 승자는 자신이 현재 누리고 있는 영광을 항상 이웃과 나눌 수 있어야 한다고 말했다. 그는 자본주의라는 단어에 반감을 느끼는 자들을 자극하지 않기 위해 일부러 민주주의라는 단어를 사용했다.

그가 최종 목적에 이르는 과정의 정당성을 강조한 것은 아니었다. 한 마을 주민 전체가 몇 세기 동안 악착같이 벌어도 결코 모을 수 없는 수준의 재산을 어떻게 고작 서른 살의 나이에 지니게 됐으며, 사치스러운 생활에도 불구하고 그의 재산은 왜 줄어들지 않고 오히려 늘어나는지, 별다른 직업 없이 살고 있는 자신에게 시민들의 관심과 존경이 집중되는 이유가 무엇인지 그는 전혀 설명하지 못했다. 세계 각국의 수많은 부자들이 요란하게 자선 활동을 벌이고 있는데도 불행의 역사는 어째서 멈추지 않는지 자신에게는 모든 부자들을 대신해서 설명해야 할 의무가 없다는 듯 굴었다.

2차 세계대전이 발발하여 부다페스트의 유태인들이 수용소로 이송되기 시작할 때부터 전쟁이 끝나고 수용소의 생존

자들이 부다페스트로 돌아올 때까지의 기간 동안, 유태인이 아닌 그의 아버지가 유태인 거주 지역에서 재산을 크게 늘릴 수 있었던 방법은 가족에게조차 제대로 알려지지 않았기 때문에 그가 아이들 앞에서 거짓으로라도 고해성사를 하지 않은 건 매우 현명한 처신이었다. 하지만 가문의 수상한 역사를 헝가리인 전체의 영광으로 윤색함으로써 부자는 자신의 노력을 수포로 만들고 말았다. 그는 이야기를 이어갔다.

최근에 부다페스트의 집시들이 일으킨 폭동에 대해선 안타까운 마음을 표현할 방법이 없군요. 어떤 자들은 그들의 주장에 동조하여 로마니라고 부른다던데 전 동의하지 않겠어요. 집시란 이름에는 유럽의 자랑스러운 역사가 반영되어 있으니까요. 권리를 주장할 자격이 전혀 없는 그들이 실정법을 무시하고 그곳에 경쟁적으로 눌러앉는 순간 이미 이런 결말은 예견됐죠. 이건 희망이 없는 인간이 만들어 낸 비극이에요.

여러분들이 아름다운 건 희망을 지녔기 때문이죠. 여러분이 얼마나 노력하느냐에 따라 희망은 얼마든지 기적을 만들어 낼 수 있어요. 처음부터 주어지는 건 아무것도 없지요. 모든 어른들도 여러분처럼 어렸을 때엔 총천연색의 꿈을 꾸었을 텐데 그들 중에서 지금 꿈을 이룬 자가 왜 거의 없을까요? 제 생각에 대부분의 실패자들은 희망과 시기루를 정확히 구별하지 못했기 때문인 것 같아요. 희망은 끊임없이 모습을 바꾸지만 신기루는 단 하나의 모습을 끝까지 지니죠. 그러니 신기루를 좇던 사람들은 나중에 그것이 현실에 존재하지 않는다는 걸 깨닫게 되는 순간 아무것도 할 수 없게 되는 것이랍니다. 반면 끊임없이 변모하는 희망에 자극받은 자들은 자신의 삶을 그것에 맞추려고 최선을 다하죠. 그러다 보면 어느새 그들의 인생은 외부 상황에 거의 영향을 받지 않고 자신만의 논리와 열정에 따라 진행되고 있다는 걸 깨닫게 된답니다.

어른이 되면 자연히 알게 되겠지만 어른이 주로 하는 일이란 끊임없이 투쟁하고 타협하는 것이지요. 처음에 기대했던 바대로 이루어지는 경우는 거의 없어요. 세상에 새로운 것이라곤 하나도 없고 누군가 지금 차지하고 있는 것은 다른 이가 이전에 차지하고 있다가 빼앗긴 것이기 때문이죠. 여러분이 지금 차지하고 있는 것들도 조만간 누군가에게 빼앗기고 말 거예요. 그렇다고 빼앗기지 않으려면 빼앗아야 한다는 논리를 가르치려는 건 결코 아니에요. 빼앗길 수밖에 없다면 자신에게 의미 없는 것들을 내주면서 의미 있는 것들을 지켜 내야 해요. 희망을 지키는 데엔 그렇게 유연한 자세가 필요해요.

권투 선수가 KO율을 높이려 한다면 가드를 일부러 낮춰서 상대를 방심시켜야 하죠. 상대가 나를 두드리고 있는 순간이 내가 그를 쓰러뜨릴 절호의 기회죠. 야구도 마찬가지예요. 삼진을 두려워해서는 홈런 타자가 될 수 없는 이치도 그와 같지요. 이건 어쩌면 여러분의 부모님이 매일 여러분에게 들려주는 이야기일지도 몰라요. 제 말을 못 믿겠거든 당장 오늘 저녁에라도 부모님이 여러분에게 하는 이야기를 몰래 녹음해 보세요. 그리고 내일 아침 급우들과 녹음 파일을 바꿔서 들어 보세요. 그러면 잠시나마 여러분의 부모님을 이해하는 순간이 찾아올 거예요. 물론 그 순간은 그리 오래 지속되지 못하겠지만 상관없어요. 그런 순간은 거듭될 것이고 그걸 통과해야 비로소 여러분은 훌륭한 어른으로 사라나게 될 테니까요.

어른이 되어서 하고 싶은 일이 있다면 지금부터 매 순간 실천 방법을 고민하고 준비하지 않으면 안 돼요. 아무리 준비한다고 해도 여러분이 결코 상상할 수 없을 수준의 어려움이 수시로 들이닥칠 것이고, 그중에 단 한 번이라도 대응에 실패하는 순간 그동안 여러분의 노력은 헛일이 되고 말 거예요. 자신의 실패에 상처받지 않는 마음가짐보다 더 중요한 건 실패를 인정하되 오랫동안 기억하는 태도죠. 역설적으로 들릴지 모르겠지만, 실패는 성공하는 자들에게만 일어나는 사건이랍니다. 성공할 수 없는 자들은 결코 실패하지도 않아요. 실패가 무서운 자는 애당초 시도조차 하지 않을 테니까요. 그러니 여러분은 다양한 꿈을 수시로 꾸고 기억하려고 노력해야 해요. 그리고 뭐든지 완전히 실패했다고 여겨질 때까지 시도해 보아야 합니다. 진실로 실패하고 나면 다시 꿈을 꿀 수 있게 될 거예요.

눈앞에 성공이 보이는데도 열악한 환경 때문에 차마 더 나아갈 수 없다고 판단되면 저에게 연락하세요. 제게서 약간의 도움을 받을 수는 있겠지만 고작 임시방편에 불과하다는 걸 명심하세요. 임시방편에만 의존하다 보면 여러분은 노예의 삶을 살게 될 거예요. 노예도 꿈을 꾸지만 실천할 의지가 없는 한 그 꿈은 그저 신기루일 뿐이에요. 꿈을 실천하는 것이야말로 여러분의 의무랍니다. 여러분의 꿈에 따라 세계의 미래가 바뀌겠지요.

여러분 중에는 새로운 세계를 만드는 자도 있겠지만 반대로 현재의 세계를 위협하는 자도 생겨날지 몰라요. 물을 마시는 건 모두 같지만 젖소는 우유를 만들고 뱀은 독을 만드니까요. 희망 없는 인생만큼이나 열정 없는 인생도 끔찍하긴 마찬가지죠. 그런 인생은 자동차의 핸들과 엔진으로 설명할 수 있지요. 희망과 열정 중 하나가 없다면 핸들과 엔진 중 하나가 없는 자동차를 타고 있을 때처럼 결국 어디에도 이를 수 없지요. 저는 잘못된 열정과 희망이 어떤 비극을 초래하는지 너무 많이 봐왔어요. 그만큼 늙었다는 뜻이겠죠. 그래서 새로운 희망을 갖기보다는 아직까지 진행 중인 희망을 마무리하는 데 집중하고 있답니다.

여러분은 제가 미처 그 가치를 알아볼 수 없을 만큼 거대한 희망과 열정을 지녀야 해요. 그러려면 여러분의 성공이 다른 사람들의 현실이 될 수 있다는 사실을 꼭 명심해야 할 거예요. 이웃을 성공시키는 일을 직업으로 삼는다면 그보다 더 훌륭한 인생은 없을 것 같네요. 여러분 모두 그렇게 성숙한 인간으로 완성되길 진심으로 기원할게요.

부자가 이야기를 마치기 한참 전 교장은 이미 도둑고양이처럼 발소리를 죽인 채 교실 뒷문으로 빠져나가고 없었다.

가장행렬과 요리 대결

일일교사들의 역겨운 거짓과 과장된 수사에서 마침내 해방된 아이들은 점심 식사로 스파게티를 선택한 부류와 샌드위치를 선택한 부류로 나뉘어 마흔다섯 명씩 농구 경기를 하고 다시 각 팀의 절반씩을 섞어서 축구 시합을 했다. 심판과 규칙은 없었으며 점수도 기록하지 않았다. 관중이라고는 체육 교사와 양호 교사가 전부였다.

한꺼번에 서너 개의 공들이 아이들 사이를 정신없이 오갔고 환호와 탄식이 뒤따랐지만 어느 누구도 그것들을 남보다 앞서, 그리고 오랫동안 붙잡아 두기 위해 상대를 밀치거나 악다구니하지는 않았다. 선수와 응원단을 구별할 수도 없었다. 경기에 참여하고 싶은 자는 아무 때나 무리 속에 끼어들었고 그렇지 않은 자들은 처음부터 끝까지 벤치를 벗어나지 않았다. 춤을 추거나 노래를 부르는 자도 있었고 엉뚱한 행동으로 시합을 잠시 멈춰 세운 자도 있었다. 나중엔 아이들 스스로 새로운 규칙을 정하고 적절한 선수의 숫자를 제한했으며 실력이나 신체적 조건 때문에 소외당한 자가 없도록 순서를 배려했다.

직업 체험 수업을 받는 동안 강제로 짓눌려 있던 활기는 여기저기서 폭죽처럼 터졌다. 청소년들의 성적 욕망을 억제시킬 방편으로 스포츠가 발명됐다는 진부한 주장으로는 운동장을 연어 떼처럼 몰려다니는 아이들의 표정과 목소리를 완벽히 설명할 수 없었다. 몸에서 땀이 흘러나올 때 비로소 아이들은 자신과 주변을 분명하게 인식하는 것 같았다. 그들은 아직 직업이 필요한 나이가 아니었고, 어른들의 세상을 동경하지도 않았으며, 그저 자신들이 현재 머물고 있는 세계를 온전히 경험하고 싶을 따름이었다. 그들은 세계가 얼마나 많은 언어와 인종과 성별과 종교로 이루어져 있고 그것들의 차이가 뭘 만들어 낼 수 있는지도 거의 알지 못했다. 그들에겐 친구와 적으로 구분되는 게 아니라 친한 친구와 그렇지 않은 친구가 있었고 그들을 구분하는 기준도 매 순간 달라졌다.

교사들이 운동장 한가운데에 천막을 치고 운영 본부석을 만들기 전까지도 아이들은 격렬한 움직임을 멈추지 않았다. 교장을 위시하여 주요 인사들이 앉아서 느긋하게 오후의 행

사를 관람할 수 있는 자리가 만들어지고 간단한 다과가 준비
됐다. 수업을 마친 뒤에도 귀가하지 않은 일일교사들도 한 자
리씩 차지하고 앉았다.

학교에 하나둘 도착한 학부모들은 출신 국가별로 운동장
주변에 천막을 세우기 시작했다. 각국의 천막이 들어서는 순
서는 학부모 회의를 통해 국가의 이름 대신 출신 국가의 평균
해발고도에 따르기로 결정했는데, 해발 고도가 높은 국가의
천막일수록 운영 본부석과 가깝고 운동장 입구에서는 먼 곳
을 차지했다. 천막의 크기에는 출신 국가 학생들의 숫자가 고
려됐다. 남자 학부모들이 천막을 세우고 이런저런 집기를 설
치하는 동안 여자 학부모들은 미리 준비해 온 음식들을 탁자
위에 진열하고 가장행렬에 사용할 소도구를 점검했다.

민간 친선 대사의 자격으로 모국의 고유문화를 소개해야
하는 학부모들은 교사들보다도 더 오랫동안 이 행사를 준비
했다. 행사에 참가할 인원을 모으고 각자의 임무를 나누는 데
에만 반년 남짓 소요됐다. 게다가 준비에 필요한 자금을 마련
하는 일에도 많은 어려움을 겪었는데, 정작 돈을 모금하는 일
보다 모금한 돈을 투명하게 관리할 인원을 선정하고 수시로
회계를 감시하는 일이 훨씬 어려웠다. 전통 복장은 어느 나라
에서나 더 이상 일상적으로 활용되고 있지 않아서 구하는 게
쉽지 않았을 텐데도 경쟁심에 고무된 학부모들은 단 한 명도

빠짐없이 그걸 갖춰 입고 나타났다. 어떤 이들은 엉성한 바느질 솜씨로 직접 만든 옷을 입고 있었으니 자기네 전통을 희화화하고 있다는 오해를 살 만큼 상태가 조악하기 그지없었다.

가장행렬이 시작됐을 때 그들은 마치 헝가리 국왕의 생일 파티에 초대받은 각국의 외교사절들처럼 천천히 행진했다. 하지만 자신의 몸과 습관에 맞지 않는 복장 때문에 행진 도중에 넘어지거나 옷을 찢는 실수를 연발했고 그때마다 아이들과 교사들은 운동장이 흔들릴 정도로 폭소를 터뜨렸다. 그래서 니이 든 잠식사늘은 그곳이 국왕의 생일 파티장이 아니라 각국의 이민자들을 가득 태운 채 대서양을 건너고 있는 증기선의 갑판일지도 모른다는 착각에 잠시나마 빠져들기도 했다.

그래도 가장행렬이 진행되는 동안만큼은 어느 누구도 자신의 성별과 인종과 종교와 재산과 직업 따위로 차별받지 않았다. 그런 덩어리 속에서 태어나고 자란 아이들이라면 전쟁 없이도 하나의 통합된 국가를 만들고 그 안에서 서로를 존중하면서 평화를 유지할 수 있으리라는 희망도 꿈틀거렸다. 어른들이 너무나 많은 직업을 만들고 유지하느라 세계를 파괴하고 있지만, 한 줌의 이익을 차지하기 위해 개입하는 수많은 직업들 사이의 견제와 균형 덕분에 세계가 공멸을 피할 수도 있을 것이라는 낙관도 묵인됐다.

가장행렬이 끝나고 음식 판매가 시작되면서부터는 화기애

애한 분위기가 일순간 사라지고 말았다. 음식을 판매해 얻은 수익 전액을 자선단체에 기부한다는 취지에는 모두 쉽게 합의했다. 그러나 각국의 천막에서 벌어들인 수익이 학교 측의 예방 노력에도 불구하고 어떤 식으로든 공개될 수밖에 없었기 때문에 학부모들은 아이들의 자존심을 훼손시키지 않으려고 치열하게 경쟁했다. 판매 목표 금액을 정해 두고 이 행사에 참석하지 못하는 학부모들에게 미리 후원금을 모금한 것으로도 모자라 행사에 참석한 학부모들은 그날 자신들이 준비한 음식 전체의 판매 금액보다 더 많은 금액의 쿠폰을 구입했다.

나중엔 아예 전통과는 무관한 재료와 요리법으로 음식을 만들었고 어린 손님들의 기호에 충실한 메뉴도 따로 준비했다. 햄버거나 스파게티, 피자, 감자튀김과 티본스테이크처럼 이미 전 세계인들에게 각광받는 음식들을 전통 음식으로 팔고 있는 천막에는 일정 분량 이상을 판매할 수 없도록 강제하는 일종의 쿼터제가 적용됐으나 이 원칙은 거의 지켜지지 않았다. 항의하는 자들에게는 더 복잡한 안건의 항의로 대응했다.

인터내셔널 데이 행사가 끝날 때까지 아이들과 학부모들은 코끼리처럼 먹고 마셨다. 식도락에 충실했다거나 호기심에 이끌렸다기보다는 하나의 나라를 통째로 삼켜서 더 이상 자신들과 경쟁하지 못하게 만들고 싶은 욕망이 그들을 지배했다. 그러니 마치 단체로 섭식 장애를 앓는 사람들처럼 음식을 먹으면 먹을수록 온화해지는 것이 아니라 오히려 더 예민해졌다. 삼킬 수 없는 것들은 쓰레기통에 그릇째 버려졌다. 예외적으로 그날만큼은 교내에서 탄산수와 맥주와 와인을 판매할 수 있도록 학교 측이 허용했기 때문에 행사는 끝으로 갈수록 더욱 엉망이 되어 갔다.

취한 자들 사이에서는 학부모와 교사의 구분이 없었고 국적과 언어의 경계도 없었다. 영혼보다 육신이 먼저 태어나고 먼저 늙는다는 주장을 뒷받침할 수 있을 만큼 취한 자들이 건널돌처럼 몰려다니며 크고 작은 사건을 일으켰다. 그들은 전 세계의 모든 언어와 역사와 종교와 문화와 국경을 이해하는 것처럼 말하고 행동했다. 모국의 정치와 경제 현안에 대한 불만은 상대 국가의 그것들에 대한 동경으로 이어졌다가 헝가리의 그것들에 대한 조롱으로 끝을 맺었다.

저녁 6시가 되기도 전에 인터내셔널 데이 행사는 바쿠스 축제로 변모했으며 세인트버나드 국제 학교는 근동에서 가장 유쾌하고 저렴한 술집으로 칭송받았다. 일일교사 후보에서 탈락한 사실에 앙심을 품은 포도 재배 농부가 학교 정문에다 포도를 쏟아붓고 트럭 바퀴로 짓누르고 있는데도 학부모들과 교사들은 맥주잔과 와인병에서 손을 떼지 않았다. 행사 소식을 전해 들은 인근의 로마니들까지 몰려와 구걸하거나 도둑질을 시도하면서 곳곳에 비명이 뒤엉켰다. 경찰이 출동하여 소동을 정리하고 살수차로 바닥을 청소한 뒤에야 비로소 교장은 술 취한 학부모들과 교사들을 향해 인터내셔널 데이의 종료를 선언했다. 아쉬움을 참지 못한 어른들은 인근의 펍으로 몰려가 바쿠스 축제를 이어갔고 아이들도 어른들의 감시를 피해 담배를 피우거나 맥주를 홀짝였다. 목요일부터 일요일까지 휴교였으므로 교내 곳곳에 쌓여 있던 쓰레기는 월요일 아침이 되어서야 처리됐다.

이것이 작년에 세인트버나드 국제 학교에서 열린 48회 인터내셔널 데이에 대해 내가 기록할 수 있는 이야기의 전부다. 자료를 검토하고 인과관계를 추정하는 데 나름 최선을 다했지만 능력과 노력이 부족한 탓에 진실을 지나치게 평면적으로 복원하고 말았다는 비판을 피할 수는 없을 듯하다. 그래서 이 책의 두 번째 편집자인 나는 내년부터 인터내셔널 데이에 참여한 학부모들과 아이들의 이야기를 추가할 작정이다. 진실의 가치는 그것을 만들고 전달하는 자들의 의도가 아니라 그것을 듣고 이해하는 자들의 능력에 따라 결정될 것이기 때문이다. 이 책에 기록된 사실에 대해서 반박하고 싶은 일일교사들의 참여도 환영한다. 문제는 어떻게 나와 고발자의 신분을 철저히 감춘 채 진실을 드러내느냐인데, 언뜻 떠오르는 방법이라면 종군기자처럼 인터넷상에 블로그를 열고 익명의 제보를 모집하는 것이다. 그러니까 또 하나의 국제 학교를 인터넷상에 세우는 셈이다. 그곳은 교실과 운동장이 없고, 교사나 학생, 학부모의 구별이 없이 오로지 세계 시민들만이 드나들 뿐이며, 그들의 자원봉사와 기부금으로만 운영될 것이다. 전 세계의 선량한 인간들이 정의와 평화를 수호하기 위해 벌인 사건들과 그에 대한 기록들, 그리고 다양한 해석들이 그 학교의 교재이며 이를 검열하거나 통제할 수 있는 세력은 결코 존재하지 않는다. 그래도 노파심을 완전히 제거하지 못하여 정권의 감시와 폭력을 피하기 위해 개인의 인권이 가장 잘 보호받는 국가의 서버를 이용할 것이니, 이 책을 엿보고 있을 위정자들은 망상을 버리길 바란다.

중언부언하고 싶지 않지만 세인트버나드 국제 학교의 세 가지 교육 모토, 즉 세계는 우리의 인식을 넘어서고, 인간은 최상의 가치이며, 단 한 명의 인간을 구원하기 위해서는 그 세계 전체를 구원해야 한다는 믿음만큼은 어느 시대 어느 지역에서도 유효하다. 교육적 목적이라면 『부다페스트 이야기』는 저작권의 제약이나 판권 거래 없이 다양한 언어로 각국에서 번역 가능하다. 번역자나 출판인이 신변의 위협을 받게 된다면 '울란바토르 이야기'나 '멜버른 이야기', '라파스 이야기', '아디스아바바 이야기' 같은 제목을 붙여도 상관없다. 번역본을 블로그에 등록해 준다면 부다페스트 시민들도 연대의 힘을 실어 주겠다.

식구(食口)라는 단어를 들을 때마다 빈 낚싯바늘을 끌어 올린 낚시꾼처럼 허기지는 이유가 궁금해진다. 그래서 일요 일 오후 흑백의 백일몽을 널다 말고 백지 위에 '食口'라고 크 게 쓴 다음 '口' 속에다 머리를 밀어 넣어 보았다. 고요해질수 록 점점 더 크게 벌어지는 입. 채반의 그물눈에 생이 반쯤 걸 린 사내의, 입 냄새 속에, 뱃숨 사이에, 회한 아래에, 욕망 곁 에 낚싯줄처럼 팽팽해지는 목숨. 그러고 보니 목숨 명(命)에도 입(口) 한 개. 내 목숨에 입(口)을 뚫어 놓고 신성한 명령을 내 리는 자는 누구인가. 몸속 아홉 개의 구멍에서 생의 징후가 드 나들 때마다 구구(九口) 소리 울린다. 그러면 등 뒤에서, 발밑 에서, 정수리 위에서 나를 닮은 것들이 입 안으로 모여들며 내 목숨을 즐겁게 쪼아 대는 게 아닌가. '口' 앞에 서 있는 '食' 자는 허기에도 입을 꾹 닫은 채 긴장하고 있는 문지기다. 문지기에게 목숨이 곧 명예이고, 밥이 곧 명령이니, 직업(職業)이란 업구렁이의 입안에 기어 들어가 명예와 밥을 꺼내 오는 일이 아니겠는가. 식구 대신 가족(家族)이라 부른다면, 가죽옷 둘러입고 멍에와 방울까지 매단 채 네 발로 걷는 가축의 얼굴이 떠올라 월요일 아침 출근길이 우울해질 것 같다.

2020년 10월

김솔

김솔의 『부다페스트 이야기』를 펼쳐 들었을 때 자연스럽게 떠오른 책은 『데카메론』이었다. 1353년 흑사병이 세상을 휩쓸던 시기에 보카치오는 정갈한 음식을 먹고 이야기를 나누고 음악을 연주하면서 절제된 태도로 불행을 이겨 나간다는 이야기를 썼다. 2020년 마스크로 코와 입을 가린 채, 대면해서 이야기를 나누는 것이 금지된 전염병의 시대에 김솔은 다양한 직업군의 화자가 펼쳐놓은 열여섯 편의 이야기를 내놓았다.

삭제된 이야기와 복원된 이야기, 연단에 서지 못한 이들의 이야기까지를 수록해 책 한 권을 엮는 과정을 모조리 담고 있는 이 강연록 편집본이 눈길을 끄는 이유는 무엇보다 '이야기가 독자를 잘못 찾아갔다'는 데 있다. 화자를 향해 동그랗게

둘러앉은 14세기와 달리, 청중들은 책상 앞에 앉아 영혼 없이 시간을 때우고 있다. 그들은 이야기를 들으려 하지 않는다. 그들에게는 이야기가 필요 없다. 이야기가 끝나기만을 기다리고 있을 뿐이다.

이제 불행에 처한 건 청중이 아니라 이야기다. 이야기는 날조되고 이용당한 뒤에 철저히 무관심하게 버려진다. 그나마 교실의 허공에서 메아리처럼 울리다가 감사하게도 교사의 녹음기에 남겨져 이렇게 기록으로 남아 목숨줄을 잇고 살아남은 걸 다행으로 여겨야 할지도 모른다. 그렇게 한 권의 책이 되었다는 것, 이게 전부라고, 이 철저한 블랙코미디까지가 작가의 역할이라고, 작가의 의도가 아니라 독자의 능력이 이야기의 가치를 결정짓는다면서 김솔은 독자에게 권리를 넘겨버린다.

엔딩을 읽고 나서 김솔에게 속았다는 것을 알았다. 뭐야, 이건 『데카메론』이 아니라 행운의 편지였잖아! 제기랄, 그걸 모르고 제법 진지한 태도로 고개까지 끄덕거리면서 끝까지 죄다 읽어 버리고 만 거다. 이 글을 읽은 자는 똑같은 편지를 일곱 사람에게 보내면 행운을 얻게 되지만 보내지 않으면 불행을 겪게 될 것이라는 골치 아픈 저주의 편지를……

코로나와 기후 위기의 시대, 우리들은 낯선 불행 앞에 던져져 있다. 강연자들이 계속 반복되는 전쟁과 학살을 경험하넌서도 허위로 앞을 보지 못하고 제 욕심만 차리는 것처럼, 그러는 사이에 어떤 방식으로든 폭력에 가담하는 것처럼, 우리들도 우리가 처한 불행 앞에서 어떻게 해야 할지 모르는 채로 전염병의 원인과 긴밀하게 연루되어 있다.

일곱 통의 편지를 쓰는 방법은 간단하다. 일단 한 통의 편지를 쓰는 것이다. 70권의 책을 쓴 소설가라 해도 언제나 매 순간 그저 단 하나의 문장을 쓸 수 있듯이, 수많은 거짓들을 맞닥뜨린 책 속의 편집자가 매 순간 단 하나의 거짓을 찾아내서 반박하고 고쳐 쓴 것처럼, 그저 하나씩 바꾸면 된다. 우리가 불행과 연루되어 있는 방식을 찾아내 잘못된 것을 바로잡는 것, 거짓을 진실로, 잘못된 곳에 놓인 것을 제대로 된 위치에 되돌려 놓는 것. 그렇게 헝가리의 국제 고등학교 학생들에게 잘못 찾아갔다가 지금 여기 대한민국의 독자들에게로 제자리를 찾아온 행운의 편지, 『서울 이야기』를 양손 들고 열렬히 환영한다.

—최정화(소설가)

김솔의 소설은 흡사 백과사전을 읽는 듯한 기분이 들게 한
다. 다양한 분야의 지식과 정보를 활용하여 우리에게 흥미로
운 읽을거리를 선사하는 일은 분명 작가 김솔의 특장 중 하나
이다. 소설을 통해 어떤 종류의 디테일한 사실적 앎을 획득하
고자 하는 사람은 이 작가의 작품들을 들추어 보시라. 실망하
지 않으리라. 그런데 소설은 당연하게도 지식이나 정보로만
채워질 수 없다. 이는 매끄러운 설명만으로 인간과 관련한 서
사가 형성될 수 없다는 말과 다르지 않다. 우리는 대부분 잘
설명되지 않는 삶을 살고 때로 그 이해 불가능함에 마주해 어
리둥절한 표정을 짓곤 하지 않던가. 그러므로 소설이 진정 우
리의 삶과 연결되어 있다면 그 역시 설명을 초과하는 부분을

350

품기 마련일 것인데, 실제로가 그렇다. 좋은 소설은 말이 되지 않을 것 같은 무언가를 말이 되게 만드는 작업에 가깝다. 김솔의 소설 역시 마찬가지이다. 김솔은 자신의 소설에 화소로 활용하는 지식과 정보를 비틀어 그것에 내재한 모순과 허위를 이야기의 동력을 활용하면서 삶의 아이러니와 낯선 이면을 우리에게 들여다보인다. 정보로 뭉뚱그려진 이야기가 아니라 간결하게 정보화하기 힘든 무언가를 상대하는 소설이라는 뜻이다.

이 소설은 따로 장 구분이 되지 않은 교사를 포함해 열일곱 개의 직업에 관한 이야기이다. 이른바 직업의 세계가 궁금한 사람은 이 소설을 읽어 봐도 좋겠다. 그런데 어떤 직업이 어떤 일을 하고 또 무슨 보람과 의미를 지니는지를 확인하고자 하는 사람은 조심스럽게 이 소설을 접해야 할 것이다. 김솔은 각각의 직업에 몸담고 있는 자들이 자신들의 활동을 어떻게 의미화하는지 그리고 그 의미화 과정 속에 어떤 환상을 작동시키며 자신들의 세계를 합리화하는지를 파고들어 보여 준다. 그러니까 이 소설은 단지 직업에 관한 이야기는 아닌 셈이다. 직업과 접속해 있는 개인의 기묘한 욕망, 사회체제의 우스꽝스러운 역학 관계, 역사의 아이러니 그리고 그것들과 동시에 연동 중인 우리들의 편견과 무지, 차별 의식 등을 이 소설은 카드처럼 만지작거리며 우리를 바라보고 섬뜩하게 웃고 있는 듯하다. 혹 누군가 이것은 헝가리 '세인트버나드 국제 학교'에서 벌어진 일이지 우리와 무슨 상관이 있는가, 하고 묻는다면 "진실의 가치는 그것을 듣고 이해하는 자들의 능력에 따라 결정"된다는 소설의 구절을 들려줄 만하다. 어떤 면에서 이 소설은 교육 소설이다. 소설이 교육의 현장을 배경으로 해서도 아니다. 우리의 앎이 불충분하고 또한 우리가 사는 세계가 여기저기 허술한 구석이 많다는 점을 이 작품이 넌지시 가르쳐 주기 때문이다. 그래서인지 『부다페스트 이야기』를 읽고 나면 더 읽고 더 생각하고 더 배우고픈 욕망이 불을 켠다. 많은 이들이 자의 반 타의 반으로 소등한 그 불빛을 다시 켜고 오랫동안 바라보았으면 좋겠다.

—송종원(문학평론가)

부다페스트
이야기

1판 1쇄 펴냄 2020년 10월 8일
1판 2쇄 펴냄 2021년 6월 3일

지은이 김솔
발행인 박근섭, 박상준
펴낸곳 (주)민음사

출판등록 1966. 5. 19. (제16-490호)
주소   서울시 강남구 도산대로1길 62
          강남출판문화센터 5층 (06027)
대표전화 02-515-2000
팩시밀리 02-515-2007
www.minumsa.com

ISBN 978-89-374-1784-9 03810

* 잘못 만들어진 책은 구입처에서 교환해 드립니다.